Aufgewachsen ist J.D. Miles mit Momo, den Brüdern Löwenherz und Ronja Räubertochter. Ihre Kindheit verbrachte sie entweder in Fantasien oder streunte durch die Natur, wo sie – sehr zum Leidwesen ihrer Mutter – jedes tierische Findelkind mit nach Hause brachte.

In ihren Zwanzigern begann sie halbherzig ein Soziologiestudium, arbeitete währenddessen aber mit Begeisterung fürs Theater und Fernsehen.

J.D. hat eine Schwäche für Fastfood und Tanzen, schreibt ihre Geschichten am liebsten barfuß und liebt fast ihr ganzes Leben schon denselben Mann, mit dem sie zum Glück verheiratet ist.

Follow me on Instagram at j.d._miles

Für Thâlon.
The defender of my universe.

THE EVER TALE 1

Der letzte Torwächter

J.D. Miles

 tredition

© 2024 J. D. Miles
Lektorat von: Lee Summers
Coverdesign von: J.D. Miles
Covergrafik von: Canva.com; `gold light effect' by Jrprr; `Lens Flare Illustration' by Guto Reiiz; kigenerated; `border line' by Angela Apostol`s; `Gold Glitter' by Maryna Stryzhak; `Buildable Monoline Gold Art Deco Corner Border' by Trendify; `Luxury Golden frame ornament, luxury vintage ornament' by Maryam Hamila
Verlagslabel: JKBooks

ISBN
Paperback   978-3-384-11938-4
Hardcover   978-3-384-11939-1
E-Book   978-3-384-11940-7

Druck und Distribution im Auftrag der Autorin: tredition GmbH, Heinz-Beusen-Stieg 5, 22926 Ahrensburg, Deutschland

Bisher erschienen
und
überall erhältlich
wo es Bücher gibt:

THE EVER TALE 1
Der letzte Torwächter

THE EVER TALE 2
Eine lange Reise

THE EVER TALE 3
Der große Kampf

Wenn du kannst, entscheide dich immer für das Gute.
Böses gibt es bereits genug.

Nanura.

Prolog

Sengend heißer Schmerz durchfuhr Ashjou und wütend heulte er auf, denn er schaffte es nicht, den Peitschenhieben auszuweichen, die auf ihn zuschnellten. Die Narwen waren eher gekommen, als er befürchtet hatte. Im schummrigen Licht der Höhle konnte Ashjou nur ihre schemenhaften Umrisse ausmachen, so dass er nicht genau sagen konnte, wie viele der Kreaturen ihn umringten. Aber er hörte ihr ausgehungertes Geifern und wusste, dass heute sein Ende gekommen war.

Mit einem Mal wurde Ashjou ganz ruhig. Er hatte gewusst, dass es eines Tages so kommen würde und hatte vor langer Zeit seinen Frieden damit gemacht. Noch hielt das bisschen Magie, das an ihm haftete, die Narwen davon ab, ihren Auftrag zu erfüllen.

Er ahnte, dass er sich beeilen musste.

Wieder verbissen sich die ledernen Schnüre einer Peitsche in seine Haut. Ashjou jedoch achtete nicht mehr darauf und drehte sich langsam um. Sein Blick fiel auf das Tor vor ihm, das er sein ganzes Leben lang beschützt hatte. Kaum hörbar, begann er die vertraute Formel aufzusagen.

Die Narwen rissen brüllend an ihm, um ihn an seinem Vorhaben zu hindern, doch die steinernen Finger, die von Decke und Boden der Höhle wuchsen und sich in der Mitte trafen, begannen sich bereits knirschend auseinander zu bewegen.

Andächtig stand Ashjou da und blickte ins Oval, das nun sichtbar wurde. Das fluoreszierende Licht im Inneren des Tors verstärkte sich immer mehr, bis es ihn schließlich blendete. Mit einem heiseren Aufschrei zerrte sich Ashjou das lederne Band mit dem Stein vom Hals und schleuderte beides ins Zentrum des Tors. In einem grellen Blitz wurde die Energie des Steins freigesetzt und gelangte auf die andere Seite, die für Ashjou dagegen unerreichbar blieb.

Das helle Licht erstarb plötzlich und ließ die Höhle noch dunkler zurück. Ein wutentbranntes Kreischen erfüllte die Luft, denn die Narwen gewahrten in diesem Moment, dass das Tor nun für alle Zeit verschlossen war.

Ashjous Beine gaben unter ihm nach und erschöpft ging er in die Knie, während die unzähligen Schnüre der Peitschen weiter an ihm zerrten. Die Magie, die ihn zuvor beschützt hatte, war verschwunden. Anstelle der immerwährenden Hoffnung, die ihn, seit er denken konnte, begleitet hatte, fühlte er nun kühlen Frieden.

Als einer der Narwen heiser brüllend auf ihn zustürmte, die schwarze Peitsche todbringend über seinem Kopf schwingend, schloss Ashjou die Augen und lächelte.

Er hatte seine Aufgabe erfüllt.

1

»Na, wie war es?«, fragte seine Mutter, die ihn von der Praxis abholte.

Joshua stieg hinten ins Auto ein, dessen wohlige Wärme ihm einen Schauer über den Rücken jagte. Er schnallte sich an und wünschte sich dabei, endlich dreizehn zu werden, damit er vorne sitzen konnte. »Ganz gut«, nuschelte er, wobei er sich bemühte, seiner Mutter nicht ins Gesicht zu blicken. Sie wusste immer genau, wann er log.

Doch Susan Freeman konzentrierte sich bereits wieder auf den Verkehr. Durch den vielen Regen geriet die Fahrt immer wieder ins Stocken, und sie kamen nur sehr langsam voran.

»Was gibt's zu essen?«, fragte Joshua, der allmählich Hunger bekam. Er war gleich von der Schule zur psychiatrischen Praxis von Doktor Hudson gegangen und da der Klassenfiesling Garry Randall ihm heute Morgen mal wieder sein Pausenbrot geklaut hatte, hatte er noch nichts gegessen.

»Es tut mir leid, Spatz, ich hatte noch keine Zeit etwas einzukaufen«, antwortete seine Mutter und sah ihn entschuldigend im Rückspiegel an. »Wie wäre es, wenn wir uns etwas von Wendy`s holen?«

»Yeah!«, rief Joshua. Er liebte Hamburger, ganz besonders Cheeseburger. Die knisternde Verpackung, die weichen Brötchen, der zerlaufene Käse, die lauwarmen Pommes, all das gehörte zu seinem Alltag, seit sich seine Eltern getrennt hatten.

Wenig später saßen sie im Fastfood Restaurant. Joshua biss herzhaft in seinen Burger hinein, während seine Mutter lustlos in ihrem Salat herumstocherte. Die Neonbeleuchtung brachte die dunklen Schatten unter ihren Augen zum Vorschein und Joshua stellte fest, dass sie stark abgenommen hatte.

»Manchmal bist du deinem Dad wie aus dem Gesicht geschnitten«, bemerkte sie und riss Joshua aus seinen Gedanken. »Dein Haar und deine Augen haben das gleiche Braun und auch das Grübchen am Kinn hast du von ihm geerbt. Eines Tages wird aus dir ein gutaussehender, junger Mann werden.«

Joshua blickte verlegen auf den hellen Resopaltisch, dessen Oberfläche völlig zerkratzt war.

»Darf ich dich etwas fragen?« Sie betrachtete ihn über den Tisch hinweg.

Er nickte stumm.

»Was genau sind das für Wesen, die du siehst?«

Joshuas Kopf zuckte hoch und er sah seine Mutter erstaunt an. Bisher war dieses Thema immer Auslöser für einen Streit zwischen ihnen gewesen und nach einer Weile hatte er es aufgegeben ihr etwas erklären zu wollen. »Willst du das wirklich wissen? Und du wirst mich auch nicht anschreien?«, hakte er misstrauisch nach.

»Versprochen«, antwortete sie und kreuzte zum Beweis die Finger.

Joshua holte tief Luft, während ihm klar wurde, dass seine Mutter ihm möglicherweise glauben würde, wenn sie erst einmal alles wusste. Dass er dann vielleicht nie mehr zu Doktor Hudson in die Praxis musste. »Es hat angefangen, als Kate krank wurde«, begann er hastig zu erzählen und vergaß den Cheeseburger, den er nach wie vor in der Hand hielt. »An dem Nachmittag ging es ihr von der Chemotherapie sehr schlecht. Sie hat viel geweint und du bist rausgelaufen, um einen Arzt zu suchen.« Joshua erinnerte sich wieder an den Tag, der genauso grau und trostlos gewesen war, wie der, den er heute erlebt hatte. Er sah sich selbst am Krankenbett seiner neunjährigen Schwester sitzen, nicht wissend, was er ihr sagen oder wie er sie trösten sollte. Er hatte still dagesessen und inbrünstig gehofft, dass ein Wunder geschehen und es ihr bald wieder bessergehen würde, als plötzlich ein kleiner grüner Wicht auf der Bettdecke erschienen war. Joshua dachte schon, er hätte sich das eingebildet, da fing das Männchen an zu sprechen. »Hey, du da! Weißt du, wo es hier etwas zu essen gibt?«

»Keine Ahnung«, antwortete Joshua perplex.

Der kleine Kerl war keine fünf Zentimeter groß und war von Kopf bis Fuß so grün, wie der Frosch, den er und Kate letzten Sommer in den Ferien gefangen hatten. Das Männchen hatte kurze, borstige Haare auf dem Kopf und stechend violette Augen. Das Komische an ihm war, dass er uralt und gleichzeitig wie ein Kind aussah.

»Mit wem redest du denn da?«, fragte Kate und sah sich um.

»Siehst du ihn nicht?«

»Nein, wen denn?«

»Na, das kleine grüne Männchen da«, sagte Joshua und zeigte auf den Gnom.

»Hey, ich bin nicht klein!«, protestierte dieser lautstark, während er seine dünnen Ärmchen drohend in die Luft reckte.

»Verzeihung«, murmelte Joshua.

»Ich sehe aber nichts«, sagte Kate. Ängstlich starrte sie auf ihre Bettdecke. »Ist das wieder so ein doofer Streich von dir?«

Joshua blickte sie sprachlos an. Klar und deutlich konnte er das grüne Männchen sehen, das nach wie vor auf kurzen Beinen auf der Bettdecke stand und ihn zornig anfunkelte. »Bevor ich es Kate erklären konnte, bist du wieder zurückgekommen«, beendete Joshua seine Erzählung. »Ein Arzt folgte dir und ich musste rausgehen, damit er Kate untersuchen konnte. Draußen im Flur habe ich gehört, wie sie immer wieder gefragt hat, ob ihr ein kleines grünes Männchen sehen könnt.«

»Ich erinnere mich«, sagte seine Mutter traurig lächelnd. »Wir glaubten, dass es eine Nebenwirkung von den starken Medikamenten sei. Halluzinationen oder etwas in der Art. Natürlich sind wir nicht darauf gekommen, dass du damit etwas zu tun haben könntest.«

Joshua biss sich auf die Zunge. Beinahe hätte er erwidert, dass sie ihn damals die meiste Zeit eh nicht bemerkt hatten. Kates Leukämie war es gewesen, über die sie sich Tag und Nacht unterhalten hatten. »Danach kamen immer mehr Geschöpfe dazu«, erzählte er weiter. »Feen und Wirdos, das sind geflügelte Wesen, Kobolde, Wichte und viele andere. Ich kann sie sehen und sie sehen mich. Manche verstehe ich, andere sprechen Sprachen, die ich noch nie gehört habe. Die meiste Zeit versuche ich einfach nicht hinzusehen. Dann werden sie wütend und schimpfen, aber ich habe mich daran gewöhnt. Irgendwann lassen sie mich in Ruhe. Nur Élodie, die Wunschfee, ist ganz nett zu mir. Sie weiß viele Dinge über Kinder. Sie hat mir auch etwas über Doktor Hudsons Tochter Alice erzählt. Doktor Hudson fand das aber nicht so toll.« Joshua verstummte abrupt und ritzte mit seinem Daumennagel die Kerben auf dem Tisch nach. Er traute sich nicht, seiner Mutter ins Gesicht zu sehen. »Glaubst du mir?«, fragte er leise.

»Ich weiß es nicht, Josh, ich weiß es einfach nicht«, antwortete sie zögernd.

Joshua drückte seinen Daumennagel so stark in die Kerbe, bis es wehtat und sich seine Augen mit Tränen füllten. Wenn seine eigene Mutter ihm schon nicht glaubte, wer sollte es sonst tun?

»Das hört sich alles so ungewöhnlich an, ich kann mir das nicht vorstellen«, sagte sie unsicher. »Vielleicht siehst du diese Wesen ja wirklich, vielleicht ist es deine Art mit den Dingen umzugehen. Ich weiß es nicht. Ich würde dir so gerne glauben.«

»Dann tu es doch einfach!«, schrie Joshua und konnte seine Tränen nicht länger zurückhalten. »Ich sage die Wahrheit!«
Noch bevor seine Mutter ihm antworten konnte, rannte er hinaus. Er wollte einfach nur weg. Weit weg, wo ihn niemand mehr komisch ansah und dachte, er sei verrückt geworden.

2

»Joshua, bist du da?« Susan war schließlich nach Hause gefahren. Sie stand am Ende der Treppe, die vom Wohnzimmer in die erste Etage führte, und sah nach oben. Über eine Stunde war sie in der Gegend herumgefahren, in der Hoffnung ihren Sohn zu finden. Sie machte sich Sorgen und schimpfte im Stillen mit sich, dass sie alles falsch angegangen war. Seit der Trennung von ihrem Mann hatte sie oft das Gefühl zu versagen. Wieso konnte sie Joshua nicht einfach glauben, was er ihr seit Monaten erzählte? Vielleicht lag es am Stress, daran, dass sie sich in ihre neue Arbeit als Rechtsanwaltsgehilfin einfinden und mit dem Gedanken vertraut machen musste, nun eine alleinerziehende Mutter zu sein. Vielleicht lag es aber auch an ihrer Wut und der Trauer über den Tod ihrer Tochter, die wie ein spitzer Stachel in ihrer Brust saßen und sie jeden Tag aufs Neue daran erinnerten, was in ihrem Leben alles fehlte.

Inzwischen war Susan die Treppe hinaufgestiegen und stand nun im kleinen Badezimmer, in dem Joshua seine nassen Kleider hinterlassen hatte.

»Joshua, wie oft muss ich dir noch sagen, dass deine Sachen auf dem Boden nichts zu suchen haben?«, rief sie jetzt ungehalten. »Noch so eine Sache, die du von deinem Vater geerbt hast«, murmelte sie vor sich hin und bückte sich seufzend, um die Kleidungsstücke in die Waschmaschine zu stopfen. Dennoch war sie froh darüber, dass Joshua allem Anschein nach wohlbehalten zu Hause angekommen war. Noch vor einem Jahr wäre sie in sein Zimmer gegangen, hätte ihm zuerst eine Strafpredigt gehalten und dann anschließend eine heiße Tasse Kakao gemacht. Gemeinsam mit Kate hätten sie an so einem grauen Tag wie heute in Joshuas Bett gesessen und sich gegenseitig Geschichten erzählt. Der Gedanke an diese Zeremonie versetzte Susan einen schmerzhaften Stich. Sie öffnete die Tür zu Joshuas Zimmer nur einen Spalt breit, vergewisserte sich, dass er im Bett lag und zog die Tür leise wieder zu. Dann ging sie nach unten, bereitete sich eine Tasse Kaffee zu, setzte sich an den Küchentisch, an dem immer noch vier Stühle standen, und brach in Tränen aus.

Joshua lag in seinem Bett, die Augen in der Dunkelheit weit aufgerissen und versuchte, das leise Weinen seiner Mutter zu überhören, das aus der Küche zu ihm nach oben drang. Er war sauer auf sie, weil sie nicht zu ihm hereingekommen war und sich entschuldigt hatte. Verzweifelt drehte er sich auf die Seite und starrte die Wand an. Obwohl er unter der Bettdecke lag, war ihm immer noch kalt. Seine Zähne schlugen heftig aufeinander und klapperten laut. Angestrengt kniff Joshua die Augen zusammen. Er hatte von diesem Tag die Nase voll, alles war schiefgelaufen. Bevor er in den Schlaf hinüberglitt, hoffte er inständig, dass er endlich jemand fand, der ihm glaubte.

Jemanden, der nicht bezweifelte, dass er die Wahrheit sagte.

3

»Aufstehen, du kommst sonst zu spät zur Schule!« Susan zog die Jalousien in Joshuas Zimmer hoch und ließ die ersten zaghaften Sonnenstrahlen des Tages herein. Nach dem vielen Regen der vergangenen Stunden waren Straßen und Rasenflächen noch nass und überall hatten sich große Pfützen gebildet. Doch der Himmel klarte allmählich auf und der Wettermann auf CNN hatte einen schönen Tag für Boston vorausgesagt.

»Los, du Faulpelz, raus aus den Federn!« Energisch zog Susan an der Bettdecke, unter der nur Joshuas brauner Haarschopf zu sehen war. »Hey, aufstehen, habe ich gesagt.« Übermütig riss Susan die Decke weg und erstarrte.

Joshua lag zusammen gekauert und mit geschlossenen Augen, am ganzen Körper bebend, da.

Susan beugte sich zu ihm hinab und befühlte seine Stirn. Erschrocken zuckte sie zusammen. Seine Haut glühte. »Joshua?«, fragte sie heiser. »Kannst du mich hören?« Sie rüttelte ihn an der Schulter, doch er reagierte nicht. »Josh, wach auf!« Kalte Panik durchrieselte Susan, während sie auf ihren zitternden Sohn hinabblickte. »Ich hole Hilfe«, flüsterte sie. Dann rannte sie, so schnell sie konnte, aus dem Zimmer, griff sich das Telefon, und wählte den Notruf.

Susan hatte das Gefühl, eine ganze Weltreise gemacht zu haben, als sie neben dem Notarzt durch den grellerleuchteten Flur der Notaufnahme hastete.

»Wir haben hier einen bewusstlosen Jungen. Joshua Freeman, zwölf Jahre alt«, rief dieser, während er im Laufschritt neben der Liege herrannte. Der Sanitäter auf der anderen Seite hielt eine Plastikflasche hoch, aus der eine durchsichtige Flüssigkeit in Joshuas Venen rann. Sie liefen am Tresen der Notaufnahme vorbei, wo sich ihnen sogleich zwei Krankenschwestern anschlossen. Eilig zogen sie einen Vorhang beiseite und gemeinsam mit den Rettungskräften hoben sie Joshua behutsam von der Liege hoch und betteten ihn um. Die grünen Laken in dem viel zu großen Krankenhausbett ließen ihn noch blasser aussehen.

Susan schluckte schwer, als sie sah, wie sich Joshuas Brust kaum merklich hob und senkte. Teilnahmslos starrte sie die Beatmungsmaske an, die bei jedem Atemzug beschlug, und wunderte sich, wie schnell alles gegangen war. Vor fünfzehn Minuten war sie in Joshuas Zimmer gegangen und hatte ihn wecken wollen. Nun lag er totenbleich in der Notaufnahme.

»Auskultatorisch ergab sich kein Hinweis auf eine Aspiration«, fuhr der Notarzt in seinem Fachchinesisch fort. »Lunge ist gut ventiliert, mäßige, aber ausreichende Thorax Exkursionen.«

Eine der Schwestern verklebte eilig Joshuas Brust und schloss ihn kurz darauf an ein EKG an.

»Initiale Sättigung ohne Sauerstoff bei 99%, Körperkerntemperatur bei 41,8°C, kein Hinweis auf Meningismus. Beide Pupillen mittelweit, prompt lichtreagibel«, diktierte der Notarzt ungerührt weiter.

Langsam sickerte die Erkenntnis zu Susan durch, dass das alles tatsächlich passierte und entsetzt schlug sie sich eine Hand vor den Mund.

»Bisher haben wir 500 Milliliter Ringerlösung und fiebersenkende Mittel gegeben«, beendete der Notarzt seinen Bericht. »Der Junge weist keine äußeren Verletzungen auf, laut der Mutter hatte er auch keinen Unfall. Patient ist soweit stabil.« Er wandte sich an Susan, die sich nicht von der Stelle gerührt hatte. »Der behandelnde Arzt wird sich sofort um Sie kümmern, Mrs. Freeman.«

Susan nickte mechanisch.

»Bitte füllen Sie dieses Formular aus«, sagte eine der Krankenschwestern und reichte ihr freundlich ein Klemmbrett. Sie fasste Susan leicht am Arm und deutete auf einen Stuhl, der gleich hinter dem Vorhang stand. »Sie können sich so lange hier hinsetzen.«

Susan folgte der Anweisung, sah aber nur mit leerem Blick dabei zu, wie Joshua weiter behandelt wurde. Eine Krankenschwester legte ihm eine Armmanschette um und maß den Blutdruck, die andere nahm ihm Blut ab.

»Alles Gute«, sagte der Notarzt leise. Er berührte Susan kurz an der Schulter und folgte dann seinem Kollegen, der bereits die inzwischen wieder frei gewordene Liege den Flur entlang schob.

»Er wacht einfach nicht auf«, sagte Susan zu niemand bestimmten.

»Hat Ihr Sohn schon alle Kinderkrankheiten gehabt?«, fragte die Schwester, die Joshua gerade Blut abnahm.

»Ja«, antwortete Susan. »Er ist gestern lange im Regen umhergelaufen«, setzte sie hinzu. Dann wusste sie nicht, was sie sonst noch sagen sollte und schwieg. Wo blieb nur der Arzt? Hilflos blickte sie sich um. Das grelle Neonlicht fiel auf drei große Metallschränke, die die komplette rechte Wand einnahmen. Da der Vorhang zurückgezogen war, konnte Susan das Nachbarbett erkennen, das jedoch leer war. Auch dort standen unterschiedlichste elektronische Geräte zur Überwachung, die aber ausgeschaltet waren, und Susan nur mit schwarzen Monitoraugen anstarrten.

Plötzlich wurde Joshua unruhig.

Susan warf das Klemmbrett achtlos neben sich auf den Stuhl und war mit drei großen Schritten bei ihm. Sacht streichelt sie über seine heißen Wangen und redete beruhigend auf ihn ein. Sie konnte sehen, wie seine Augen hinter den geschlossenen Lidern unruhig zuckten. »Was ist mit dir los, Josh?«, fragte sie ängstlich und ahnte gleichzeitig, dass sie darauf keine Antwort erhalten würde. »Es wird alles wieder gut«, sagte sie stattdessen leise.

In diesem Moment kam ein junger Arzt auf sie zu. Mit müden Bewegungen reichte er ihr die Hand. »Guten Tag, ich bin Dr. Barker. Was kann ich für Sie tun?« Er ließ sich von einer der Schwestern Joshuas Akte geben und überflog sie kurz.

»Es geht um meinen Sohn, Joshua. Er ist heute Morgen einfach nicht aufgewacht«, sagte Susan, während sich ihre Stimme beinahe überschlug.

»Hatte er einen Unfall?«

Susan schüttelte heftig den Kopf. »Nein, er hat geschlafen.«

»Nimmt er irgendwelche Drogen?«, fragte der Arzt, immer noch die Akte lesend.

»Er ist zwölf Jahre alt!«, fuhr ihn Susan an. Am liebsten hätte sie ihm ins Gesicht geschlagen. »Hören Sie, das habe ich alles schon dem Notarzt erzählt. Ich kam heute Morgen in Joshuas Zimmer und wollte ihn wecken. Da habe ich ihn so aufgefunden.«

»Na, dann schauen wir mal«, sagte der Arzt und beugte sich über Joshua. Er klopfte ihm die Brust ab, hob seine Lider hoch und leuchtete ihm mit einer kleinen Stablampe in die Augen. Dann nahm er sein Stethoskop ab, setzte Joshua auf und drückte ihm die Membran an den Rücken. Anschließend tastete er Joshuas Hals, Arme und Beine ab.

»Was fehlt ihm denn nun?«, fragte Susan gereizt.

»Das ist schwer zu sagen, Mrs. Freeman.« Der junge Arzt sah sie mit gerunzelter Stirn an. »Joshua hat hohes Fieber und Schüttelfrost, aber seine Lungen hören sich vollkommen frei an. Seine Symptome können also mannigfaltige Ursachen haben.«

»Was soll das heißen?«

»Das heißt, dass ich zurzeit nicht genau sagen kann, was Ihrem Sohn fehlt. Ich werde ihn erstmal zum Thorax Röntgen schicken, wir haben ihm Blut abgenommen, so dass wir davon Bakterienkulturen

anlegen und schauen können, ob sie anschlagen.
Dann machen wir ein MRT, CT und EEG. Vielleicht auch eine Angiographie. Zunächst werden wir ihn mit Sauerstoff und ausreichend Flüssigkeit versorgen«, wies er die Krankenschwestern an.

Er leiert nur einen Text aus dem Lehrbuch für Erstsemester herunter, dachte Susan ungläubig. Aber sie erkannte, dass sie keine andere Wahl hatte, sie musste darauf vertrauen, dass er wusste, was er tat.

4

Joshua lag mit geschlossenen Augen auf dem Rücken. Zunächst spürte er etwas Kaltes, Nasses an seiner gesamten Rückseite. Dann merkte er, dass sich seine Arme und Beine eigenartig schwer anfühlten. Irgendetwas schien sich an ihm festgesaugt zu haben und hielt ihn nun mit feuchten Armen umklammert. Ruckartig fuhr Joshua auf.

Im ersten Moment war er fest davon überzeugt zu träumen, denn das, was er sah, konnte unmöglich die Wirklichkeit sein. Er saß, mit seinem Pyjama bekleidet, im Schlamm. Um ihn herum wirkte alles braun, öde und trostlos. Es roch nach fauliger Erde und morschem Holz. Über ihm hingen graue Wolken, die eine milchige Sonne verdeckten. Joshua wandte einmal den Kopf, zu erschrocken, um sich anderweitig zu bewegen. Egal, wohin er blickte, überall sah es gleich aus: Der Boden bestand aus einer trüben Schlammschicht, hier und da standen ein paar uraltaussehende Trauerweiden, deren Wurzeln wie arthritische Finger im Schlamm steckten, als müssten sie sich abstützen. Das wenige Grün an ihren Ästen hing wie nasses Haar kraftlos herunter. Irgendwo in der Nähe krächzte eine Krähe und dieser Laut war es, der Joshua schließlich abrupt auf die Beine brachte. Immer noch fassungslos sah er an sich hinab, sein dünner Pyjama klebte unangenehm am Körper. Joshua machte einen Schritt nach vorn. Das laute Schmatzen des Schlamms hallte in der Stille eigentümlich nach. Was zum Teufel war passiert? Wo war er?

»Hallo? Ist hier jemand?«, rief er und hörte, wie in seiner Stimme Panik mitschwang. »Hey, das ist nicht witzig! Mom? Dad? Wo seid ihr?« Wieder und wieder drehte er sich im Kreis. Von Verzweiflung durchtränkte Gedanken wirbelten in seinem Kopf. Alles verschwamm plötzlich vor seinen Augen und er musste ein paar Mal blinzeln, um wieder scharf sehen zu können. »Kann mich jemand hören?«, brüllte er noch einmal. Das musste ein Albtraum sein! Joshua kniff sich, so fest er konnte, in den Arm, bis der Schmerz in seine Schulter hochjagte und er wusste, dass er wach war. Keuchend beugte er sich vorne über und schloss die Augen. Was sollte er jetzt tun? Außer seinem Schlafanzug hatte er nichts bei sich. Kein Handy, kein Geld, er hatte noch nicht einmal Schuhe an. Zaghaft öffnete er die Augen und machte einen Schritt vorwärts. Dann machte er noch einen. Mit einiger Anstrengung schaffte er die nächsten Schritte. Es war gar nicht so einfach, durch den Schlamm zu waten, der ihm bis knapp über die Knöchel reichte. Fieberhaft überlegte er, was er jetzt tun sollte. Er hatte absolut keine Ahnung, wo er sich befand, geschweige denn, wie er wieder nach Hause kommen sollte.

Plötzlich erfüllte ein dumpfes Donnern die Luft. Die Erde unter seinen Füßen begann zu vibrieren, der Schlamm warf Blasen und einige der Bäume knickten um, als wären ihre mächtigen Stämme lediglich dünne Zahnstocher.

Joshua stand stocksteif da, während seine Füße immer tiefer im Matsch versanken.

Im nächsten Moment hörte er eine Art Rauschen, bei dem sich alle Härchen auf seinen Armen aufrichteten.

Es klang wie das böse Ausatmen einer Schlange und schien die Luft zu vergiften, sie mit etwas Todbringendem zu tränken, bis jeglicher Sauerstoff daraus entwichen war.

Von wilder Panik geschüttelt, begann Joshua zu rennen. Es war kein echter Entschluss, sondern reiner Instinkt, der ihn dazu veranlasste loszuspurten, so schnell es der klebrige Matsch unter ihm zuließ. Zäh wie Kaugummi klammerte sich der nasskalte Schlick an seine Füße, als er stolpernd und keuchend vorwärtsdrängte.

Das Rauschen kam näher und hatte ihn fast erreicht.

Joshua rannte noch schneller, doch im nächsten Augenblick wurde sein Fuß umklammert und mit einem heiseren Schrei aus Angst und Wut fiel er bäuchlings in den Matsch. Sofort drang stinkender Schlamm in Mund und Nase ein und verklebte seine Augen. Schreiend kämpfte sich Joshua frei und versuchte zu erkennen, was geschehen war.

5

Susan schloss die Augen und lehnte sich erschöpft gegen die kühle Wand des Wartebereichs. Was sollte sie ihrem Mann sagen? Dass er zu ihr kommen und sie trösten sollte? Dass gemeinsames Warten auf die Diagnose erträglicher war?

Sie erinnerte sich daran, wie sie vor eineinhalb Jahren zu dritt im Warteraum gesessen hatten, während ihre Tochter Kate gründlich untersucht worden war. Stundenlang hatten sie dagesessen, sich ab und zu aufmunternde Blicke zugeworfen oder sich einfach in den Armen gehalten. Da waren sie noch eine Familie gewesen. Jeder hatte dem anderen ein Stück seiner eigenen Kraft geliehen, damit der andere weitermachen konnte. Jetzt waren sie versprengte Teile eines Ganzen, die nicht mehr wussten, an welcher Stelle sie zusammengehörten.

Seufzend zog sie ihr Handy hervor und wählte. »Matt? Hier ist Susan. Bitte reg dich nicht auf, aber Joshua geht es nicht gut. Ich weiß auch nicht, er hat Fieber und Schüttelfrost. Die Ärzte wissen noch nicht was mit ihm los ist. Wir sind im Krankenhaus, du musst aber nicht extra herkommen. Sobald ich etwas höre, rufe ich noch mal an«, beendete Susan das Telefonat. Sie war froh darüber, nur auf den Anrufbeantworter gesprochen zu haben. Sich jetzt auch noch mit ihrem Mann auseinanderzusetzen, wäre mehr gewesen, als sie zu diesem Zeitpunkt hätte verkraften können. Ein pulsierender Kopfschmerz machte sich hinter ihrer Stirn bemerkbar und vollkommen erledigt ließ sich Susan auf den nächsten Stuhl fallen. Den Kopf an die Wand hinter sich gelehnt, schloss sie die Augen und versuchte, ruhig ein und aus zu atmen. Es war wie in einem nicht enden wollenden Albtraum, den sie immer und immer wieder durchlebte.

»Mrs. Freeman?«

»Ja?« Erschrocken riss Susan die Augen auf und blinzelte gegen die grelle Flurbeleuchtung an. Verwirrt schaute sie auf ihre Armbanduhr. Sie musste kurz eingenickt sein.

»Bitte kommen Sie mit«, sagte eine junge Krankenschwester. »Doktor Castello erwartet Sie bereits.«

Kurz darauf blieben sie vor einem Büro stehen, dessen Tür weit offenstand. Als Susan zögernd eintrat, empfing sie ein großer Raum, dessen Wände in einem Himmelblau gestrichen und mit gelben Blumen bemalt waren. Überall hingen Fotos von lachenden Kindergesichtern, bunte Zeichnungen, Lampions und Zeitungsschnipsel. Vor einer breiten Glasfront, mit Blick auf den Krankenhauspark, saß hinter einem wuchtigen Schreibtisch ein gedrungener, grauhaariger Mann, den Susan auf Mitte fünfzig schätzte.

»Ah, Mrs. Freeman, setzen Sie sich doch bitte«, empfing sie Doktor Castello mit einem leichten italienischen Akzent.

Susan nahm auf einem der Stühle vor seinem Schreibtisch Platz und blickte sich neugierig um.

»Sind das Ihre Kinder?«, fragte sie und deutete auf die vielen Bilder.

»Ja, beinahe«, antwortete der Arzt lächelnd. Seine Stimme strafte die geringe Körperlänge Lüge; sie war dunkel und volltönend. »Es sind alles meine kleinen Patienten, die ich im Laufe der letzten Jahre geheilt habe«, erklärte Doktor Castello, während sein Blick liebevoll die Bilder streifte. »Ich bilde mir ein, bessere Arbeit zu leisten, wenn ich sie um mich habe. Als Beweis, dass nichts unmöglich ist.«

Der Satz traf Susan mitten ins Herz. Sie fragte sich, ob er nicht der richtige Arzt für Kate gewesen wäre. Ihre kleine Tochter hätte damals so dringend ein Wunder gebraucht.

»Ich habe vorhin Ihren Sohn Joshua untersucht, Mrs. Freeman«, fuhr der Arzt fort und blickte dabei in die Krankenakte, die vor ihm lag. »Leider haben die Tests bisher kein eindeutiges Ergebnis geliefert. Joshuas Blutwerte sind vollkommen in Ordnung. Die Röntgenaufnahmen, das MRT, sowie das CT, zeigen keinen Befund und auch das EEG ist vollkommen normal. Die Bakterienkulturen können wir erst in den nächsten Tagen auswerten. Während der gesamten Zeit, in der Joshua untersucht wurde, ist er jedoch nicht ein einziges Mal aufgewacht und ehrlich gesagt ist es das, was mir am meisten Sorgen macht. Ich habe Sie hierhergebeten, in der Hoffnung, dass Sie mir etwas über Ihren Sohn erzählen können, dass wir noch nicht wissen. Eventuell hat er etwas in der Schule oder bei Ihnen zu Hause getan oder gegessen, was ungewöhnlich für ihn ist.«

»Wir haben uns gestern gestritten«, sagte Susan unvermittelt und war selbst überrascht, dass es das Erste war, dass ihr einfiel. »Er ist danach stundenlang im Regen herumgelaufen. Und er war wütend auf mich, weil ich ihm nicht geglaubt habe.« Es fiel ihr schwer, die Tränen zurückzuhalten, als sie an das enttäuschte Gesicht ihres Sohnes dachte, der sich von ihr verraten gefühlt hatte.

»Meine Tochter Eliza schiebt immer ihre Unterlippe vor, wenn sie böse auf mich ist. Und ich kann Ihnen sagen, es bricht mir jedes Mal das Herz«, sagte Doktor Castello und sah Susan mitfühlend an. Dann wurde er wieder ernst. »Eine Lungenentzündung oder sonstige virale Erkrankung haben wir bei Ihrem Sohn bereits ausgeschlossen, denn es gibt keinerlei Anzeichen, die daraufhin deuten würden. Auch akute Erkrankungen wie Schlaganfall, Hirntumor oder Meningitis fallen weg.«

Susan zupfte verlegen eins der Papiertaschentücher aus dem Spender, der auf dem Tisch stand und tupfte sich die Augen. »Joshua hat keine Allergien oder sonstige chronische Krankheiten«, sagte sie. »Nachdem unsere Tochter an Leukämie erkrankt war, ließen wir Joshua ebenfalls testen und bei ihm war alles in Ordnung.« Susan erschrak, denn so hatte sie es nicht formulieren wollen. Natürlich waren sie erleichtert gewesen, dass Joshua vollkommen gesund war. Und doch hatte sie sich manchmal in einer stillen Stunde gefragt, warum der Tod das eine Kind holte und das andere verschonte.

»Solange wir nicht näher bestimmen können, was Joshua fehlt, haben wir ihn auf die Intensivstation verlegt«, sagte Doktor Castello. »Er scheint in eine Art Koma gefallen zu sein, aus dem wir ihn erst wieder aufwecken können, sobald wir wissen, um was für eine Krankheit es sich bei ihm handelt. War Ihr Sohn in letzter Zeit oft Stress ausgesetzt oder hatte er Ärger in der Schule?«

Susan sank in sich zusammen und auch das letzte bisschen Kraft, an dem sie sich bisher festgeklammert hatte, versiegte. »Es ist alles meine Schuld«, flüsterte sie, unfähig den Arzt anzusehen, aus Angst, in seinen Augen einen Schuldspruch zu erblicken. »Nach dem Tod unserer Tochter vor einem Jahr habe ich mich von meinem Mann getrennt und er ist ausgezogen. Seitdem geht alles drunter und drüber und Joshua entgleitet mir immer mehr. Er ist viel allein und zieht sich beharrlich in seine eigene Welt zurück.«

»Haben Sie mit Joshua über den Tod Ihrer Tochter gesprochen?«

Susan schüttelte den Kopf.

»Warum nicht? Das hilft meist nicht nur den überlebenden Kindern, sondern auch den Eltern.«

»Ich kann nicht«, antwortete Susan. Ihr ängstlicher Blick begegnete dem des Arztes, doch sie erkannte darin nur Verständnis und Güte. »Wenn ich von Kate in der Vergangenheit spreche, dann ist sie wirklich gestorben.«

6

Joshua war es gelungen, sich aus dem Schlamm freizukämpfen. Entsetzt blickte er jetzt nach unten auf das tintenfischartige Wesen, das sich an sein Bein klammerte und gerade dabei war, eins der langen Tentakel unter seine Haut zu bohren. »Hau ab. Verschwinde!«, schrie er und schüttelte das Bein panisch. Als das nicht half, griff er mit beiden Händen nach dem glitschigen Ding und riss es sich mit aller Kraft von der Haut.

Es gab ein laut schmatzendes Geräusch, dann entwand sich das Geschöpf seinen Händen und flutschte in den Schlick, wo es sofort verschwand. Zurück blieb eine offene Stelle an Joshuas Bein, aus der ein blutiges Rinnsal langsam nach unten floss.

»Verdammt!«, fluchte er und hatte Mühe, sich von dem Schock zu erholen. »Was für eine Scheiße ist das hier?« Er zuckte zusammen und erwartete im nächsten Moment, von seiner Mutter wegen des Ausdrucks getadelt zu werden. Dann erinnerte er sich daran, dass sie nicht da war, und fluchte gleich nochmal. Vorsichtshalber trampelte er noch ein bisschen im Schlamm herum, um sicher zu sein, dass das komische Vieh weg war, und sah sich dann um. Was sollte er jetzt machen?

Einen Schritt nach dem anderen, sagte er sich und begann langsam durch den Matsch zu waten.

Stunden später war Joshua vollkommen nassgeschwitzt und hatte das Gefühl, keinen Schritt mehr weiter gehen zu können, ohne vor Erschöpfung zusammen zu brechen. Die Hände an die Knie gestützt, den Rücken krumm, sah er auf seine nackten Füße hinunter, aber die waren vollkommen von der braunen Brühe unter ihm bedeckt. Wieder krächzte eine Krähe in der Nähe und Joshua fuhr erschrocken auf. Ängstlich blickte er sich nach weiteren Lebenszeichen um, aber das Moor blieb gleichmäßig still.

»Hallo?«, rief er unsicher. »Ist hier jemand?« Mittlerweile war es ihm fast egal, wer oder was hier hauste, er wollte einfach nur eine Antwort, damit er das entsetzliche Gefühl loswurde, er wäre mutterseelenallein in dieser Welt.

Nichts rührte sich, niemand antwortete ihm.

Joshua schwankte zwischen Erleichterung und Panik. Er konnte doch nicht ewig in diesem Morast umherlaufen. Was geschah, wenn er niemals hier herausfinden würde? Mutlos senkte er den Kopf und versuchte, seine umher wirbelnden Gedanken zu ordnen. Er musste plötzlich an die Worte seines Vaters denken. Auf einer ihrer Wanderungen durch den Mount Greylock State Park, hatte sein Dad ihm immer wieder eingebläut, was er tun musste, wenn er sich einmal verlaufen sollte. *Bleib an dem Ort oder an einem offenen Platz in der Nähe.* Joshua blickte sich stirnrunzelnd um. Er konnte noch nicht einmal sagen, wie weit er inzwischen gelaufen war. Also schied dieser Ratschlag schon mal aus.

Leg eine Spur, hörte er die Stimme seines Vaters in Gedanken, *markiere den Weg, den du zurücklegst, damit du erkennst, wenn du dich im Kreis bewegst.*

Dieser Tipp schien Joshua schon anwendbarer. Fieberhaft überlegte er, was er als Markierung benutzen könnte. Am ehesten noch den Stoff seines Pyjamas. Obwohl der Stoff die Kälte nicht wirklich abhielt, kostete es ihn Überwindung, das Oberteil auszuziehen. Immerhin war seine Kleidung das einzig Vertraute an diesem unheimlichen Ort. Dennoch zog er sich die Pyjamajacke über den Kopf und begann mühsam den Stoff auseinanderzureißen. Anschließend betrachtete er das Ergebnis seiner Anstrengung und war zufrieden. Ungefähr zehn längliche Streifen des gemusterten Pyjamastoffs lagen jetzt vor ihm im Schlamm. Dann machte er sich an die Arbeit. Er ging zu der Trauerweide hinüber, die ihm am nächsten stand und band einen der Streifen an einem der herunterhängenden Äste fest. Nachdem er weitergelaufen war, stellte Joshua erleichtert fest, dass er seine Markierung auch aus der Entfernung noch gut erkennen konnte. Mit neu gewonnener Zuversicht stapfte er weiter.

Der trübe Vormittag war inzwischen in einen noch trüberen Nachmittag übergegangen. Das matte Licht reichte kaum noch aus, um die Markierung zu sehen, die Joshua zuletzt angebracht hatte. Er hatte Hunger und Durst, am schlimmsten war jedoch der pochende Schmerz, der von der Beinwunde ausging.

Es hatte zwar aufgehört zu bluten, aber die Wunde sah böse aus und entzündete sich langsam. Angestrengt verscheuchte Joshua die Angst, gleich ohnmächtig zusammenzubrechen. Stattdessen schaute er auf die zwei letzten Stofffetzen in seiner Hand. Er begann zu frösteln, denn ihm wurde bewusst, dass er in diesem wenig einladenden Gelände wahrscheinlich übernachten musste. Eine Gänsehaut kroch ihm über die nackten Arme, bei dem Gedanken daran, im feuchten Schlamm zu liegen, während die unheimliche Dunkelheit ihre Finger nach ihm ausstrecken würde. Er war so sehr in diese Schreckensvorstellung vertieft, dass er das Geräusch beinahe überhört hätte. Ruckartig hob er den Kopf und lauschte. Sein eigener Atem war derart laut, dass er unwillkürlich die Luft anhielt.

Da. Da, war es wieder.

Er runzelte die Stirn. Es kam von links und hörte sich an, als würde jemand etwas flüstern. Joshua zögerte kurz. Er dachte an das unheimliche Rauschen, das er vor ein paar Stunden gehört hatte. Nachdem er allerdings ein paar Minuten abgewartet hatte, war er davon überzeugt, dass es dieses Mal etwas anderes sein musste. Er wandte sich in die Richtung, aus der das Geräusch kam. Er war noch nicht lange gelaufen, da wurde der Boden unter seinen Füßen allmählich fester. Immer mehr Steine und aufgehäufte Erdberge tauchten auf und veränderten die Landschaft. Vor lauter Aufregung, vielleicht den Ausweg aus dem Moor gefunden zu haben, ließ Joshua die letzten Stofffetzen fallen und begann zu rennen. Kurz darauf spürte er endlich wieder festen

Boden unter sich. Er fiel auf die Knie und begann wild zu schluchzen. Erleichtert vergrub er beide Hände im satten, grünen Gras, das ihn jetzt umgab. Müde und vollkommen erschöpft rollte er sich auf dem Boden zusammen und schlief augenblicklich ein.

Einige Stunden später kam Joshua langsam zu sich. Erstaunt stellte er fest, dass es nach Gras und frischer Erde roch. Um ihn herum erklang das Summen von Insekten. Er schlug die Augen auf und blickte verwundert in einen sternenübersäten Nachthimmel, der sich wie eine große Kuppel über ihm wölbte. Erschrocken rappelte er sich hoch und stützte sich auf den Ellenbogen ab. Sofort flammte der Schmerz in seinem Bein wieder auf und mit ihm kehrte die Erinnerung zurück. Verängstigt betrachtete Joshua die fremde Umgebung, die so ganz anders aussah, als das öde Moor, aus dem er sich frei gekämpft hatte.

Tausende von durchsichtigen Blumen wogten um ihn herum. Abwechselnd leuchteten sie hellblau, blassrosa, milchig gelb, dunkelviolett, manche in den Farben des Regenbogens, andere in den Schattierungen eines Sonnenuntergangs. Über den geöffneten Glasblüten summten und tanzten eigenartige Geschöpfe. Sie waren so groß wie Joshuas Daumen und hatten zierliche Flügel auf dem Rücken, die so schnell schlugen, dass er es kaum erkennen konnte. Mit ihren langen, stielartigen Fühlern, tauchten sie kopfüber in die Blüten ein und während sie eine Art Nektar absaugten, begannen die Blumen zu leuchten. Das Summen der feenähnlichen Wesen hörte sich an, als ob unzählige Stimmen das Gleiche flüsterten.

Zögernd kam Joshua auf die Beine und humpelte ein Stück vorwärts. »Hallo?«, rief er ängstlich. »Jemand da?«

Alles blieb ruhig.

Joshua schluckte die Tränen hinunter, die plötzlich seine Augen füllten. Das alles konnte doch nicht wahr sein! Wie kam er bloß hierher? Das Letzte, woran er sich erinnern konnte, war, dass er zu Hause in seinem Bett gelegen hatte, bevor er in dem Moor aufgewacht war.

»Das ist nicht ganz richtig«, sagte plötzlich eine kehlige Stimme und etwas zupfte ihn am rechten Fuß.

Joshua schrie auf und sprang zur Seite. Erschrocken starrte er nach unten.

»Gut fragen, heißt viel wissen«, schnarrte eine riesige Schildkröte, während sie genüsslich ein Grasbüschel herauszupfte und darauf herumkaute.

Ungläubig sah Joshua sie an. »Ich glaube, jetzt drehe ich vollkommen durch! Das kann nicht sein. Du bist gar nicht da.« Joshua fuchtelte wild vor seinen Augen herum. Als die Schildkröte nicht verschwand, keuchte er kurz auf und humpelte, so schnell er konnte, in die andere Richtung davon.

»Du musst schneller als die anderen sein, wenn du Gefolgschaft haben willst«, murrte die Schildkröte neben Joshua.

»Ich bilde dich mir nur ein.« Sich die Ohren zuhaltend, begann er trotz der Schmerzen zu rennen.

Er musste so schnell wie möglich hier weg, bevor er vollends den Verstand verlor.

»Du solltest besser zweimal fragen, um nicht immer wieder irrezugehen«, beharrte die Schildkröte, die mühelos mit ihm Schritt hielt.

Joshua blieb schweratmend stehen. »Was meinst du damit? Was ist mit mir los? Was ist passiert und wo sind meine Eltern?«

»Du musst die richtigen Fragen stellen, mein Junge, um die Antworten zu bekommen, die du haben willst.«

»Na schön. Wo bin ich hier?«

»Das ist die falsche Frage.«

»Wer bist du und warum kann ich verstehen, was du sagst?«

»Das ist ebenfalls die falsche Frage.«

Aufgebracht starrte Joshua die Schildkröte an und verschränkte die Arme vor der nackten Brust. Er hatte nicht vor, mit einem Hirngespinst Rätselraten zu spielen. Sollte sie doch auf ihre Frage warten, bis sie schwarz wurde, er würde schon herausfinden, wo er war und wie er wieder nach Hause kam. Er musste nur ein Telefon suchen und seine Mutter anrufen, damit sie ihn abholte.

»Das wird nicht so einfach sein, wie du glaubst«, sagte die Schildkröte und rupfte das nächste Grasbüschel heraus. »Du bist weit gereist, um hierher zu kommen.«

Joshua konnte sich gar nicht daran erinnern, verreist zu sein, und wenn er das getan hatte, dann müsste doch wenigstens seine Mutter in der Nähe sein.

»Nein, du bist allein gekommen.«

»Kannst du etwa meine Gedanken lesen?«, fragte er entsetzt.

»Ein einzelner Gedanke kann der Funke sein, aus dem eine ganze Welt erwächst.«

»Oh Mann«, sagte Joshua und raufte sich die Haare. »Jetzt bin ich vollkommen durchgeknallt.« Er starrte die Schildkröte angestrengt an und wartete darauf, dass sie sich in Luft auflöste. Als dies nicht geschah, atmete er einmal tief durch. »O.k., hast du wenigstens ein Handy dabei?«

»Ein was?«

»Ein Handy. Du weißt schon, so ein kleiner, schwarzer Kasten, mit dem man telefonieren kann.«

»Ach, dafür sind die Dinger gut? Interessant.«

»Oh Gott, selbst meine Hirngespinste sind irre.« Langsam setzte sich Joshua auf den Boden. Ihm war schwindelig vor Schmerzen und er konnte keinen klaren Gedanken fassen.

»Ich kann dir helfen«, schnarrte die Schildkröte.

»Ach ja, bei welchem meiner vielen Probleme genau?«

»Eins nach dem anderen«, antwortete die Schildkröte. Sie krabbelte näher an ihn heran, öffnete ihr Maul und spuckte Joshua plötzlich eine übelriechende Flüssigkeit auf die Wunde.

»Hey, was soll das?«, schrie Joshua und sprang entsetzt auf.

»Ganz ruhig, mein Junge. Das Gift der Phyrys bringt dich sonst um. Es sollte nicht lange dauern, bis es heilt.«

»Phy…was?«, stotterte Joshua. Doch bevor er weiter nachfragen konnte, spürte er ein angenehmes Kribbeln auf der Haut. Der Schmerz verschwand allmählich und die roten Ränder an der Wunde schienen sich langsam zurückzubilden. »Wow. Das ist echt cool.«

»So, nachdem wir das geklärt haben, denk an deinen Wunsch«, sagte die Schildkröte unbeirrt und betrachtete ihn mit ihren schwarzen, unergründlichen Augen.

Joshua war sich nicht sicher, was sie damit meinte. Welcher Wunsch? Er erinnerte sich daran, dass es in der Schule mal wieder Ärger gegeben hatte. Später hatte er sich dann auch noch mit seiner Mutter gestritten. Am Abend hatte er in seinem Bett gelegen, verzweifelt darüber, weil ihm niemand glauben wollte. »Als ich einschlief, habe ich mir gewünscht, dass es jemanden gibt, der mir glaubt, dass ich all diese Wesen sehe.«

»Das Schicksal neigt dazu, unsere Wünsche zu erfüllen, auch wenn ihr Verlauf oft unvorhersehbar ist«, erwiderte die Schildkröte zufrieden. »Ich heiße übrigens Nanura.«

»Ich bin Joshua«, antwortete er automatisch.

»Ich weiß.« Nanura blickte ihn freundlich an. »Ich habe dich bereits erwartet.«

»Aber wie zur Hölle bin ich hierhergekommen?«, wollte Joshua aufgebracht wissen. »Ich meine, ich war nicht in einem Zug oder einem Flugzeug oder so, daran würde ich mich doch erinnern!«

»Nein, du bist nach Orasyen gekommen, weil es dein Schicksal ist.«

»Ich habe noch nie etwas von einem Land mit diesem Namen gehört.« Joshua wurde zunehmend frustrierter. »Wo bitte soll das sein?«

»Orasyen liegt zwischen dem Hier und Jetzt«, antwortete Nanura.

»Tolle Antwort«, brummelte Joshua. »Und wie genau bin ich nun hierhergekommen?«

»Du bist im Schlaf zu uns gekommen.« Nanura rupfte erneut ein Grasbüschel aus dem Boden. »Denn du bist der letzte Torwächter.«

»Hä? O.k., das reicht jetzt. Schluss mit der Show.« Joshua sprang auf die Beine und fuchtelte mit den Armen. »Ihr könnt rauskommen. Versteckte Kamera oder so, ist mir egal! Ihr hattet euren Spaß.«

»Du bist der letzte Torwächter«, sagte Nanura gelassen, während sie die Grashalme zerkaute.

»Was soll das denn sein?«

»Falsche Frage.«

»Oh Mann.« Joshua rollte mit den Augen. »Egal, was das zu bedeuten hat, es kann nicht sein!«

»Warum nicht?«

»Weil ich nichts Besonderes bin!«, brauste er auf. »Ich bin höchstens plemplem, weil ich ständig irgendwelche komischen Sachen sehe.«

»Was für Sachen siehst du denn?«, fragte Nanura neugierig.

»Keine Ahnung, verschiedene. In der Schule habe ich deswegen ständig Ärger bekommen. Einmal habe ich einen sprechenden Ast gesehen. Dann wieder so ein altes, verhutzeltes, grünes Männchen. Und jetzt spreche ich auch noch mit Schildkröten!«, setzte Joshua verdrossen hinzu.

»Egal, ob du es glaubst oder nicht, es ändert nichts daran, dass es Realität ist«, sagte Nanura.

Joshua brummte etwas Unverständliches vor sich hin. Er konnte es nicht fassen, dass er hier halbnackt stand und sich mit einer verdammten Schildkröte unterhielt! Wahrscheinlich war sein Gehirn bereits Apfelmus und er wusste es nur noch nicht.

»Sag mir, wie geht es deiner Welt?«, wollte Nanura wissen. »Es ist eine Ewigkeit her, dass ich sie besucht habe.«

»Keine Ahnung. Mein Geschichtslehrer, Mr. Silverman, meinte letztens, dass es mit uns zu Ende geht.«

»Warum?«

Joshua zuckte unbehaglich die Achseln. Er hielt immer noch Ausschau nach versteckten Kameras oder seinen Eltern, die gleich lachend irgendwo rausgesprungen kämen. Aber nichts dergleichen geschah. Er dachte an den Dokumentarfilm, den sie sich in der Schule angesehen hatten und beschloss, fürs Erste mitzuspielen. Was hatte er schon zu verlieren? »Zurzeit herrschen über dreißig Kriege auf der Welt, die Umweltkatastrophen nehmen immer mehr zu und etwa ein Siebtel der Weltbevölkerung leidet Hunger«, erzählte er der Schildkröte zu seinen Füßen.

»Ich wusste nicht, dass es derart schlimm bestellt ist. Das tut mir leid.«

»Ja, mir auch«, sagte Joshua. Er erinnerte sich noch gut an den Kloß im Hals, als er die grausigen Bilder gesehen hatte. Er hatte lange darüber nachgedacht und sich gefragt, wie die Menschen es nur so weit hatten kommen lassen können.

»Wo der Samen des Guten gedeiht, dort herrscht Hoffnung!«

»Kann es sein, dass du in Rätseln sprichst?«, fragte Joshua stirnrunzelnd und hockte sich hin. »Ich verstehe echt nur die Hälfte, von dem, was du sagst.« Ähnlich wie Nanura begann er das saftige Gras um sich herum auszurupfen. »Was ist Orasyen denn nun? Träume ich das alles nur?«

»Orasyen ist eine Parallelwelt, die gleichzeitig zu deiner Realität existiert«, erklärte Nanura. »Bei uns taucht alles auf, was in deiner Welt verloren geht. Liebe, Hoffnung, Sehnsucht, Träume, aber auch vermisste Dinge. Alles, was verschwindet, kommt durch fünf verschiedene Tore hierher, die von Ashjou, dem Torwächter, bewacht werden. Er allein hat die Macht, die Tore zu öffnen oder zu verschließen.«

»Cool, das ist ja wie bei 'World of Warcraft'!«
»Was?«
»Na, das Computerspiel.«
Die Schildkröte machte einen verwirrten Eindruck.

Joshua freute sich, dass er es ausnahmsweise einmal war, der sie durcheinanderbrachte. »Weißt du denn nicht, was ein Computer ist?«
»Nein.«
»Also, das ist so ein Kasten…«
»Wie das Handy?«

»Ja, nur größer. Und es hat mehr Leistung. Außerdem kannst du damit wirklich coole Sachen machen. Spiele spielen und so.«

Die Schildkröte sah ihn nur unverwandt an. Joshua merkte, dass es keinen Sinn hatte, sie für die technische Errungenschaft begeistern zu wollen. »Egal, erzähl einfach weiter.«

»Wo war ich? Ach ja. Die Bewohner Orasyens sorgen dafür, dass die verwandelten Energien wieder zurück in deine Welt gelangen. Liebe, die verloren geglaubt war, blüht wieder auf, nicht gelebte Träume erfüllen sich. Aber auch Autoschlüssel und Socken tauchen wieder auf.«

Trotz seiner verfahrenen Lage musste Joshua lachen. »Unsere Waschmaschine frisst auch immer einzelne Socken, doch dann sind sie plötzlich wieder da.«

»Damit ist es jetzt vorbei. Ashjou ist tot«, sagte Nanura ernst.

»Wieso? Was ist denn mit ihm passiert?«, fragte Joshua, der das, was Nanura ihm erzählte, immer noch nicht glauben konnte.

»Das ist eine lange Geschichte«, sagte Nanura leise. Zum ersten Mal hörte sich ihre Stimme traurig an. »Ich werde sie dir auf unserem Weg erzählen. Komm, wir haben eine lange Reise vor uns.«

»Das kann alles nur ein Traum sein«, wiederholte Joshua kopfschüttelnd. Anscheinend würde er aber auch nicht so schnell von hier wegkommen, da konnte es nicht schaden, ein wenig mehr über diesen Ort zu erfahren. Zunächst zögerte er noch. Dann folgte er der Schildkröte, die sich langsam und behäbig einen Weg durch das dichtstehende Gras bahnte.

Um sie herum erfüllte das Summen der fliegenden Geschöpfe die Luft und am Ende des Horizonts brach ein erster roter Schimmer durch, der den Anfang eines neuen Tages ankündigte.

»Wann kann ich wieder nach Hause?«, fragte Joshua, während er hinter Nanura herlief, aber er erhielt keine Antwort. Obwohl die Schildkröte langsam zu gehen schien, hatte er Mühe mit ihr Schritt zu halten. Immer wieder musste er den geflügelten Wesen ausweichen, die surrend über den Glasblumen schwebten und ihn aus winzigen Augen neugierig musterten. »Was sind das für Geschöpfe?«, machte er einen erneuten Versuch.

»Das sind Adornen«, sagte Nanura, ohne stehen zu bleiben. »Sie saugen den Nektar aus den Blumen und haben ihn früher anschließend in Zaphaber verwandelt. Das ist der Stoff aus dem die schönen Träume sind.«

Vollkommen fasziniert beobachtete Joshua die Adornen. Hier und da rann der vergossene Nektar in dicken Tropfen an ihren Fühlern hinab und verbreitete einen süßlichen Duft, der Joshua an warme Pfannkuchen mit Schokoladensoße denken ließ. Unvermittelt knurrte sein Magen und erinnerte ihn daran, dass er seit dem gestrigen Nachmittag nichts mehr gegessen hatte.

»Wenn wir am See angekommen sind, wirst du essen und trinken können«, sagte Nanura. »Nur noch ein wenig Geduld.«

Joshua gewöhnte sich langsam daran, dass sie seine Gedanken las. »Du wolltest mir die Geschichte von Ashjou erzählen«, erinnerte er sie, weil es ihm langweilig wurde, hinter ihr herzulaufen.

»Eine jede Welt besteht aus Gut und Böse«, begann Nanura. »Diese beiden Kräfte im Gleichgewicht zu halten ist die Aufgabe von allen Geschöpfen, auch hier in Orasyen. Es gibt fünf Tore, die sowohl nach Orasyen hinein, als auch hinausführen: Eor, das Tor der Sehnsucht, Xeja, das Tor der Liebe, Ortus, das Tor der verlorenen Dinge, Mergus, das Tor der Träume und Quirin, das Tor der Hoffnung. Jedes dieser Tore wurde von Ashjou bewacht, dessen Aufgabe darin bestand, sie vor dem Bösen zu schützen. Denn es ernährt sich von all jenen schlechten Emotionen, die hier ankommen: Hass, Albträume, Vergessen, Leere, Resignation und Zerstörung. Einst konnten wir die schlechten Emotionen erneuern und sie wieder in deine Welt zurückschicken. Doch nachdem das Böse vier der Tore eingenommen hatte, gelangte nichts mehr in deine Welt zurück. So wurde das empfindliche Gleichgewicht immer weiter zerstört und unsere beiden Welten beginnen zu sterben.« Nanura hielt kurz inne und drehte sich halb zu ihm um. Ihre dunklen Augen sprühten vor Zorn. »Das Böse hat hier einen Namen«, fuhr sie fort. »Es ist Morgran, der Fürst der atmenden Schatten. Er ist gnadenlos in seinen Grausamkeiten und ihm zur Seite stehen seine mächtigen Verbündeten: die fünf Narwen und sein treuer Drache Agragul. Allein Agraguls Atem kann dich töten. Seit vielen Jahren tobt in Orasyen ein Krieg, in dessen Verlauf ein Tor nach dem anderen von Morgran und seiner Armee eingenommen wurde. Dies führte zu einem schleichenden Verfall der Menschheit: Immer weniger Liebe gibt es seitdem auf der Welt, mehr und mehr schlechte Träume, Sehnsüchte, die ungestillt bleiben, beständig weniger Hoffnung. Auch Orasyen selbst stirbt. Morgrans Herrschaft wächst von Tag zu Tag und er wird ständig mächtiger. Ashjou ist es zwar rechtzeitig gelungen das letzte Tor zu versiegeln, so dass es nutzlos für Morgran geworden ist, dennoch war es ein großer Triumph für den Fürsten und er wird nicht eher ruhen, bis er auch dieses letzte Tor für sich eingenommen hat.«

Als sie ihren Weg fortsetzten, fror Joshua und er schlang die Arme um seinen nackten Oberkörper.

»Also, mein Junge, nun liegt es bei dir«, sagte Nanura. »Ich habe dir alles erzählt, was du wissen musst. Entscheide dich bald, aber sei gewarnt: Du trägst eine überaus große Verantwortung. Solltest du dein Schicksal als letzter Torwächter annehmen, musst du den Weg auch zu Ende gehen. Egal, wie schwer er auch sein mag.«

»Was ist, wenn ich wieder nach Hause will?«, fragte Joshua hoffnungsvoll.

»Wenn dies dein Wunsch sein sollte, wirst du wieder zurückkehren, als wäre nichts geschehen.«

Aus einem Impuls heraus wollte Joshua sofort seinen Wunsch äußern. Doch dann zögerte er. »Gibt es noch andere Torwächter außer mir?«

»Nein, du bist der Letzte deiner Art.«

Während sie weitergingen, dachte Joshua über Nanuras Worte nach. Entweder war er total verrückt und würde demnächst im Irrenhaus aufwachen oder aber das Ganze passierte tatsächlich. Was wäre, wenn er wirklich der Einzige war, der die Welt retten konnte? Bei dem Gedanken wurde ihm schwindelig und er schüttelte benommen den Kopf. Das konnte nicht sein. Was aber würde geschehen, wenn er hierblieb?

Joshua dachte an sein Leben zu Hause. An die alles beherrschende Trauer seitdem seine Schwester Kate gestorben war. An die Trennung seiner Eltern. An seine Mitschüler, die ihn ständig ärgerten und die vielen Menschen, die ihn für verrückt hielten, weil er Wesen sah, die für sie unsichtbar waren. In seiner eigenen Welt hatte sich Joshua zunehmend wie ein Außenseiter gefühlt, nirgendwo schien er wirklich hinzugehören. In der Schule war er ständig angeeckt, hatte nicht die richtigen Interessen oder Vorlieben gehabt. Er hatte keine Freunde, seine einzige Verbündete, seine Schwester, war gestorben und hatte ihn allein gelassen. Seine Eltern hatten ebenfalls mit ihren eigenen Problemen zu kämpfen, wenn sie mal nicht aneinandergerieten, glich das einem Wunder. Er dachte an seinen eigenen Streit mit seiner Mutter und an die Enttäuschung, dass auch sie dachte, er sei verrückt. Wer also würde ihn tatsächlich vermissen, wenn er nicht mehr da war?

Trotzig schüttelte Joshua den Kopf. Er würde fürs Erste hierbleiben. Alles war besser, als wieder

in eine Welt zurückzukehren, in der es für ihn nur
Hohn und Spott gab.

»In Ordnung«, sagte Joshua bestimmt, obwohl
ihm das Herz bis zum Hals klopfte. »Ich bin dabei.«

7

Aus alter Gewohnheit war Matthew Freeman bereits auf dem Weg zur onkologischen Station, bis ihm einfiel, dass er nicht wegen seiner Tochter Kate, sondern wegen Joshua hier war. Tausend Gedanken schossen ihm durch den Kopf, während er nervös auf einen der Fahrstühle wartete. Wieso hatte Susan ihm eine Nachricht auf dem Anrufbeantworter hinterlassen, anstatt ihn auf dem Handy anzurufen? Verdammt noch mal, auch wenn sie nicht mehr zusammenlebten, Joshua war immerhin auch sein Sohn!

Endlich zeigte die Beleuchtung über der Tür an, dass der Fahrstuhl unterwegs war. Matthew zerrte hektisch an seiner Krawatte und atmete erleichtert auf, als er sie etwas gelockert hatte. Er dachte an Susans Worte und wurde erneut wütend. Doch er versuchte, sich unter Kontrolle zu halten. Wenn er seiner Frau jetzt eine Szene machte, würde es das Ganze noch verschlimmern. Die Sorge um Joshua verursachte ihm schon genug Magenschmerzen. Natürlich hatte er sofort an Leukämie gedacht, aber er war sich sicher, dass Susan ihm auf jeden Fall davon erzählt hätte. Es musste also etwas anderes sein. Er trat aus dem Fahrstuhl heraus, der inzwischen auf der Intensivstation angehalten hatte. Diese lag unterm Dach, so dass die alltäglichen Geräusche des Krankenhausbetriebes nicht mehr zu hören waren. Ihm wäre es lieber gewesen, wenn ihn das Geschrei von Kindern und unzählige laute

Stimmen begrüßt hätten. Unsicher ging er auf die Schleuse zu und drückte auf die Klingel.

Einen kurzen Moment später öffnete sich auf Augenhöhe eine kleine Luke und ein freundlich aussehendes Frauengesicht erschien in der Öffnung. »Ja, bitte?«

»Ich möchte zu meinem Sohn«, sagte Matthew mit belegter Stimme. »Sein Name ist Joshua Freeman.«

»Kommen Sie herein«, sagte die Schwester. Die hydraulische Tür begann sich zu öffnen. »Sie müssen sich vorher die Hände desinfizieren und Kittel und Schuhschützer überziehen.«

»Ich weiß«, sagte Matthew. Er kannte die Prozedur bereits von Kates Leukämie.

»Hier entlang, bitte.« Die junge Frau führte ihn einen schmalen weißen Gang entlang, der in einem ovalen Raum endete. In der Mitte befand sich ein großer Tresen, hinter dem alle möglichen Monitore und andere Apparaturen zu sehen waren. Von dort aus gelangte man in sieben verschiedene Zimmer, die alle neben einer Tür auch eine große Glasscheibe zu ihrer Linken hatten, durch die man gut den jeweiligen Patienten erkennen konnte. Joshua lag im vierten Zimmer, Matthew konnte ihn durch die Trennscheibe gut erkennen. Und er sah auch, dass Susan am Bett ihres Sohnes saß, seine Hand hielt und mit ihm sprach.

»Darf ich zu ihm?«, fragte Matthew heiser.

»Sicher, aber bleiben Sie nicht allzu lang. Joshua braucht jetzt viel Ruhe.«

So leise Matthew konnte, trat er ins Zimmer.

»Was machst du denn hier?«, fragte Susan statt einer Begrüßung und runzelte leicht die Stirn.

»Joshua ist schließlich auch mein Sohn«, antwortete er gereizt. »Ich werde wohl noch ins Krankenhaus fahren und ihn besuchen dürfen.«

Susan biss sich auf die Lippen und er konnte sehen, wie sie mit sich rang. Während der ganzen Zeit hatte sie Joshuas Hand nicht losgelassen und erst jetzt fiel Matthews Blick auf das Gesicht seines Sohnes. Sofort verspürte er Gewissensbisse. Er war wegen Joshua hierhergekommen, und nicht um sich zu streiten. »Wie geht es ihm?«, fragte er, bemüht, dabei seine Frau nicht anzusehen.

Susan schnaubte und strich sich eine verirrte Haarsträhne hinters Ohr. »Die Ärzte wissen nicht, was ihm fehlt. Joshua liegt im Koma, doch sie können die Ursache dafür nicht feststellen. Sie haben alle möglichen Tests durchgeführt und können jetzt zumindest sagen, was es *nicht* ist.«

Matthew wurde schlecht. Er dachte an seine kleine Tochter, die er erst vor einem Jahr beerdigt hatte. Es verging kein Tag, an dem er nicht an Kate dachte. Bitte, nimm mir nicht auch noch meinen Sohn, betete er stumm und schloss für einen Moment die Augen. »Wer ist der behandelnde Arzt?«, fragte er und öffnete die Augen wieder. Joshua brauchte jetzt einen Vater, der alles, was in seiner Macht stand unternahm, um ihm beizustehen.

»Doktor Castello. Er ist der leitende Arzt der Neurochirurgie«, antwortete Susan und fuhr sich mit beiden Händen durchs Gesicht.

Matthew kannte diese Geste an seiner Frau. Früher hatte er sie dann in den Arm genommen, ihr etwas Liebevolles ins Ohr geflüstert oder sie zum Lachen gebracht. Er musste sich beherrschen, um dem Drang sie zu trösten nicht nachzugeben. Obwohl dunkle Schatten ihre Augen müde aussehen ließen und ihr blasser Teint durch das wurmstichige Grün des Krankenhauskittels noch hervorgehoben wurde, war sie unverkennbar schön. Sie sah so zerbrechlich aus, dass es ihm fast körperlich wehtat. Dann rief er sich ins Gedächtnis, was Susan in den letzten Monaten alles geleistet hatte und musste sein Urteil korrigieren. Sie war nicht schwach und hilflos, sie brauchte ihn nicht so sehr, wie er angenommen hatte. Ganz allein hatte sie sich eine Anstellung in einem Anwaltsbüro gesucht und von heute auf morgen ihr Leben wieder in den Griff bekommen. Ganz im Gegensatz zu ihm. Seit Kates Beerdigung hatte er das Gefühl, sein Dasein würde aus einem stetig absteigenden Weg bestehen, der geradewegs in die Hölle führte.

»Entschuldigen Sie, ich muss Sie jetzt bitten zu gehen. Ihr Sohn wird für eine Untersuchung vorbereitet. Sie können aber nachher nochmal wiederkommen.« Die junge Schwester, die Matthew beim Anziehen des Kittels geholfen hatte, lächelte sie freundlich an und bedeutete ihnen hinaus zu gehen.

Susan beugte sich zu Joshua hinab, gab ihm einen sanften Kuss auf die Wange und streichelte ein letztes Mal sein Haar, bevor sie aufstand und wortlos an Matthew vorbeiging.

Matthew machte ein paar Schritte auf Joshuas Bett zu und blieb unschlüssig davor stehen. Er war nicht gut in solchen Dingen. Schon damals, als Kate ins Krankenhaus eingeliefert worden war, war er sich linkisch und plump vorgekommen. Auch jetzt befiel ihn wieder das Gefühl, der Situation nicht gewachsen zu sein. »Gib nicht auf, Großer«, murmelte er und beugte sich zu seinem Sohn hinab, bis er ganz dicht an Joshuas Ohr war. »Ich brauche dich, hörst du? Wer soll denn sonst beim Fernsehen das ganze Popcorn wegessen?«

»Warum bist du gekommen, Matt?«, fragte Susan, als er einen Moment später aus der Schleuse trat. Er sieht immer noch gut aus, dachte sie und bemühte sich, den Stich zu ignorieren, den ihr dieser Gedanke versetzte.

»Ich bin hier, weil Joshua ebenso mein Sohn ist, auch wenn du das anscheinend gerne vergisst«, antwortete Matthew genervt und stellte sich neben sie, um auf den Aufzug zu warten.

Susan nahm den vertrauten Geruch seines Aftershaves wahr und ertrug es in diesem Moment nicht, an eine glücklichere Vergangenheit erinnert zu werden. Sie rückte unauffällig ein Stück von ihrem Mann ab und vermied es, ihn anzusehen. »Ich habe dir aber doch gesagt, dass es nichts Neues gibt und ich mich wieder bei dir melden würde«, sagte sie erschöpft.

»Du hast es ja noch nicht einmal für nötig gehalten, mich auf dem Handy anzurufen. Stattdessen hast du mir einfach eine unbeteiligte Nachricht auf dem Anrufbeantworter hinterlassen!«

»Ich habe dir alles Wichtige mitgeteilt.«

»Sicher«, höhnte Matthew. »Genauso wie du mir *mitgeteilt* hast, dass du dich von mir scheiden lassen willst und mir gesagt hast, dass du es für ratsamer hieltest, wenn ich mir eine eigene Wohnung suchen würde!«

»Ach, tu nicht so, als wäre es für dich überraschend gekommen!«, rief Susan und sah ihren Mann wütend an.

Für einen kurzen Augenblick schien es, als würde er etwas erwidern wollen, es dann aber mühsam zurückhalten.

Es war ihr egal. Ihr Sohn lag im Koma, die Ärzte konnten ihm nicht helfen und die Zeit lief ihnen davon. Sie hatte keine Lust darauf, sich hier mit ihm über Dinge zu streiten, die ohnehin nicht mehr zu ändern waren. Sie waren gescheitert. Ihre Ehe, ihre Liebe und ihr Vertrauen zueinander waren irgendwo zwischen Kates Krankheit und ihrem Tod verloren gegangen. Jetzt galt es, ihren Sohn zu retten. Das war das Einzige, was Susan im Moment interessierte. »Ich fahre nach Hause.« Unschlüssig stand sie vor Matthew und rang sich dazu durch, ihm auch noch einen letzten Schlag zu verpassen. »Meine Anwältin hat mich heute angerufen. Unser Scheidungstermin ist in sechs Monaten.« Ohne ein weiteres Wort zu sagen, wandte sie sich ab, ging an den Fahrstühlen vorbei und nahm stattdessen die Treppe.

Sie war sich sicher, dass sie in der Beengtheit der Fahrstuhlkabine keine Luft mehr bekommen hätte.

8

So weit Joshua sehen konnte, hatte sich die Wiese, obwohl sie schon seit geraumer Zeit unterwegs waren, nicht verändert, und auch in der Ferne war kein See zu sehen. Seufzend trottete er hinter der Schildkröte her. Nanura würde schon wissen, wohin sie gingen. In Joshuas Kopf schlugen die Gedanken Purzelbäume und ihn bestürmten so viele Fragen, dass er gar nicht wusste, mit welcher er beginnen sollte.

»Was muss ich jetzt eigentlich tun?«, fragte er und hoffte inständig, dass Nanura ihm antworten würde. Es schien so, dass sie manche Fragen von ihm einfach überhörte.

»Wir gehen zum Tor der Hoffnung«, antwortete die Schildkröte langsam. »Es ist das wichtigste Element von allen. Sowohl in deiner als auch in unserer Welt, weil ohne Hoffnung nichts bestehen kann. So lange du am Leben bist, wird Morgran nichts tun können, denn nur du weißt, wie man das Tor öffnet und schließt.«

»Aber das weiß ich gar nicht!«, rief Joshua und wäre um ein Haar gestolpert. »Ich meine, bis vor kurzem wusste ich ja noch gar nicht, dass ich überhaupt ein Torwächter bin. Vielleicht ist das alles ein Irrtum und ich bin der Falsche!«

»Zu zweifeln ist ein guter Anfang.«

»Was soll das denn nun schon wieder heißen?« Joshua blieb stehen und starrte zornig die Schildkröte an, die sich behäbig umdrehte.

»Es heißt, dass du mal wieder die falschen Fragen stellst«, antwortete Nanura gelassen.

Welche von den hundert Fragen in seinem Kopf war denn die Richtige? »Worin besteht die Aufgabe vom Tor der Hoffnung überhaupt?«, fragte Joshua schließlich und kniff die Augen zusammen.

»Das ist eine Frage, die ich beantworten kann«, erklärte sie, wandte sich um und nahm ihre Wanderung wieder auf.

Joshua blieb nichts anderes übrig, als ihr zu folgen, wenn er die Antwort hören wollte.

»Quirin liegt in einer Höhle, in der es unzählige Tropfsteine gibt«, sagte Nanura. »Einige wachsen von oben nach unten, andere genau umgekehrt. Diejenigen, die von unten nach oben wachsen, bringen die verlorene Hoffnung hierher. Die anderen aber, die von der Decke Richtung Boden wachsen, geben die Hoffnung tropfenweise wieder ab, so dass sie zurück in deine Welt gelangt. Hoffnung ist ein kostbares Element, mein Junge. Zuviel davon kann dich auf Irrwege führen, zu wenig lässt dich verzweifeln. Es kommt also auf die richtige Dosierung an.«

»Dann braucht das Tor doch keinen Wächter, wenn alles von allein geht«, warf Joshua stirnrunzelnd ein.

»Das ist nicht ganz richtig. Sollte es Morgran gelingen das Tor zu öffnen, sind wir verloren.«

»Das verstehe ich nicht«, sagte Joshua. »Es ist doch gut, wenn das Tor offen ist, so lange kann die Hoffnung ungehindert fließen.«

Nanura schüttelte aufgebracht den Kopf. »Wenn Morgran die ganze Hoffnung aus deiner Welt mit einem Schlag in Resignation verwandelt, dann hört alles auf zu existieren. Niemand würde mehr einen Sinn in seinem Leben sehen und Morgran hätte gewonnen. Er würde sich beide Welten untertan machen und fortan als Herrscher die Menschheit unterjochen. Ashjou hatte das erkannt«, fuhr die Schildkröte fort. »Deswegen schickte er seine Kraft ebenfalls durch das Tor, bevor er es versiegelte. Sie sollte den Menschen finden, der sein Gegenstück ist.«

»Und das war ich?«, fragte Joshua.

»Ja, du warst es schon von je her. So ist es vorherbestimmt.«

Joshua war ganz durcheinander. Er dachte an seine Mutter, die ihm all die fantastischen Erlebnisse, die er ihr geschildert hatte, nicht glauben konnte. Jetzt verstand er sie ein wenig besser. Aber der Gedanke tat ihm weh und schnell schob er ihn beiseite. »Was passiert jetzt? Muss ich für immer hierbleiben?« Joshua starrte auf das wackelnde Hinterteil der Schildkröte, die vor ihm her kroch.

Nanura machte keine Anstalten, ihm zu antworten. Vielleicht, weil es wieder die falsche Frage gewesen war. Vielleicht aber auch, weil es darauf keine Antwort gab.

Völlig unvermittelt tauchte wenig später der See vor ihnen auf. Er sah aus wie ein am Boden liegender Spiegel und war so groß, dass man keines seiner anderen Ufer sehen konnte. Es entstand ein seltsames Bild: Am Boden der regungslose See, darüber ein wolkenloser, blauer Himmel.

»Das ist Mulaji, der See der verlorenen Tränen«, sagte Nanura und schaute aufs Wasser.

Sie standen an einem Ufer aus feinem, hellem Sand. Joshua grub seine nackten Zehen in den feuchten Untergrund und hätte am liebsten vor Freude laut aufgeseufzt. Es fühlte sich nach der langen Wanderung herrlich kühl und erfrischend an.

»Komm, wir wollen Nilufah begrüßen«, sagte Nanura. Sie krabbelte bereits auf ein kleines, verwittertes Häuschen zu, das nur wenige Meter vom Ufer entfernt auf einer niedrigen Anhöhe stand. Sein weißer Verputz erinnerte an in der Sonne getrocknetes Salz. Aus dem kurzen, dicken Schornstein quoll grauer Qualm hervor und ein würziger Duft erfüllte die Luft, der Joshua das Wasser im Munde zusammenlaufen ließ. Schnell rannte er Nanura nach und hatte sie kurz vor der Tür wieder eingeholt. Er wollte gerade fragen, wer Nilufah war, als ihnen ein kleiner, sehr altaussehender Mann die Tür öffnete. Joshua starrte ihn erstaunt an, denn am auffälligsten waren die Augen des zerbrechlich wirkenden Greises. Sie waren vom gleichen Silberblau wie das Wasser des Sees. Sein Gesicht schien nur aus Falten und Runzeln zu bestehen. Auf seinem Kopf spross dichtes, schneeweißes Haar, während die kreideweißen Augenbrauen borstig abstanden. Der alte Mann trug einen abgetragenen, schwarzen Anzug und ein schmutzig weißes Hemd, das ihm viel zu groß war.

Joshua blickte an dem Männchen hinunter und bemerkte belustigt, dass es keine Schuhe trug.

»Ich habe euch schon vor Stunden erwartet«, brummte Nilufah. Ohne ein weiteres Wort drehte er sich um und ging ins Haus hinein.

Gespannt folgte Joshua Nanura, die langsam in die Küche des Hauses kroch. Angenehme Kühle empfing sie und Joshua war dankbar, den gleißenden Sonnenstrahlen für eine Weile entronnen zu sein. Urplötzlich war er müde und zerschlagen und nur der bohrende Hunger hielt ihn noch wach.

»Es gibt Gumomehe, mit Zulema und Dierist«, vernahmen sie Nilufahs Grummeln.

Joshua zog die Augenbrauen hoch und warf Nanura einen fragenden Blick zu.

»Lass dich einfach überraschen«, sagte sie und machte Anstalten unter den Tisch zu kriechen.

Vorsichtig nahm Joshua auf einem der Stühle Platz und schaute sich neugierig um. Überall hingen Töpfe, Pfannen, kleine Schalen, Tassen, Becher, frische Kräuter und Blumen, die ihm alle unbekannt waren.

»Hier, Kleiner, falls du noch mehr haben willst, es ist noch was da«, brummte Nilufah und stellte ihm einen großen Tonteller vor die Nase.

Misstrauisch beugte sich Joshua vor und roch an dem Essen. Es verbreitete ein derart köstliches Aroma, dass er die Gabel in die Hand nahm und hastig zu essen begann. Genießerisch schloss er die Augen, als er den ersten Bissen kaute. So etwas Gutes hatte er noch nie gegessen. Es schmeckte wie alle seine Lieblingsspeisen zusammen und noch besser. Eifrig schaufelte er sich die nächste Gabel voll und kaute mit dicken Backen.

»Anscheinend kannst du immer noch so gut kochen«, sagte Nanura und ihre Stimme klang gedämpft, da sie unter den Tisch gekrochen war. »Ich hoffe nur, der Junge gewöhnt sich nicht an die gute Kost. Morgen brechen wir auf.«

Nilufah, der neben Joshua Platz genommen hatte und ebenfalls aß, legte abrupt seine Gabel neben den Teller und runzelte die Stirn. Fasziniert beobachtete Joshua, wie sich das Gesicht des alten Mannes in noch mehr Falten legte.

»Bist du dir sicher, Alte, dass es das Richtige ist?«, fragte Nilufah und starrte vor sich hin, da die Schildkröte keine Anstalten machte hervor zu kommen.

»Ja«, antwortete sie schlicht. »Und bevor du fragst: Er ist so weit.«

Joshua schob sich die nächste Gabel voll Essen in den Mund und verdeckte so ein leichtes Grinsen. Offenbar konnte Nanura nicht nur seine Gedanken lesen. Ein kurzer Seitenblick zu seinem Gastgeber sagte Joshua jedoch, dass Nilufah davon keineswegs überrascht zu sein schien.

»Wenn du dich da mal nicht irrst, Alte«, murrte Nilufah.

»Es ist unhöflich, in Gegenwart eines anderen über Dinge zu sprechen, die er nicht versteht«, unterbrach Joshua das Gespräch der beiden mit vollem Mund.

»Es ist noch viel unhöflicher mit vollem Mund zu sprechen«, kam die Antwort von unten.

»Wieso? Das machst du doch andauernd!«, erwiderte Joshua prompt und sah, dass in Nilufahs Augen Belustigung aufblitzte.

»Wie dem auch sei«, sagte Nanura bestimmt. »Nilufah, du kannst Yael sagen, dass es an ihr liegt, ob sie mitkommt oder nicht.«

Nilufah murmelte etwas vor sich hin, dass Joshua nicht verstehen konnte, und griff dann zu seiner Gabel, um weiter zu essen.

Obwohl es Joshua ausgezeichnet schmeckte und er endlich das Gefühl hatte, einigermaßen satt zu sein, ärgerte er sich. Wieso machte Nanura aus allem so ein Geheimnis? Schließlich war er der letzte Torwächter. Hatte er da nicht ein Recht darauf zu erfahren, worum es ging?

Schweigend beendeten sie ihre Mahlzeit und nachdem Joshua auch die letzten Reste von seinem Teller verputzt hatte, zeigte ihm Nilufah, wo er die Nacht schlafen würde. Vorsichtig stiegen sie eine enge Holztreppe hinauf, die nach oben in den ersten Stock führte. Seltsamerweise hatte Joshua das Gefühl, das kleine Häuschen würde von innen viel größer aussehen, als es von außen den Anschein gehabt hatte. Das Zimmer, in das Nilufah ihn jetzt führte, wirkte einladend und gemütlich.

»Das Bett müsste groß genug sein«, nuschelte Nilufah und stand etwas unschlüssig an der Tür. »Falls du noch etwas brauchen solltest, ich bin unten in der Küche.«

Bevor Joshua sich bedanken konnte, hatte Nilufah bereits die Tür hinter sich zugezogen und er stand allein im Raum. Es roch ein wenig nach Meer und

Salz und Joshua wurde den Eindruck nicht los, dass der Boden unter seinen Füßen leicht schwankte. Aber er war zu müde, um sich darüber Gedanken zu machen. Da er bereits seine Pyjamahose trug, ließ er sich einfach aufs Bett fallen und schloss die Augen. Plötzlich musste er wieder an sein Zuhause denken. An sein eigenes Bett und die Nacht, als er frierend und wütend darin gelegen hatte. Joshua wollte jetzt nicht an seine Welt denken. Entschlossen drehte er sich um und noch während er überlegte, wie lange es dauern würde, bis er einschlief, war er bereits eingenickt.

9

Als Joshua am nächsten Morgen aufwachte, fühlte er sich frisch und ausgeruht. Zufrieden streckte er sich. Der Geruch nach Seetang und Salz kitzelte ihn in der Nase und mit einem Schlag fiel ihm wieder ein, wo er war: in Orasyen. Er setzte sich auf und sah sich im Zimmer um.

Alles war noch wie am Abend zuvor. Sein Bett stand unter einer Dachschräge mit Fenster, in dem er einen trüben Himmel sehen konnte. Auf der anderen Seite des Raums befand sich eine alte, klobige Holzkommode und davor stand ein wackliger Stuhl. Ansonsten war Joshuas Unterkunft kahl. Die nackten Wände bestanden aus weißem Kalkstein und die Dielenbretter, die bei jedem Schritt knarrten, waren aus dunklem Holz, von dem Joshua dachte, dass es früher gut zu einem Schiff gepasst hätte. Joshua stand auf, stellte sich auf Zehenspitzen aufs Bett und schaute aus dem Fenster. Wie schon am Tag zuvor war die Oberfläche Mulajis vollkommen ruhig und obwohl Joshua aus dem ersten Stock des Hauses weiter blicken konnte als vom Strand aus, konnte er immer noch kein Ufer ausmachen. Er wollte sich gerade abwenden, da nahm er einen huschenden Schatten knapp unter der Wasseroberfläche wahr. Mit zusammen gekniffenen Augen sah er genauer hin, doch im nächsten Moment war der Schatten wieder verschwunden. Joshua starrte noch weitere Minuten auf den regungslosen See, doch nichts geschah. Er zuckte mit den Achseln und kletterte wieder vom Bett herunter. Da das Zimmer bis auf die Kommode leer war, trat er an das klobige Möbelstück heran und zog die oberste Schublade auf. Sie war leer. Kurz plagten ihn Gewissensbisse, dass es nicht rechtens war, bei fremden Leuten in die Schubladen zu schauen. Im nächsten Augenblick war das schlechte Gewissen jedoch verflogen und Joshua wandte sich der nächsten zu.

Er war hier in Orasyen, nicht in seiner Welt, und er war sich ziemlich sicher, dass hier andere Regeln galten. Mit Schwung zog Joshua die nächste Lade auf. Wieder war sie leer. Als er schließlich auch die dritte und letzte Schublade öffnete, stieß er einen überraschten Laut aus. Es lag ein alter Rucksack darin. Besser gesagt, *sein* alter Rucksack! Zögernd öffnete Joshua den Rucksack und obwohl er wusste, was er darin finden würde, hätte er die Sachen vor Schreck beinahe fallen gelassen, während er sie herauszog: eine Unterhose, Socken, eine verwaschene Jeanshose, ein blaues T-Shirt und ein Paar rote Chucks. Er konnte sich noch genau an den Tag im letzten Schuljahr erinnern, an dem ihm Gary Randall und dessen Freunde einen bösartigen Streich gespielt hatten. Nach der Sportstunde hatten sie ihm die Klamotten geklaut und irgendwo versteckt, wo er sie nicht finden konnte. Tagelang hatte Joshua danach gesucht, denn die Chucks waren früher seine absoluten Lieblingsschuhe gewesen. Mit freudestrahlendem Gesicht schlüpfte Joshua aus seiner verdreckten Pyjamahose und zog seine alten Kleider wieder an. Verärgert stellte er fest, dass das meiste davon ihm nicht mehr passte. Die Jeans war zu kurz, das T-Shirt zu klein und in den Chucks stieß er schmerzhaft mit dem großen Zeh an. Kurz überlegte Joshua, wieder die Pyjamahose anzuziehen, verwarf den Gedanken aber schnell wieder und stopfte sie stattdessen in den jetzt leeren Rucksack. Den verstaute er in der Schublade und schob sie zu.

Kurz darauf ging Joshua die enge Treppe hinunter, wobei ihm die Frage im Kopf herumspukte, woher seine Sachen so unerwartet gekommen waren. Seine Grübeleien wurden jäh unterbrochen, denn plötzlich drang ein lauter Knall aus der Küche. Rasch übersprang Joshua die letzten beiden Stufen und drückte die Küchentür auf. Nilufah stand in der Mitte des Raums und war über und über mit Mehl bestäubt. Joshua konnte sich gerade noch ein Lachen verkneifen, als Nilufah leise vor sich hin fluchend an ihm vorbei stürmte.

»Ah, du hast sie gefunden«, begrüßte ihn Nanura, die unter dem Tisch hervor lugte und ihn mit ihren schwarzen Augen freundlich ansah. »Aber wie ich sehe, passen dir die Sachen nicht mehr.«

»Ja, leider«, antwortete Joshua etwas verwirrt. »Wo habt ihr sie her?«

»Nun, da darfst du dich bei Ashjou bedanken«, antwortete sie. »Er hat sie Nilufah gebracht, bevor er von Morgran angegriffen wurde.«

»Woher wusste Ashjou denn, dass ich kommen würde?«, fragte Joshua verwundert.

»Ich habe es ihm gesagt«, antwortete Nanura schlicht, als wäre dies Erklärung genug.

Noch bevor Joshua weiter nachhaken konnte, kam Nilufah in die Küche zurück. Aber er war nicht allein. Ein weißer Wolfskopf tauchte plötzlich hinter seinem Rücken auf. Für den Bruchteil einer Sekunde war Joshua wie erstarrt, dann warf er den Stuhl um, auf den er sich hatte setzen wollen, stürmte auf Nilufah zu, stieß den alten Mann rüde zur Seite und schlug die Tür zu. Keuchend und ein wenig blass um die Nase lehnte sich Joshua gegen das alte Holz. »Das war knapp«, sagte er und fuhr sich mit einer Hand über die Stirn. Besorgt wartete er darauf, dass der Wolf mit seinen riesigen Krallen die Tür zu bearbeiten begann und war fürs Erste beruhigt, als alles still blieb.

Nilufah gluckste. »Das war nicht nett.«

Joshua schaute ihn verwirrt an.

»Ich weiß ja nicht, wie man bei dir zu Hause mit Gästen umgeht, Kleiner«, sagte Nilufah und schenkte ihm ein breites Grinsen. »Aber wir schlagen ihnen nicht die Tür vor der Schnauze zu.«

»Gast?«, keuchte Joshua. »Der Wolf ist dein *Gast?*«

»Die Wölfin«, verbesserte ihn Nilufah.

Joshua zweifelte allmählich am Verstand des alten Mannes.

»Hättest du nun die Freundlichkeit und würdest die Tür wieder öffnen?«, bat ihn Nilufah.

Zaghaft trat Joshua drei Schritte nach vorn, hob den Stuhl wieder auf und stellte sich dahinter. Er wollte Nilufah zwar glauben, aber das hieß noch lange nicht, dass er einem leibhaftigen Wolf die Tür öffnen würde, damit der sie alle zum Frühstück verspeisen konnte.

Nilufah schüttelte belustigt den Kopf und öffnete die Tür selbst.

Die weiße Wölfin kam ruhig in die Küche getrottet. Ihre blauen Augen schauten Joshua wachsam an und flüchtig streifte ihn die Ahnung, das Tier würde ihn wiedererkennen.

Dann war der Moment vorbei und Nilufah räusperte sich vernehmlich: »Darf ich vorstellen? Das ist Yael.«

Vorsichtig, als wäre sie darauf bedacht ihn nicht zu erschrecken, machte die Wölfin einige Schritte auf Joshua zu. Dann ließ sie sich auf die Hinterbeine nieder, legte den Kopf schief und sah ihn unverwandt an.

Erleichtert stellte Joshua fest, dass Yael nicht so groß war, wie er anfangs angenommen hatte. Die Wölfin war noch jung, fast ein Welpe. Ihre breiten Pfoten wollten nicht recht zu ihrem schlanken Körper passen und auch ihr spitz zulaufendes Gesicht besaß etwas Jugendliches.

»Sie versteht alles was du sagst, aber sie kann nicht sprechen«, sagte Nanura in die Stille hinein und kam langsam unter dem Tisch hervor. »Yael wird uns auf unserer Reise begleiten. Sie wird dich beschützen, denn es ist ihre Aufgabe, dass du am Leben bleibst.«

Die Wölfin neigte den Kopf zur Seite und wuffte kurz.

Joshua erschrak, wobei er sich Mühe gab, die anderen das nicht merken zu lassen.

»Wir brechen auf«, entschied Nanura und schaute Nilufah durchdringend an.

Dieser nickte und ging voraus.

»Wohin gehen wir denn?«, fragte Joshua neugierig und folgte ihnen durch den Flur ins Freie, während Yael nicht von seiner Seite wich.

»Wir müssen Mulaji überqueren«, erklärte ihm Nanura. »Nilufah ist der Einzige, der uns gefahrlos ans andere Ufer bringen kann.«

Das leise Platschen der eintauchenden Paddel, das plötzlich zu hören war, ließ sie alle in die Richtung blicken, aus der Nilufah angerudert kam.

Bei dem Anblick blieb Joshua fast das Herz stehen. Das Boot, in dem Nilufah saß, sah aus, als wäre es schon hundert Jahre alt und würde jeden Augenblick seinen letzten Seufzer tun und auf den Grund des Sees sinken. Das Holz wirkte brüchig und verwittert, der gesamte Rumpf war von einer grauweißen Salzkruste überzogen. Auch die beiden schlanken Paddel waren an der unteren Seite mit Salz verkrustet. Einzig die zierliche, buntschillernde Meerjungfrau, die sich mit dem Rücken an den schmalen Bug presste, ihre Arme weit nach vorne ausgestreckt, wirkte wie neu.

»Kommt rein!«, forderte sie Nilufah auf. Er war inzwischen ans Ufer gerudert und wartete darauf, dass sie einstiegen.

Yael sprang aus dem Stand ins Boot, tänzelte unruhig auf dem schaukelnden Boden und ließ sich dann mit leicht gesträubtem Fell nieder.

Joshua stieg ebenfalls ein und setzte Nanura, die er vorsichtig in den Händen trug, neben sich auf die Bank. Dann sah er Nilufah dabei zu, wie dieser sich nach hinten lehnte und mit lang gezogenen

Schlägen begann, sie über den See zu rudern. Eine leichte Brise kam auf und Joshua schloss die Augen. Erst da fiel ihm auf, dass außer den Geräuschen, die Nilufah beim Rudern verursachte, nichts zu hören war. Obwohl der alte Mann zart und gebrechlich aussah, hatte er sich in einen Rhythmus eingefunden, der sie rasch vorwärtsbrachte.

Joshua begann die Fahrt zu genießen. Er war froh, dass er nicht laufen musste, denn die lange Wanderung steckte ihm noch in den Knochen. Entspannt blickte er ins Wasser.

Plötzlich bildeten sich große Ringe auf der Oberfläche, die sich wellenförmig auszubreiten begannen. Neugierig beugte sich Joshua vor. Knapp unter der Wasseroberfläche huschten blitzschnell mehrere Schatten vorbei. Sie waren so gewaltig, dass der Bootsrumpf dagegen winzig aussah.

Erschrocken wich Joshua zurück.

Im gleichen Moment schoss ein langer, stielartiger Hals aus dem Wasser. An seinem Ende balancierte ein wassermelonengroßer Kopf, auf dem langes, grünes Haar klebte, das von Würmern und Schnecken wimmelte.

Sprachlos starrte Joshua das Wesen an. Es erinnerte ihn entfernt an eine Frau. Doch die aufgeweichte, graue Haut, die milchigen, blicklosen Augen und der grotesk verzogene Mund, waren so abstoßend, dass er sich angeekelt abwandte.

Dann begann die Kreatur zu singen.

Joshua, der sich bis dahin noch an den Bootsrand festgeklammert hatte, spürte, wie sein Körper abrupt erschlaffte. Während er in einem Strom aus

konfusen Gefühlen und Erinnerungsbildern ver-
sank, schwoll der Gesang des Wesens an. Der Tag
verfinsterte sich und die ersten Wellen brandeten
klatschend gegen die Außenwand des Bootes. Unendliche Trauer ergriff Joshua. Er wollte schreien,
sich die Ohren zuhalten, aber sein Körper gehorchte
ihm nicht länger. Gänzlich gelähmt, unfähig sich
auch nur einen Millimeter zu rühren, saß Joshua
wimmernd da und war gezwungen, dem Gesang
des Wesens weiter zuzuhören.

Die Wellen kamen jetzt von allen Seiten. Sie
stürmten auf das Boot zu, als wollten sie es unter
sich begraben, nur um es ins nächste tiefe Wellental
hinab zu ziehen.

Verzweifelt nahm Joshua die Erschütterungen
wahr und versuchte, sich gegen die gewaltsam ein-
dringenden Erinnerungen zu schützen, doch es half
nichts. Er war wieder bei Kate, die blass und
schwach in einem riesigen Krankenhausbett lag
und ihn traurig anblickte. Er stand erneut neben
seinem Vater auf ihrer Beerdigung und schaute in
die von Trauer und Verzweiflung zerfurchten Gesichter seiner Eltern. Joshua konnte die Erinnerungen nicht nur sehen, er erlebte sie, immer und immer wieder aufs Neue, bis er das Gefühl hatte, sie
wollten ihn auseinanderreißen. Beharrlich zog ihn
der Strudel aus Hoffnungslosigkeit und Kummer
tiefer. Joshua sah Nilufah nicht, der sich kreide-
bleich neben ihn kniete und ihn an den Schultern
rüttelte. Er hörte ihn nicht flehen, er möge aufwachen. Er bemerkte weder Yaels durchdringendes

Jaulen, noch die heftigen Stöße, die das Boot beinahe zum Kentern brachten.

Joshua nahm nichts wahr, außer den schrecklichsten Momenten seines Lebens. Er saß einfach nur da und ertrank in dem Bilderrausch, den ihm das Wesen zeigte. Etwas Warmes floss aus seiner Nase und tropfte auf seine erstarrten Finger. Sein Herzschlag wurde langsamer, als wäre er dabei einzuschlafen. Dankbar wollte Joshua sich ergeben. Es war ihm egal, ob er sterben würde. Er wollte einfach nur, dass dieser wahnsinnige Schmerz endlich aufhörte. Während der Gesang des Wesens in seine Gedanken eindrang, erinnerte Joshua sich wieder an den Kummer, Kate nicht helfen zu können. An sein schlechtes Gewissen, dass er gesund war und es manchmal hasste, in das Krankenhaus zurückzukehren, in dem seine kleine Schwester auf den Tod wartete. Zorn kochte plötzlich in ihm hoch. Es war nicht immer so gewesen. Er dachte an Kate, bevor sie krank geworden war. Sie war jemand gewesen, der andere so dermaßen zum Lachen bringen konnte, bis einem schließlich der Bauch wehtat. Kate hatte jeden Schmetterling, jede Blume, jede noch so kleine Winzigkeit bemerkt und mit ihrer unstillbaren Neugierde und Freude mit anderen geteilt. Als hätte ihm jemand eine Augenbinde abgenommen, sah Joshua schlagartig alles wieder klar. Sein Kopf pochte zwar noch von den Schreckensbildern, aber er war unverkennbar frei. Seine Gedanken gehörten wieder ihm.

Auch das Wesen schien das zu bemerken, denn sein Gesang wich einem durchdringenden

Kreischen, so dass sich Joshua automatisch die Ohren zuhielt. Eine gigantische Welle wälzte sich auf das Boot zu, von der Joshua sicher war, dass sie sie alle unter sich begraben würde. In diesem Moment schoss die Kreatur vor. Ihr Maul weit aufgerissen, schrammten ihre Reißzähne gefährlich nahe an Joshuas Armen vorbei.

Aus einem Impuls heraus wehrte er die Attacke ab. Seine Fingernägel gruben sich tief ins aufgeweichte Fleisch und rissen die Haut des Wesens auf. Entsetzt taumelte Joshua zurück.

Genau im richtigen Moment, denn Nilufah stand bereits hinter ihm, holte weit mit einem der Paddel aus und schlug der immer noch kreischenden Kreatur hart gegen den Kopf. Mit einem Übelkeit erregendem Knirschen zerplatzte der Schädel, der Hals wurde instabil und zog den gespaltenen Kopf mit sich zurück ins Wasser. Im gleichen Augenblick fiel die Welle in sich zusammen. Das graue Tuch, das sich über den Tag gelegt hatte, verschwand, und der See ruhte wieder still da.

»Was war das denn?«, keuchte Joshua und wischte sich das Blut mit dem Handrücken ab.

»Das war eine Tryphene«, beantwortete Nilufah die Frage und ließ sich schwer atmend neben ihm nieder.

»Die Tryphenen sind die durchtriebensten Diener Morgrans«, sagte Nanura und ihre Stimme klang noch rauer als sonst. Sie sah Joshua besorgt an, der zitternd vor ihr saß. »Mit ihrem Gesang beschwören sie jede schlimme Erinnerung herauf, die dir je widerfahren ist. Und wenn dich die

Traurigkeit einmal umklammert hält, bist du sogar damit einverstanden auf dem Grunde des Sees zu sterben, nur damit es aufhört. Allerdings stehen wir unter dem Schutz von Nilufah, die Tryphene hätte dich gar nicht erst becircen dürfen. Es ist mir ein Rätsel, wie du ihr entkommen konntest. Bisher ist das noch keinem gelungen«, fügte die Schildkröte nachdenklich hinzu.

»Ich habe keine Ahnung, wie ich das gemacht habe«, gab Joshua, immer noch vollkommen durcheinander, zu. »Ich habe einfach versucht, mich auch an die schönen Momente zu erinnern. Ich habe immer gehofft, dass Kate an einem Ort ist, an dem es ihr besser geht. Und an dem sie die Sachen machen kann, zu denen sie in meiner Welt keine Gelegenheit mehr hatte«, fügte er leise hinzu, während ihm langsam eine Träne über die Wange lief.

»Wir sollten zusehen, dass wir hier verschwinden«, sagte Nilufah. Schwankend kehrte er zu seinem Platz zurück, nahm die Ruder wieder auf und setzte das Boot langsam in Bewegung.

Joshua fuhr sich erschöpft übers Gesicht und erschauerte, als er an das eben Erlebte dachte. »Was wäre gewesen, wenn es diesem Vieh tatsächlich gelungen wäre mich zu töten?«, fragte er heiser. Er merkte, dass die anderen ihm nicht antworten wollten, und fügte ungeduldig hinzu: »Wenn ich hier bin, was ist dann mit meiner Welt? Bin ich dort einfach verschwunden?«

»Nein«, entgegnete Nanura. »Dein Körper ist noch da. Er schläft, so lange bis du wieder hinübergehst.«

»Aber was passiert, wenn ich nicht wieder zurückkehre?«, wiederholte Joshua.

Es dauerte eine Weile, bis Nanura antwortete. Ihre schwarzen, kleinen Augen blickten ihn ruhig an. »Dann wird dein schlafender Körper sterben.«

Es herrschte einen Moment lang Stille und nur das plätschernde Geräusch der Ruder war zu hören, die Nilufah im steten Rhythmus ins Wasser tauchte.

Erneut lief Joshua ein Schauer den Rücken hinunter und er schluckte mühsam. Bisher war er davon ausgegangen, dass sein Aufenthalt in Orasyen sein Leben in seiner eigenen Welt nicht weiter beeinträchtigte. Jetzt war er eines Besseren belehrt worden und ihn verließ der Mut. Was, wenn es Morgran tatsächlich gelang, ihn zu töten? Oder er verletzt wurde? Joshua dachte an seine Eltern und den Kummer, den sein Tod bei ihnen verursachen würde. Er war sich ziemlich sicher, dass seine Mutter daran zerbrechen würde. Furchtbare Angst überkam ihn plötzlich und lähmte ihn.

»Yael sagt, dass du dich nicht zu fürchten brauchst«, sagte Nanura in die Stille hinein. »Wir werden dich beschützen.«

10

Susan saß auf dem stickigen Dachboden ihres Zuhauses und weinte. Zu ihren Füßen standen überall offene Kartons herum, der Inhalt lag unordentlich auf dem Boden verstreut: alte, vergilbte Fotos, Kinderschuhe ohne Schnürsenkel, zerbrochene Tassen, zerkratzte Schallplatten, Bücher mit eingerissenen Seiten, durchlöcherte und verwaschene Bettwäsche, kaputte Tennisschläger. Susan hatte ihre Vergangenheit um sich herum ausgebreitet, in dem Versuch, das Gefühl der vergangenen, glücklichen Jahre wieder herauf zu beschwören. Doch sie hatte feststellen müssen, dass alles mehr oder weniger kaputt, zerschlissen oder unbrauchbar war.

Während einzelne Sonnenstrahlen durch das kleine verdreckte Fenster über ihr in den Schmutz fielen und die Staubflocken zum Tanzen brachten, erinnerte sich Susan an den letzten, heißen Sommertag, den sie hier oben zusammen mit Kate verbracht hatte.

»Mom, schau mal. Schau doch mal, ist es nicht wunderschön?« Entzückt drehte sich Kate in dem langen blassrosa Kleid vor dem bodenlangen Spiegel. Sie hatte sich einen großen Strohhut aufgesetzt und trug Susans alte Hochzeitsschuhe. Mit geröteten Wangen und glitzernden Augen bestaunte sie ihr eigenes Spiegelbild, aus dem ihr eine damenhaft wirkende junge Frau entgegenblickte. »Bin ich das etwa?«, hauchte sie, unfähig den Blick abzuwenden.

Lächelnd trat Susan hinter sie und sah sie an. Mit den blonden Haaren, den blauen Augen und der schlanken Gestalt wirkten sie beide nebeneinander wie zwei Teile eines Ganzen, so stark war die Ähnlichkeit zwischen ihnen. »Ja, meine Süße, das bist du. Warte ab, in ein paar Jahren wirst du eine wunderschöne, junge Frau sein und die Männer werden Schlange stehen.« Susan warf ihrer Tochter einen verschmitzten Blick zu. »Pass nur auf, dass dein Vater deine Verehrer nicht vorher in die Finger bekommt. Er löchert sie sonst so sehr mit Fragen, dass sie Reißaus nehmen.«

Sie mussten beide lachen.

»Tu mir nur einen Gefallen«, sagte Susan leise. »Lass dir mit dem Erwachsenwerden noch ein bisschen Zeit.«

Aber Zeit hatte Kate nie gehabt, dachte Susan jetzt bitter und starrte auf die Kartons. Wütend trat sie gegen eine Kiste, die daraufhin umkippte und ihren Inhalt über den Boden verstreute.

»Warum?«, schrie Susan verzweifelt. »Warum ausgerechnet meine Kinder?« Schluchzend wiegte sie sich hin und her. Sie wusste, dass sie darauf keine Antwort erhalten würde, zu oft hatte sie diese Frage schon gestellt. Dem Pfarrer am Grab, dem Seelsorger und den Ärzten im Krankenhaus, ihnen allen hatte sie immer wieder die gleiche Frage gestellt: Warum musste Kate sterben?

Für die einen war es Gottes Wille, für die anderen ein Rätsel, doch für Susan war es das Ende der Welt. Ihr kleines Mädchen war gerade mal neun Jahre alt gewesen, als es starb. Kates Wünsche und

Träume hatten keine Chance auf Erfüllung gehabt, nichts davon sollte je wahr werden. Was würde geschehen, wenn nun auch noch Joshua von ihr fortgerissen wurde? Susan schlug die Hände vors Gesicht. Sie empfand eine so unendliche Leere, als hätte man ihr ein lebenswichtiges Organ entnommen, so dass sie langsam verblutete. Ich kann nicht mehr, dachte sie verzweifelt, oh Gott, hilf mir, ich habe keine Kraft mehr!

In diesem Moment hörte sie das leise Klingeln des Telefons, das im Erdgeschoss stand. Wie lange läutete es schon? Sofort dachte sie an Joshua und ein eisiger Schreck durchfuhr sie. So schnell es ihre eingeschlafenen Füße zuließen, kam Susan auf die Beine, wankte die steile Treppe hinunter und betete, dass der Anrufer nicht auflegen würde. Sie hatte endlich das kleine Tischchen erreicht, auf dem der Apparat stand, und drückte sich nun fest den Hörer ans Ohr. »Hallo?«, meldete sie sich außer Atem.

»Susan? Hier ist Matt. Was ist los? Du hörst dich so komisch an.«

Mit geschlossenen Augen atmete Susan ein, ihr rasender Puls beruhigte sich etwas und sie öffnete sie wieder. »Es ist alles in Ordnung«, antwortete sie und konnte hören, wie rau sich ihre Stimme anhörte. »Was willst du?«

Sofort trat ihr Mann den Rückzug an. »Nichts, ich wollte nur hören, wie es dir geht. Mich macht die Warterei wahnsinnig, ich kann nicht aufhören an Joshua zu denken. Ich dachte«, er hielt kurz inne und zögerte. Dann gab er sich einen Ruck und sagte: »Ich dachte, wir könnten uns vielleicht auf einen Kaffee treffen und ein bisschen reden.«

»Du willst reden?«, fragte Susan und die alte Wut kam so schnell hoch, dass sie sich nicht dagegen wehren konnte. »Du willst *jetzt* reden, Matt?«, schrie sie fast in den Hörer. »Über was um Gottes Willen könnten wir beide schon reden? Über den Tod unserer Tochter? Den hast du doch die ganze Zeit so schön verdrängt, warum also jetzt davon anfangen? Oder sollen wir vielleicht über Joshua sprechen? Wie er unter unserer Trennung gelitten hat? Oder dass ich eine verdammt schlechte Mutter bin, weil ich wieder arbeiten gehe, um mir selbst etwas zu beweisen? Dass ich halb wahnsinnig bin vor Sorge auch noch mein anderes Kind zu verlieren und mir Vorwürfe mache, weil ich vielleicht daran schuld bin? Worüber, verdammt noch mal, willst du reden, Matt?« Den letzten Satz hatte sie geschrien und lauschte nun der Stille am anderen Ende.

Sie dachte schon, Matthew hätte aufgelegt, als er sich verlegen räusperte. »Du hast Recht. Du hast mit allem Recht, Susan. Es war falsch von mir nicht über Kate zu reden. Aber ich hatte solche Angst, verstehst du? Ich dachte, wenn ich mich meiner Trauer ausliefere, dass ich dann nicht mehr die Kraft gehabt hätte für euch zu sorgen.«

»Wir haben dich gebraucht«, sagte Susan bitter. »Wir haben *dich* gebraucht und nicht das verdammte Geld.« Wütend beendete sie das Gespräch, doch sofort tat es ihr leid und sie war bereits im Begriff Matthews Nummer zu wählen, als sie innehielt. »Das hat doch alles keinen Sinn, mach dir nichts vor«, sagte sie laut und legte das tragbare Telefon zurück auf die Station. Völlig erschöpft lehnte sie ihren Kopf an die Wand und schloss die Augen. Was sollte sie nur tun?

Dann wurde es ihr schlagartig klar. Es gab jetzt nur einen einzigen Ort, an dem sie sein wollte. Eilig griff sie sich die Schlüssel, zog eine Jacke an und fuhr ins Krankenhaus.

Liebevoll strich Susan Joshua über die Stirn, dabei berührte sie eine weiße Strähne. Von einer Minute auf die nächste hatte sich sein Haar plötzlich verfärbt, ohne, dass jemand sagen konnte, was die Ursache dafür war. »Was ist bloß mit dir los«, murmelte Susan. Es kam ihr wie gestern vor, als der einjährige Joshua ängstlich nach ihrer Hand gegriffen hatte, um seine ersten Schritte zu machen. Nun lag er in diesem Bett und ergraute vor ihren Augen. »Wenn ich nur wüsste, wie ich dir helfen kann.«

»Sie tun genau das Richtige.« Doktor Castello war unbemerkt eingetreten. »Wissen Sie, die meisten Verwandten haben eine gewisse Scheu mit Komapatienten umzugehen. Dabei ist es längst erwiesen, dass viele von ihnen Worte verstehen und Berührungen wahrnehmen können. Diejenigen, die aufgewacht sind, haben von derartigen Erlebnissen berichtet.«

Susan blickte auf die dicke Krankenakte unter seinem Arm und merkte, wie sich ihr Magen zusammenzog. »Gibt es Neuigkeiten?«, fragte sie, bemüht, sich ihre Angst nicht anmerken zu lassen.

Bedauernd nickte der Oberarzt und trat näher. Väterlich legte er eine Hand auf Susans Schulter und drückte sie kurz. »Ich muss Ihnen leider mitteilen, dass sich Joshuas Zustand verschlechtert hat.« Er hielt kurz inne, dann zog er sich einen Stuhl heran und setzte sich. »Haben Sie schon mal etwas von der Glasgow-Koma-Skala gehört?«

Susan schüttelte den Kopf.

»Dabei handelt es sich um eine Skala zur Bestimmung der Komatiefe. Es gibt insgesamt vier Grade. Anfangs zeigte Joshua noch eine gezielte Abwehr auf Schmerz und seine Pupillen reagierten auf Licht. In den letzten Stunden hat seine Komatiefe jedoch den zweiten Grad erreicht. Er zeigt jetzt nur noch eine ungerichtete Abwehr auf Schmerz und weist beginnendes Außenschielen auf.«

»Was bedeutet das?«, fragte Susan leise und fürchtete sich gleichzeitig vor der Antwort.

»Es bedeutet, dass wir immer noch nicht die richtige Behandlung für Joshua gefunden haben«, sagte Doktor Castello. »Es tut mir sehr leid, ich hätte Ihnen gerne bessere Nachrichten überbracht.«

»Ich verstehe das nicht«, sagte Susan. »Heißt das, dass sein Zustand jetzt immer schlechter wird? Kann man da denn überhaupt nichts machen?«

»Es muss nicht zwangsläufig bedeuten, dass Joshuas Zustand sich verschlechtert. Aber die Möglichkeit besteht natürlich. Vor ein paar Stunden hatte er Nasenbluten. Zwar hat es nach wenigen Minuten von selbst aufgehört, wir haben jedoch beschlossen in den kommenden Tagen zu einer neuen Therapie mit verschiedenen Medikamenten

84

überzugehen. Vielleicht haben wir ja Glück und Joshua reagiert darauf.«

»Was passiert, wenn er es nicht tut?«

»Seien Sie versichert, dass wir alles, was in unserer Macht steht, unternehmen, um Ihren Sohn zu retten.«

Obwohl Susan registrierte, dass der Arzt auf ihre eigentliche Frage nicht geantwortet hatte, nickte sie. »Danke«, sagte sie leise.

Doktor Castello warf einen letzten Blick auf Joshua und verließ das Zimmer wieder. Durch die Glasfront konnte Susan sehen, wie er das nächste Krankenzimmer betrat.

»Es wird alles wieder gut«, murmelte sie und drückte Joshuas Hand, wobei sie nicht sagen konnte, ob sie sich damit selbst trösten wollte oder ihren Sohn.

11

Joshua kam es vor, als wären sie tagelang auf dem See unterwegs gewesen. Die endlose Wasseroberfläche, die das Licht der Sonne reflektierte und ihm in den Augen brannte, war das Einzige, dass er in den letzten Stunden zu Gesicht bekommen hatte. Joshua war von der Begegnung mit der Tryphene immer noch aufgewühlt und zerbrach sich den Kopf über den weiteren Verlauf seiner Reise.

Gedankenverloren sah er Nilufah an, der einem beruhigenden Wiegenlied gleich die Ruder ins Wasser tauchte. Es hatte etwas Tröstendes, dem alten Mann dabei zu zusehen. Das weiße Haar auf seinem Kopf strahlte unter den gleißenden Sonnenstrahlen und erst jetzt fiel Joshua auf, dass Nilufah bisher keine Pause gemacht hatte. Seinem verrunzelten Gesicht und der mageren Statur nach zu urteilen, musste Nilufah wenigstens über siebzig Jahre alt sein. Joshua schämte sich, dass er dem alten Mann bisher noch keine Hilfe angeboten hatte.

Vorsichtig stand er auf und setzte sich näher an die Ruder. »Soll ich dir helfen?«, fragte er schüchtern und wagte es nicht Nilufah anzusehen, weil er sich entsetzlich schlecht vorkam. Seine Mutter hatte ihm beigebracht, alten Menschen im Bus und in der U-Bahn immer seinen Platz anzubieten. Oder ihnen die Einkaufstüten zu tragen, so wie der alten Mrs. Carnegie, die nebenan wohnte. Über all die Ereignisse hatte er es einfach vergessen.

»Nein, schon gut«, sagte Nilufah, der Joshuas Verlegenheit zu spüren schien. »Du bist übrigens der Erste.«

Erstaunt zog Joshua die Augenbrauen hoch. »Ich bin der Erste, der dich fragt, ob er dich mit dem Rudern ablösen soll?«, fragte er ungläubig.

Nilufah brummte etwas Unverständliches und nickte, ohne dabei aus dem Rhythmus zu kommen. Gleichmäßig tauchten die Ruderblätter ins silberblaue Wasser des Sees. »Ich habe die letzten zwanzig Jahre hier am See verbracht«, murmelte Nilufah und Joshua rückte ein wenig näher, um den alten Mann besser zu verstehen. »Seitdem ich denken kann, fahre ich mit dem Boot über den See und ich habe es so oft getan, dass ich schon beinahe selbst ein Teil von ihm geworden bin. Mulaji ist sehr mächtig. Je länger ich in seiner Nähe lebe, desto stärker spüre ich, wie er mich aussaugt, meine Lebensenergie an sich reißt, um sich davon zu nähren. Ist dir nicht aufgefallen, dass alles im Umkreis weiß zu sein scheint?«

Joshua erinnerte sich an das Haus am Ufer, dessen Wände wie getrocknetes Salz aussahen und nickte.

»Das ist das Werk des Sees«, erklärte Nilufah. »Und auch du bist jetzt von ihm gezeichnet.«

Verständnislos blickte Joshua den alten Mann an. Nilufah bedeutete ihm, sich über den Bootsrand zu lehnen und als Joshua der Aufforderung vorsichtig nachkam und sein Spiegelbild auf der Wasseroberfläche sah, erschrak er. Sein dunkelbraunes Haar war an einer Stelle ganz weiß geworden. Zaghaft berührte er die Strähne.

»Es hätte schlimmer kommen können, Kleiner«, tröstete ihn Nilufah. »Schau mich an, ich sah nicht immer so aus. Auch ich war einst ein junger Bursche mit dunklem Haar.« Er grinste Joshua wehmütig an, als dieser sich wieder zurück ins Boot zog. »Früher war ich Fischer. Jeden Tag fuhr ich mit den anderen hinaus. Wir alle besaßen unser eigenes Boot und unseren eigenen Schutzstein, der uns vor den Angriffen der Tryphenen bewahrte. Abends kehrte ich dann zu meiner Frau und meinen beiden Söhnen heim.« Nilufah stockte und Joshua fiel auf, dass es das erste Mal war, dass der alte Mann so viel auf einmal sprach. »Im Laufe der Zeit verloren immer mehr der Steine ihre Kraft. Einige meinten, es läge daran, dass Xeja, das Tor der Liebe, immer schwächer wurde. Andere wiederum waren davon überzeugt, dass es an Morgrans wachsender Macht lag. Egal, was es auch war, nach und nach lösten sich die Schutzsteine der anderen auf, bis eines Tages nur noch mein Stein übrigblieb. Es dauerte nicht lange, da tauchte Nanura vor meiner Tür auf. Sie sagte mir, dass es von nun an meine Aufgabe sei, am anderen Ufer zu wohnen, wo ich vor Morgrans Narwen sicher wäre, um den letzten Stein zu beschützen. Du musst wissen, dass noch nicht einmal die Schergen des Fürsten den See überqueren können.«

»Es muss sehr schwer für dich gewesen sein, deine Familie zu verlassen«, sagte Joshua leise, der genau wusste, wie sich Nilufah damals gefühlt haben musste.

»So hat eben jeder von uns sein Schicksal, an dem er wächst«, sagte Nilufah traurig lächelnd. »Ich weiß, dass du Angst hast, die hatte ich auch. Ich bin so oft ins Wasser gefallen, dass ich dachte, ich sterbe da unten in der Dunkelheit. Wie viele Opfer der See auch verschlungen hat, mich hat er immer wieder hochgewürgt. Ganz so, als wüsste er, dass ich eine Aufgabe zu erledigen habe. Und auch dein Schicksal steht bereits geschrieben. Nun liegt es an dir, ob du es auch erfüllst.«

»Ich werde es versuchen«, murmelte Joshua leise.

»Das ist es, was den Tapferen von dem Feigling unterscheidet«, antwortete Nilufah und seine blauen Augen blickten Joshua freundlich an.

»Wir sind bald da«, meldete sich Nanura von der hinteren Seite des Bootes und lenkte Joshuas Aufmerksamkeit damit auf einen Punkt hinter Nilufahs Rücken. In der Ferne ragten unzählige Türme in die Höhe. Ihre ockerfarbenen Dächer waren mit Goldfäden durchzogen, die die Strahlen der Sonne vielfach reflektierten, so dass es schien, als wären sie aus reinem Licht gefertigt.

Bald darauf tauchte ein schmaler Landstreifen auf, hinter dem sich die beeindruckende Kulisse einer riesigen Stadt erhob. Nilufah kletterte aus dem Boot und gemeinsam mit Joshua zog er es an den Strand.

»Warte, ich möchte dir noch etwas geben«, sagte Nilufah. Er kniete sich hin und strich der Meerjungfrau am Bug des Bootes liebevoll übers Gesicht. Mit angehaltenem Atem sah Joshua dabei zu,

wie kurz darauf ein glitzernder Glasstein in Nilufahs Hand fiel. Der alte Mann stieß das Boot zurück
ins Wasser, wartete, bis es außer Sichtweite trieb,
dann kam er lächelnd auf Joshua zu. Er nahm seine
Hand und legte ihm den kühlen Glasstein hinein.
»Von nun an gehört Lacrima, die gläserne Träne,
dir. Pass gut auf sie auf.«

»Das kann ich nicht annehmen«, protestierte Joshua und wollte sie Nilufah zurückgeben.

»Sie war von jeher für dich bestimmt. Ich habe all
die Jahre nur darauf aufgepasst.«

»Aber was passiert, wenn dich die Tryphenen an-
greifen?«, fragte Joshua kummervoll. Er wollte sich
gar nicht ausmalen, was alles geschehen konnte.

Nilufah winkte ab. »Ich habe meine Aufgabe erfüllt, ich bin frei. Nun kann ich endlich zu meiner
Frau und meinen Söhnen zurückkehren.«

Verstört setzte sich Joshua in den Sand und
starrte auf den daumendicken Glassplitter in seiner
Hand. Obwohl es unglaublich heiß war, bildeten
sich um den Stein Tropfen und eine angenehme
Nässe benetzte Joshuas Haut. Ein Wirbel aus den
unterschiedlichsten Blautönen bildete kontinuier-
lich neue Formen, während körniger Goldstaub ein
schwaches Licht erzeugte.

»Er ist wunderschön, nicht wahr?«, fragte er
Nanura, die neben ihn krabbelte und sich Lacrima
ebenfalls ansah.

»Ja«, antwortete die alte Schildkröte. »Wenn wir
in Korugonda ankommen, wirst du ihn verstecken
müssen. Es ist besser, wenn niemand weiß, dass du
im Besitz des Steins bist.«

»Was ist Korugonda?« Joshua verstaute den Glassplitter sorgfältig in der Hosentasche.

»Korugonda ist die innere Stadt von Orasyen. Sie wird von Königin Amnaya beherrscht, die ebenso klug wie schön ist. In Korugonda befindet sich außerdem Xeja, das Tor der Liebe, um das ein erbitterter Kampf geführt wurde. Amnaya hat es gegen Morgran und seine Schergen verteidigt, vierzig Tage entbrannte eine blutige Schlacht. Aber es war vergebens: Morgran hat das Tor eingenommen. Nun hat sich Amnaya mit ihrem Gefolge in den Palast zurückgezogen. Ich hoffe, dass sie noch am Leben ist.«

»Was ist denn nun meine Aufgabe?«, fragte Joshua ungeduldig, während sie sich auf den Weg machten. »Ich meine, was soll ich hier?«

Nanura sah ihn lange an, bevor sie antwortete. »Du bist unsere letzte Hoffnung, Joshua. Du hast eine lange und beschwerliche Reise vor dir, auf der viele Gefahren lauern werden. Morgran wird mit allen Mitteln verhindern wollen, dass du dich dem Tor der Hoffnung näherst und wird versuchen, dich zu töten. Du hast nur wenig Zeit. Denn je länger die anderen Tore geschlossen bleiben, umso größer wird Morgrans Macht.«

In Joshuas Kopf drehte sich alles und ihm war übel. Angst schnürte ihm die Kehle zu und er schloss verzweifelt die Augen. Bisher hatte er seine Reise durch Orasyen für ein großes Abenteuer gehalten, doch jetzt sah er ein, dass sie den Falschen geholt hatten. Er war kein Torwächter, er war nur ein Junge, der komische Wesen sehen konnte, die für andere in seiner Welt unsichtbar waren. Er war verrückt, sonst nichts. Auf keinen Fall war er ein Held oder ein Auserwählter! Das alles war nur ein furchtbarer Irrtum und er musste es ihnen jetzt sagen, bevor es zu spät war.

Joshua öffnete gerade den Mund, um seinen Gefährten mitzuteilen, dass sie sich irrten, als Nanura ihm zuvorkam. »Es hat alles seine Richtigkeit, mein Junge. Du bist der letzte Torwächter und nur du kannst Orasyen und deine Welt retten.«

»Aber ich habe Angst«, gab Joshua leise zu. »Und Auserwählte haben keine Angst. Ich weiß nicht, wie ich das alles machen soll!«

Yael, die bisher aufmerksam neben ihm hergelaufen war, drängte sich plötzlich an ihn und stupste ihn mit der Schnauze an. Nach den schrecklichen Erlebnissen auf dem See, war seine anfängliche Scheu vor der Wölfin verflogen, so dass er es jetzt wagte, ihr flüchtig durchs Fell zu streichen.

»Yael sagt, sie weiß, dass du es kannst«, gab Nanura die Gedanken der Wölfin weiter. »Und du bist nicht allein, denn du hast uns. Wir werden dir beistehen. Komm, wir sollten vor Anbruch der Dunkelheit im Palast sein.« Nanura drehte sich um und begann, sich mit ihren schaufelartigen Beinen zügig durch den Sand zu schieben.

Nilufah, der es kaum zu erwarten schien, seine Familie wieder zu sehen, war schon ein ganzes Stück vorgelaufen, als Yael Joshua vorsichtig mit der Schnauze am T-Shirt zupfte.

»Yael fragt, ob du ihr etwas erzählen kannst«, sagte Nanura ein paar Meter weiter vorn undeutlich und Joshua tippte darauf, dass die Schildkröte Sand im Maul hatte.

»Was möchte sie denn wissen?«, fragte er.

»Erzähl ihr etwas aus deiner Welt«, dolmetschte Nanura.

Joshua überlegte einen Augenblick, während sie weiter durch den kühlen Sand gingen. Der Himmel über ihnen färbte sich bereits rötlich und von vorne wehten aromatische Gerüche heran, die Joshua an Kräuter und gebrannte Mandeln denken ließen. Genussvoll streckte er sein Gesicht in den kühlenden Wind und schloss kurz die Augen.

Es irritierte ihn nach der Stille auf dem See, das Geschrei der vielen Vögel zu hören, die in den unzähligen Palmen saßen, die auf der linken Seite wuchsen, und sie neugierig zu beobachten schienen. Joshua öffnete die Augen wieder und überlegte, was er Yael erzählen konnte, denn seine eigene Welt schien sich immer weiter von ihm zu entfernen. Plötzlich fiel ihm etwas ein und ohne weiter darüber nachzudenken begann er zu sprechen. »Meine Schwester Kate und ich hatten unsere eigene Geheimsprache. Wenn wir nicht wollten, dass unsere Eltern etwas mitbekamen, unterhielten wir uns mit den Worten, die wir uns selber ausgedacht hatten. Unsere Mom hat das wahnsinnig gemacht«, sagte Joshua und lachte leise bei der Erinnerung an seine Mutter. Die Hände in die Hüfte gestemmt, hatte sie in der Küche gestanden und sie ärgerlich ausgeschimpft, dass es unhöflich sei, eine Sprache zu sprechen, die andere nicht verstanden.

»Mein Dad dagegen fand das ganz toll«, erklärte er und sah die Wölfin grinsend von der Seite an. »Er hat meiner Mutter versucht zu erklären, dass wir besonders intelligente Kinder seien, wenn wir uns sogar eine eigene Sprache ausdenken konnten und sie sich darüber freuen sollte. Doch sie wollte davon nichts wissen. Ich weiß noch, wann wir das letzte Mal unsere Geheimsprache benutzt haben«, sagte er leise und starrte auf seine Füße hinab, die sich fast von allein durch den Sand bewegten. »Kate war zu der Zeit schon im Krankenhaus und einer der Ärzte, der zum Kontrollieren ihrer Werte kam, tat ihr beim Blutabnehmen immer furchtbar weh. Aber sie traute sich nicht, ihm das zu sagen. Als der Arzt das nächste Mal bei ihr war, sagte sie es mir in unserer geheimen Sprache. Um ihr zu helfen, fing ich an zu schreien und wälzte mich auf dem Boden. Ich tat so, als hätte ich eine Art Anfall, so dass er sich zuerst um mich kümmern musste. Irgendwann durchschaute er mein Theater und nachdem er mir eine Standpauke gehalten hatte, rauschte er wütend davon.«

Joshua machte eine kurze Pause und Yael stupste ihn ungeduldig mit der Schnauze an.

»Du willst wissen, ob es Ärger gab?«, fragte er.

Die Wölfin schnaufte und sah ihn neugierig an.

»Ja, ich habe Ärger bekommen. Aber das war mir egal, denn der Arzt war so sauer, dass er meine Schwester nie wieder untersucht hat.«

Yael ließ vergnügt die Zunge heraushängen und ließ ein ausgelassenes Heulen hören.

Zuerst hatte Joshua geglaubt, die Erinnerung an seine Schwester würde ihn traurig machen, doch der Gedanke an das verschreckte Gesicht des Arztes erfüllte ihn mit der gleichen Genugtuung wie damals. Am besten hatte ihm allerdings gefallen, wie Kates Augen funkelten, als sie »Hanuk« gerufen hatte. Denn nur Joshua wusste, dass es »gewonnen« hieß.

12

Die Sonne war bereits untergegangen und die Nacht hüllte sie ein, als Joshua, Nanura, Yael und Nilufah die ersten Häuser erreichten. In der kleinen Siedlung roch es streng nach Ziegenmist und scharfen Gewürzen, so dass Joshua unwillkürlich die Nase rümpfte. Er folgte Nanura immer noch, die zielstrebig auf dem staubigen Boden vorwärts kroch, der Panzer von silbrigem Mondlicht erhellt.

Yael währenddessen tänzelte unruhig neben ihnen her. Sie hatte die spitzen Ohren lauschend aufgestellt, bereit bei dem kleinsten Anzeichen von Gefahr anzugreifen.

Joshua hätte die Wölfin gerne beruhigt, wusste aber nicht wie. So hielt er einfach die Augen offen und versuchte, so viel in der Dunkelheit zu erkennen, wie es ihm möglich war. Während Nilufah neben ihm hermarschierte, betrachtete Joshua die merkwürdig geformten Steinhäuser mit ihren angebundenen Ziegen davor, die zierliche Glöckchen am Hals trugen. Jede ihrer Bewegungen rief ein leises Klingeln hervor. Als Joshua angestrengt lauschte, hörte er eine ganze Reihe von unterschiedlichen Tönen, die in der warmen Nacht zu einer Melodie verschmolzen. »Was ist das?«, flüsterte er. Er hoffte, dass Nanura ihn hören konnte, da die Schildkröte ein beachtliches Tempo vorgelegt und sich von ihnen entfernt hatte.

»Das sind eine Art Warnanlagen«, antwortete Nanura und wurde ein wenig langsamer, damit die anderen zu ihr aufschließen konnten. »Nachts überfallen die Kaboknoken die Häuser. Sie plündern und rauben alles, was in ihre gierigen Finger gerät. Die Ziegen können den Geruch der Unholde riechen und warnen ihre Besitzer mit den Glöckchen.«

Joshua lag bereits die Frage auf der Zunge, was denn nun die Kaboknoken schon wieder für Wesen waren, als er abrupt anhielt. Die wuchtigen Mauern, die hoch über ihren Köpfen in die Dunkelheit ragten, wirkten ebenso eindrucksvoll, wie das steinerne Stadttor, das weit offenstand. Zwei hochgewachsene, schlanke Männer in lederner Kampfkleidung standen davor, die Hände locker auf den elegant wirkenden Schwertern. Joshua konnte in der fahlen Dunkelheit die braungebrannten Gesichter der Wachen erkennen, deren markante Gesichtszüge ihnen ein wildes, kriegerisches Aussehen verliehen.

»Was wollt ihr?«, fragte einer der beiden und trat einen Schritt vor, so dass er ihnen den Weg versperrte. Die Fackel, die er in der einen Hand hielt, leuchtete ihnen ins Gesicht.

»Königin Amnaya erwartet uns«, antwortete Nanura ruhig.

»Wer seid ihr?«, wollte die andere Wache wissen und kniff misstrauisch die Augen zusammen.

»Mein Name ist Nanura und ich bringe den letzten Torwächter nach Korugonda.«

Beide Männer zuckten bei diesen Worten merklich zusammen.

»Geh General Harm fragen«, wies der eine den anderen an.

Sofort machte die zweite Wache auf dem Absatz kehrt und lief davon.

Es dauerte nicht lange und der Soldat kehrte zurück. Er trat nahe an den anderen heran und flüsterte ihm etwas ins Ohr. Dann gingen sie gleichzeitig beiseite und gaben den Durchgang frei.

»Ihr dürft passieren«, sagte der Erste, wobei er Joshua mit einer Mischung aus Unglauben und Ehrfurcht ansah.

Nanura machte gerade Anstalten durch das Tor zu krabbeln, da begann Yael unvermittelt zu knurren. Gleichzeitig erklang das erste Klingeln, das zaghaft zu ihnen herüberwehte. Kurz darauf gesellte sich ein zweites Klingeln hinzu. Yaels Nackenhaare richteten sich auf, sie senkte grollend den Kopf und stellte sich schützend vor Joshua, der nicht begriff, was gerade geschah. Als hätte die Nacht kurz den Atem angehalten, brach plötzlich ein wahrer Tumult los. Sämtliche Glöckchen begannen in einer schrillen Melodie zu klingeln und überdeckten beinahe die menschlichen Angstschreie, die nun ebenfalls zu hören waren.

Stirnrunzelnd drehte sich Joshua um und starrte in die Nacht. Erschrocken wich er ein paar Schritte zurück, als die ersten Menschen auf ihn zustürzten. Es waren zerlumpte Gestalten, die den strengen Geruch nach Ziegenmist und Rauch mit sich brachten und ihn wie eine Welle erfassten. Ohne etwas dagegen tun zu können, wurde Joshua von der Menge mitgerissen und durchs Tor getrieben.

Yael, die nicht von seiner Seite wich, knurrte und biss jedes Mal zu, wenn Joshua Gefahr lief, zu Boden geschubst zu werden. Es war ein Meer aus Armen und Beinen, aus entsetzten Gesichtern und aneinanderdrängender Leiber. Die um ihn herrschende Panik erfasste Joshua und so boxte und schob auch er sich in der Menge voran. Obwohl er nicht wusste, wovor all diese Menschen flohen, spürte er dennoch die lauernde Gefahr in seinem Rücken.

»Wo ist meine Familie? Hat jemand meine Familie gesehen?«, rief eine Frau verzweifelt, während sie sich einen Weg durch die fliehenden Menschen zu bahnen versuchte. Doch sie wurde immer wieder zurückgeschoben und strandete schließlich, wie alle anderen, hinter dem Tor.

Joshua hörte über das Stimmengewirr, wie die beiden Wachen sich etwas zuriefen. Plötzlich erklang ein ohrenbetäubendes Trommeln, das den Boden unter ihren Füßen vibrieren ließ, denn einer der beiden Wachen schlug wild auf eine große, mit Tierhäuten bespannte Schale ein. Als Joshua aufsah, erkannte er eine Gruppe von Soldaten, die die enge Wehr auf der Mauer entlangliefen. Sie hielten lange Speere in den Händen und stellten sich in einer Reihe nebeneinander auf. Immer mehr Soldaten tauchten aus der Dunkelheit auf und begannen sich zu formieren. Sie schlossen die Reihen und rückten anschließend gemeinsam vor.

»In Position!«, befahl ein besonders eindrucksvoll gekleideter Krieger.

Ebenso wie alle anderen sah Joshua gebannt dabei zu, wie gusseiserne Kessel mit heißem Öl befüllt und an die Mauerkante geschoben wurden. Dann setzte sich das steinerne Tor lautlos in Bewegung. Es war schon fast geschlossen, als die letzten Flüchtlinge, ein ärmlich gekleideter Mann, der an den Händen zwei kleine Mädchen hielt, in letzter Sekunde hineinschlüpften. Das Tor glitt hinter ihnen mit einem gewaltigen Knirschen zu. Die Frau, die vorher gerufen hatte, stürzte auf sie zu und kurz darauf lagen sie sich in den Armen.

»Wo ist Ezra?«, hörte Joshua die Frau ängstlich fragen. Er sah, wie ihr Mann traurig den Kopf schüttelte.

In diesem Moment eröffneten die Soldaten auf der Mauer das Feuer. Mit einem bösartigen Rauschen fuhren ihre Speere durch die Nacht. Nur Sekunden später drangen von der anderen Seite der Mauer wimmernde Laute herüber.

Im nächsten Augenblick setzte das Kreischen und Kratzen ein. Die Menschen um Joshua verstummten abrupt. Mit starren Gesichtern, sich furchtsam aneinanderklammernd, warteten sie in der Dunkelheit und hörten dem unablässigen Schaben und Fauchen zu.

Das Tor erzitterte unter dem Ansturm, gab aber nicht nach. Joshua wandte unruhig den Kopf, um nach Nilufah und Nanura Ausschau zu halten, konnte jedoch keinen von beiden entdecken.

»Vorrücken!«, rief der Krieger erneut.

Auf seinen Befehl hin kippten die Soldaten die schweren Kessel zur Seite und mit einem brodelnden Zischen ergoss sich siedendes Öl auf die Gegner. Fauchendes und knurrendes Gewinsel wurde laut, so dass Joshua sich am liebsten die Ohren zugehalten hätte. Die Luft schmeckte plötzlich nach verbranntem Fleisch und ihm wurde schlecht.

»Was ist das?«, flüsterte Joshua.

»Die Kaboknoken«, sagte eins der kleinen Mädchen, die als letztes angekommen waren. Sie drückte sich verstört an die Seite ihres Vaters. Ihr zierliches Gesicht wirkte im Mondschein totenbleich. »Sie sind gekommen, um uns zu holen.«

Noch bevor Joshua antworten konnte, durchschnitt auf der anderen Seite der Mauer ein jäher, menschlicher Schrei die Stille. Das Grauen und der Ekel darin, ließen Joshua bestürzt zusammenfahren. Einen Moment lang hielt das Fauchen und Kratzen inne, dann war ein triumphierendes Heulen zu hören.

»Oh Gott, sie haben meinen Sohn!« Die Frau riss sich von ihrem Mann los, stürzte nach vorne und sank weinend am Tor auf die Knie. »Mein Junge, mein kleiner Junge!«

Behutsam zog der Mann seine Frau hoch und ließ sie an seiner Schulter weinen. Die Stille, als das Schluchzen der Frau erstarb, legte sich wie eine dicke Decke über sie.

»Es ist vorbei!«, verkündete einer der Krieger.

Jubelnd reckten die Soldaten die Arme in die Höhe, während sich die Menschenmenge unten zu regen begann. Als würden sie alle gleichzeitig aus einem Albtraum erwachen, klopften sie sich gegenseitig auf die Schultern oder umarmten sich.

»Für heute ist es ausgestanden«, sagte jemand neben Joshua und lächelte ihn erleichtert an.

Joshua runzelte die Stirn. Was war mit dem Sohn der Frau? Hatte ihn das, was immer gegen das Tor gebrandet war, getötet? Warum sprach niemand davon?

»Weil sie es gewohnt sind«, sagte Nanura, die plötzlich neben ihm aufgetaucht war. »Und selbst, wenn man Schlimmes gewohnt ist, es auszusprechen, bringt die meisten um den Verstand.«

Jetzt bahnte sich auch Nilufah einen Weg durch die Menge. Er sah mitgenommen und bleich aus. Als er sie schließlich erreichte, fuhr er sich nervös durchs Haar. »Ich hatte ganz vergessen, wie schrecklich manche Nächte hier sind«, sagte er mit belegter Stimme.

»Kommt, wir müssen zum Palast«, sagte Nanura und krabbelte davon.

Joshua warf einen letzten Blick auf die Menschen, die sich nun alle hinter dem Tor versammelt hatten und ungeduldig darauf warteten, wieder hinaus zu gelangen.

Die Frau und ihre Familie konnte er nirgends entdecken. Immer noch die Schreckenslaute in den Ohren wandte er sich um und blieb im gleichen Moment wie erstarrt stehen. Durch den plötzlichen Tumult war er gar nicht dazu gekommen, sich genauer umzusehen. Und so traf ihn das Bild, das sich ihm jetzt bot, völlig unvorbereitet.

Mit dem Passieren des Stadttores hatte er unbemerkt eine vollkommen neue Welt betreten. Zum ersten Mal, seit Joshua in Orasyen war, sah er wieder eine Stadt. Und was für eine Stadt! Korugonda breitete sich vor ihm wie ein gigantischer Sternenteppich aus, dessen Lichter in der warmen Nachtluft flimmerten. Ungeduldig stupste ihn Yael an, so dass er sich beeilte, zu den anderen aufzuschließen.

Sie folgten einer breiten, sandigen Straße, deren Ränder mit hohen Palmen besetzt waren. Trotz der sie umgebenen Nacht konnte Joshua die Umrisse der Häuser sehen, die dicht an dicht gedrängt zu beiden Seiten standen, als müssten sie sich gegenseitig stützen. Aus einigen der Fenster drang hier und da Licht, das die Straße matt erleuchtete. Die stickige Hitze, die ihnen entgegenschlug, roch nach altem Schweiß und Ungeziefer. Joshua bemühte sich, so gut es ging, nur durch den Mund zu atmen. Yael dagegen schien deutlich entspannter zu sein, seitdem sie das Tor passiert hatten. Sie lief, die Schnauze fest am Boden, begeistert neben ihm her.

Obwohl die Stadt tief und fest schlief, spürte Joshua die unterschwellige Anwesenheit ihrer vielen Einwohner. Nach der langen Reise auf der er kaum jemandem begegnet war, war es sowohl berauschend als auch beängstigend, wieder unter so vielen Menschen zu sein. Wenn es denn Menschen sind, dachte Joshua stirnrunzelnd, während er immer weiter ins Herz der Stadt vordrang.

Mittlerweile gingen sie bergauf. Die Häuser schienen die Hitze des Tages gespeichert zu haben und sie nun wieder freizugeben. Es war so warm, dass Joshuas T-Shirt ihm am Rücken klebte und sein Mund vollkommen ausgetrocknet war.

Niemand von ihnen sprach, während sie der breiten Straße weiter in die Nacht folgten. Joshua zuckte erschrocken zusammen, als Nilufah ihn plötzlich am Arm berührte und sagte: »Hier trennen sich unsere Wege.«

»Kommst du denn nicht mit uns?«, fragte Joshua verwundert.

Er sah in der Dunkelheit undeutlich, wie Nilufah den Kopf schüttelte. »Nein, mein Platz ist fortan wieder bei meiner Familie.«

Traurig ließ sich Joshua von ihm umarmen. »Danke für alles. Mach`s gut.«

»Gern geschehen, Kleiner. Du auch«, antwortete Nilufah und schaute ihn aufmunternd an. »Und denk immer dran: Unser Herz ist es, das den Wert unseres Schicksals bestimmt.« Mit diesen Worten drehte der alte Mann sich um und wurde kurz darauf von der Dunkelheit verschluckt.

»Wir sind da«, hörte Joshua Nanura wenig später sagen.

Unvermittelt blieb er stehen. Er öffnete den Mund, doch er war unfähig etwas zu sagen. Am liebsten hätte er sich die Augen gerieben, nur, um sich zu vergewissern, dass er nicht halluzinierte. Unbemerkt hatte sie die breite Straße einen Berg hinaufgeführt. Die zuvor stickige Luft wich nun einer kühlen Brise, die eine angenehme Süße mit sich trug. Vor ihnen, am Rande der Stadt, ragte nun ein Prachtbau auf, der so mächtig und gewaltig war, dass Joshua glaubte, er könne nur einem Traum entsprungen sein.

»Das ist L`il Aldin, der königliche Palast«, sagte Nanura neben ihm.

Die Außenfassade glänzte in einem perlmuttartigen Blau und schien gedämpft zu leuchten. Die vier schlanken Türme mit den goldenen Spitzen ragten in die Schwärze der Nacht und vermittelten ein Gefühl von Sicherheit, das Joshua fast körperlich spüren konnte. Überall spiegelte sich ein geheimnisvolles Licht in den goldenen und blauen Bauteilen des Gebäudes, das nur aus diesen zwei Farben zu bestehen schien.

»Kommt, Amnaya erwartet uns bereits«, drängte Nanura und gemeinsam beschritten sie den geschwungenen Weg, der, angefüllt mit blauen und goldenen Quarzsteinen, zum Eingang des Palastes führte.

Joshua besah sich die spitzen Steine näher und war froh, nicht mehr barfuß gehen zu müssen. Denn im Gegensatz zu Nanura, die unbeirrt auf das große Tor zukroch, schien Yael Probleme zu haben. Die Wölfin knurrte jedes Mal ungehalten, wenn ein scharfkantiger Quarz sich in ihre Pfoten bohrte.

Sie kamen erneut an einem großen, aus blauem Stein bestehenden, Tor an und Joshua fragte sich gerade, wie sie hineinkommen sollten, da glitt das blaue Gestein auch schon geräuschlos zur Seite und gab den Blick ins Palastinnere frei. Ohne zu zögern kroch Nanura vorwärts, so dass Joshua und Yael nichts anderes übrigblieb, als ihr zu folgen.

Sie kamen in einen Innenhof, der so weitläufig war, dass sie die andere Seite im Dunkeln nicht erkennen konnten. In diesem Moment entdeckte

Joshua, woher der betörende Duft gekommen war, den er bereits auf der Straße wahrgenommen hatte. Überall hingen dunkelblaue, prall gefüllte Blütenkelche von grünen Zweigen herab und verströmten ein süßliches Aroma. Er dachte daran, wann er das letzte Mal etwas gegessen hatte und als ihm Nilufahs kleines Haus am Ufer des Mulajisees einfiel, durchzuckte ihn plötzliche Trauer. Wie gerne hätte Joshua dem alten Mann diesen wunderschönen Garten gezeigt, der mit seiner Pracht und der Fülle an Düften und Aromen einen schroffen Gegensatz zu der Einöde des Sees darstellte. Er hatte keine Zeit, weiter darüber nachzudenken, denn in diesem Augenblick öffnete sich vor ihnen eine weitere Tür, die bis dahin im Verborgenen gelegen hatte. In dem gleißenden Licht, das durch den Spalt drang, konnte Joshua erst nichts erkennen und kniff die Augen zusammen, um sich vor der grellen Helligkeit zu schützen.

»Willkommen«, sagte eine sanfte Stimme plötzlich und ein Junge in Joshuas Alter kam auf sie zu. Sein schwarzes Haar war hüftlang und außer einem seidenen Lendenschurz trug der Junge lediglich eine lange Kette um den Hals. Seine dunklen Augen betrachteten Joshua neugierig. »Meine Gebieterin erwartet Euch. Wenn Ihr erlaubt, werde ich Euch zu ihr bringen.« Der junge Diener bedeutete ihnen, ihm zu folgen, und verschwand in der Tür.

Nanura, Joshua und Yael schlüpften nacheinander durch den engen Durchlass und fanden sich in einem breiten, von Fackeln erleuchteten, Gang wieder. Boden und Wände bestanden aus hellem

Sandstein, der zwar massiv aussah, aber wenig mit der verschwenderischen Pracht der Außenfassade des Palastes zu tun hatte.

Joshua sah sich neugierig nach allen Seiten um und als er den Kopf in den Nacken legte und nach oben blickte, wäre er um ein Haar ins Straucheln geraten. Die Decke war über und über mit Zeichnungen übersät, die alle möglichen Kreaturen und Wesen zeigten. Sie alle wirkten in dem tanzenden Licht der Fackeln ebenso lebendig, wie die alte Schildkröte, die vor ihm her kroch. »Wahnsinn«, flüsterte Joshua, ohne den Blick von der Decke abwenden zu können.

So entging ihm das flüchtige Stirnrunzeln des Dieners, der sich kurz umdrehte und ihn beobachtete. »Die Bilder hat einst der große Zauberer Xul gemalt. Amnayas Vater, der von Agragul getötet wurde.«

Joshuas Kopf ruckte nach unten und er sah den Jungen, der inzwischen stehen geblieben war, verwundert an. »Morgrans Drache hat den Vater von Königin Amnaya getötet?«, wiederholte er ungläubig.

Der Diener nickte stumm und nahm die Wanderung durch den kahlen Steingang wieder auf.

Irritiert folgte Joshua ihm und seinen beiden Gefährten, doch nun hatte er keinen Blick mehr für die Gemälde an der Decke übrig. Wenn ein mächtiger Zauberer wie Amnayas Vater schon gegen Morgran und seine Schergen nichts ausrichten konnte, was sollte dann ein zwölfjähriger Junge für eine Chance haben? Wieder wallte kalte Angst hinter

Joshuas Stirn auf und er musste an die tröstenden Worte Nilufahs denken. *Unser Herz ist es, das den Wert unseres Schicksals bestimmt.* Joshua hoffte, dass der alte Mann Recht hatte, sonst würde nicht nur Orasyen sterben, sondern mit ihm auch seine eigene Welt. Er dachte an seine Mutter und daran, wie sie jetzt neben seinem schlafenden Körper saß, nicht ahnend, was mit ihrem Sohn geschah. Heftige Gewissensbisse quälten Joshua plötzlich und er wünschte sich, dass sie nie im Streit auseinandergegangen wären. Wenn es ihm nicht gelang, Orasyen zu retten, würde er seine Eltern nie wiedersehen.

»Wir sind da.« Die Stimme des jungen Dieners riss Joshua aus seinen Gedanken und beinahe wäre er gegen den schweren Panzer Nanuras gestoßen, die plötzlich vor einer weiteren steinernen Tür stehen geblieben war.

Der massive Stein glitt zur Seite und wie schon beim letzten Mal traten die drei nacheinander zögerlich ein. Überrascht stellte Joshua fest, dass sich die Tür hinter ihnen schloss, ohne, dass der Diener mit ihnen hineingekommen war. Sie befanden sich in einem Raum, dessen Decke so hoch war, dass sie nur noch schemenhaft zu erkennen war. Die steilen Wände zu allen vier Seiten waren schmucklos, doch ins massive Mauerwerk waren gigantische Fenster eingelassen, deren Glas die beiden Farben widerspiegelten, die im gleichbleibenden Rhythmus im Palast immer wieder anzutreffen waren: Blau und Gold.

Als Joshua aufschaute, stellte er fest, dass überall durchsichtige, faustgroße Kristalle von der Decke hingen, deren Licht vielfach zurückgeworfen wurde. Ähnlich wie bei Lacrima, die sich in seiner Hosentasche befand, hatte Joshua das Gefühl, in einen Strudel zu schauen, dessen Inneres sich immer wieder neu bildete. Er stand still da und genoss den Anblick, den er noch aus seiner Kinderzeit kannte. Sein Vater hatte ihm zu seinem fünften Geburtstag ein Kaleidoskop geschenkt. Eine volle Woche lang hatte Joshua alles durch die dicke Papierröhre betrachtet und sich in einer Welt aus Formen und Farben verloren. Und jetzt, im Palast L`il Aldin, glaubte er inmitten eines riesigen Kaleidoskops zu stehen. Auch Yael und Nanura, die zu beiden Seiten standen, waren still und betrachteten überwältigt das Schauspiel, das sich ihnen bot.

»Kommt doch näher. Ich habe euch bereits erwartet«, erklang vom anderen Ende des Raums eine melodische Stimme.

Joshua, dem schon ein wenig schwindelig war, blinzelte. Nanura zwickte ihn kurz ins Hosenbein und gab ihm mit einer brüsken Kopfbewegung zu verstehen, dass er vorgehen sollte.

»Hallo?« Joshua setzte sich zögernd in Bewegung.

»Ich bin hier«, kam die Antwort hinter einem hellblauen mit goldenen Perlen bestickten Vorhang, der den Raum in zwei Hälften teilte.

Joshua ging darauf zu und blieb unschlüssig davor stehen. Der Stoff lag ungewöhnlich kühl und schwer zwischen seinen Fingern, als er den Vorhang langsam zur Seite hob und hindurchtrat.

Zuerst sah Joshua nur den schmalen Rücken eines Mädchens. Ihr langes, dunkelbraunes Haar floss ihr kaskadenartig über die schmalen Schultern, während ihre schlanken Beine in einer Art Pluderhose steckten. Als sie sich zu ihm umdrehte, schien Joshua das Herz stehen bleiben zu wollen. Er sah in grüne, ein wenig schrägstehende, Augen die direkt in sein Herz zu blicken schienen. Das Mädchen besaß ein makelloses Gesicht mit hohen Wangenknochen, die ihm etwas Katzenhaftes verliehen. Ihre vollen Lippen verzogen sich jetzt zu einem freundlichen Lächeln. Das Mädchen, von dem Joshua annahm, dass es nur ein wenig älter war als er selbst, kam mit energischen Schritten auf ihn zu und lehnte unvermittelt ihre Stirn an seine. Es kostete Joshua seine ganze Überwindungskraft, nicht zurückzuweichen. Stattdessen zwang er sich, ruhig stehen zu bleiben.

»Ich habe schon so lange auf dich gewartet, Joshua Freeman. Es ist mir eine große Freude, dich endlich begrüßen zu dürfen. Ich bin Königin Amnaya und heiße dich im Namen meines Volkes in Korugonda herzlich willkommen. Ich möchte, dass du dich wohlfühlst und die Strapazen deiner Reise für eine Weile vergisst.« Damit löste sie sich von ihm und schaute ihn mit ihren geheimnisvollen Augen abwartend an.

Joshua wand sich unter ihrem durchdringenden Blick und wusste nicht recht, was er erwidern sollte. »Danke«, stammelte er und sah sich hilfesuchend nach seinen beiden Gefährten um, in der Hoffnung, dass sie ihn aus dieser misslichen

Situation befreiten. Doch hinter ihm befand sich nur der blickdichte Vorhang.

»Möchtest du etwas essen oder trinken?«, fragte Amnaya und deutete mit einer ausladenden Bewegung auf einen niedrigen Tisch, auf dem allerlei Köstlichkeiten standen. Dicke Kissen luden dazu ein, sich zu setzen und auszuruhen.

»Ja, sehr gerne«, antwortete Joshua und ärgerte sich, dass seine Stimme unnatürlich hoch klang.

Sie nahmen Platz und Joshua probierte eine dunkelviolette Frucht, die wie eine Pflaume aussah. Als er hineinbiss, füllte sich sein Mund sofort mit einer betörenden Süße, so dass Joshua am liebsten laut aufgeseufzt hätte. Aber er war sich der Gegenwart Amnayas nur allzu bewusst, so dass er lediglich die Augen schloss und die Frucht im Stillen genoss.

»Es schmeckt köstlich«, dankte Joshua seiner Gastgeberin und schenkte ihr ein schüchternes Lächeln. Immer noch war er verunsichert und hatte keine Ahnung, wie er sich verhalten sollte. Die Anwesenheit Amnayas, sowie der verschwenderische Prunk um ihn herum, machten ihm die Sache nicht leichter.

»Das freut mich«, erwiderte die junge Königin und blickte ihn interessiert an.

Joshua rutschte ein wenig hin und her, dann fasste er sich ein Herz und sah die Königin offen an. »Wäre es möglich meinen beiden Gefährten ebenfalls etwas zu essen und zu trinken anzubieten? Sie haben eine ebenso weite Reise wie ich hinter sich und sind sehr erschöpft.«

Amnaya nickte unmerklich. Sie klatschte zweimal in die Hände und Joshua sah staunend dabei zu, wie sich der Vorhang vor seinen Augen trennte und den Blick auf Nanura und Yael freigab, die beide überrascht aufschauten.

»Es geschieht selten, dass ich einen Gast in meinen privaten Gemächern empfange«, erklärte Amnaya und bedeutete den beiden näher zu kommen. »Um mich zu schützen, sind besondere Vorsichtsmaßnahmen nötig und dieser Vorhang ist einer davon. Niemand kann ihn überwinden, wenn ich es nicht gestatte. Weder Schwert noch Zauber kommen durch ihn hindurch.«

Joshua zog vor Erstaunen die Augenbrauen hoch. »Wie kommt es dann, dass ich ihn so einfach zur Seite schieben konnte?«

»Du bist der letzte Torwächter, Joshua Freeman.« Amnaya lächelte und betrachtete neugierig die Wölfin, die inzwischen mit Nanura nähergekommen war und sich in einiger Entfernung niederließ. »Ebenso wie ich, besitzt du magische Kräfte. Wenn der Zeitpunkt gekommen ist, wirst du wissen, was ich meine.«

Verwirrt und ärgerlich zugleich runzelte Joshua die Stirn. Er hatte mit Nanura schon eine Gefährtin, die ständig in Rätseln sprach, nun fing Amnaya auch noch an. Was sollte das alles bedeuten?

Bevor er sich jedoch weiter mit dieser Frage beschäftigen konnte, sagte die Königin: »Nun esst und trinkt. Wenn ihr gestärkt seid, lasse ich euer Nachtlager herrichten. Und morgen früh werde ich euch dann mein Königreich zeigen.«

112

Jetzt, da seine beiden Freunde da waren, langte Joshua tüchtig zu, bis er das Gefühl hatte, gleich platzen zu müssen.

13

Die ersten Sonnenstrahlen fielen durch die großen Fenster und übergossen den Raum mit Licht. Joshua reckte und streckte sich und stellte fest, dass er wie ein Stein geschlafen hatte. Zu müde, um die Schönheit seines Gemachs zu würdigen, hatte sich Joshua am Abend zuvor rasch entkleidet und das wunderbar geschmeidige Nachtgewand übergestreift, das für ihn bereit gelegen hatte. Binnen Minuten war er eingeschlafen. Etwas Feuchtes berührte plötzlich seinen Arm und erschrocken schmiss sich Joshua herum.

Doch es war nur Yael, die neben seinem Bett stand und ihn aus ihren blauen Wolfsaugen belustigt ansah, als wolle sie sagen, dass er sich nicht so anstellen solle.

»Komm mir nicht so«, brummte Joshua und schwang seine Beine über den Rand des Bettes.

Yael begann am Boden zu schnüffeln, nieste und fuhr sich irritiert mit der Vorderpfote über die Schnauze.

»Gesundheit«, sagte Joshua lachend. Immer noch grinsend ging er zu dem zierlichen Brunnen an der Wand und genoss es, als das kühle Wasser über seine Haut rann. Er wusch sich ausgiebig und zog sich dann in aller Ruhe an.

Inzwischen war auch Nanura wieder aus ihrem Panzer hervorgekrochen und reckte ihren faltigen Hals.

»Guten Morgen«, begrüßte Joshua sie freundlich.

Bevor die Schildkröte ihm jedoch antworten konnte, öffnete sich die Tür und der junge Diener vom Vortag erschien. »Ich hoffe, Ihr habt gut geruht«, begrüßte er die drei betont untertänig und bedeutete ihnen, ihm zu folgen. »Meine Herrin erwartet Euch bereits.«

Kurz darauf folgten sie dem Diener durch die breiten Gänge des Palastes. Joshua dachte darüber nach, wie sicher er sich im Inneren der Gemäuer fühlte. Es war kein Wunder, dass sich die königlichen Truppen hierher zurückgezogen hatten, um neue Kraft im Kampf gegen Morgran zu schöpfen. Bei dem Gedanken an Morgran, wurde Joshua mulmig und er legte erneut den Kopf in den Nacken, um die Deckengemälde zu bewundern. Während Kreaturen an ihm vorbeizogen, die er noch nie zuvor gesehen hatte, fragte er sich, ob er auf seiner Reise noch Bekanntschaft mit ihnen machen und wie ihre Begegnung wohl verlaufen würde. Als sie an der Darstellung vorbeikamen, die Joshua an einen riesigen behaarten Menschenaffen erinnerte, dachte er fröstelnd, dass er auf solche Biester sehr gut verzichten konnte.

»Meine Gebieterin wünscht, dass Ihr euch entsprechend kleidet, damit Ihr nicht auffallt«, sagte der Diener, als sie vor einer hölzernen Tür stehen blieben, die mit ausgefallenen Symbolen aus purem Gold verziert war.

Neugierig betrachtete Joshua das Muster. Am liebsten hätte er die Hand ausgestreckt und wäre mit den Fingerspitzen über die zerbrechlich wirkenden Intarsien gefahren.

»Geht nur hinein«, sagte der Diener, wobei er Joshua einen herausfordernden Blick zuwarf. »Es ist alles bereit.«

Zögernd kam Joshua der Aufforderung nach und trat ein. Nur wenige Augenblicke später kam er erneut heraus und war kaum wieder zu erkennen. Statt Jeans, T-Shirt und Chucks trug er nun eine lederne Beinhose, ein weitgeschnittenes Hemd und Lederstiefel. Unsicher sah Joshua an sich herunter. Obwohl die Kleidung gut passte, fühlte er sich ein bisschen verkleidet.

»Ich dachte mir schon, dass Ihr Schwierigkeiten damit haben würdet«, sagte der Diener herablassend und deutete auf den ledernen Brustgurt, den Joshua unschlüssig in der Hand hielt. Seufzend trat er auf Joshua zu und legte ihm den Gurt über der Schulter an.

Joshua ärgerte sich, als er sah, dass das Anlegen nicht so schwer war, wie er gedacht hatte. Seine Finger glitten über die zahlreichen Fächer, die ins Leder eingearbeitet waren. »Wofür sind die?«, fragte er.

»Es ist ein Proviantgürtel«, sagte der andere Junge. »Wenn Ihr lange unterwegs seid, wisst Ihr es zu schätzen eine Flasche Wasser oder einen Beutel Medizin dabei zu haben.« Joshua wollte noch weitere Fragen stellen, aber der Diener kam ihm zuvor. »Ich denke, dass Ihr nie wie ein echter Bewohner Korugondas aussehen werdet, aber für den Anfang wird es genügen. Folgt mir.«

Auf Umwegen gelangten sie zum Haupttor, wo der Diener eine tiefe Verbeugung machte und sie alleine ließ.

In diesem Augenblick wuffte Yael kurz und lief mit gesträubtem Fell auf das große Tor zu, wo sie zu kratzen begann. Joshua machte gerade einen Schritt auf sie zu, als Yael knurrend durch das sich öffnende Tor schlüpfte. Geifernd sprang sie ein Tier an, das Joshua im ersten Augenblick sprachlos zurücktaumeln ließ. Als er den ersten quietschenden Schrei hörte, kam er wieder zu sich.

»Yael! Nicht!« Mit einem Satz war er bei der Wölfin. Er umschlang ihren Hals und versuchte, sie vor dem aufsteigenden Tier wegzuziehen, das sie aus kleinen, weitaufgerissenen Augen angsterfüllt anstarrte. Auf seinem Rücken saß Amnaya, die heftig an den Zügeln zog, um ihr Reittier unter Kontrolle zu bringen.

»Er tut dir nichts«, beruhigte Joshua die Wölfin, die immer noch nach dem Tier schnappte. Joshua konnte es ihr nicht verübeln. Amnayas Reittier hatte nicht ein Haar am gesamten Körper, seine weiße, schutzlose Haut wirkte wie altes Papier und sah eigenartig trocken aus. Gleichzeitig fasziniert und abgestoßen betrachtete Joshua den unförmigen Kopf des Tieres, an dem kleine Ohren zu erkennen waren. Dazu kam ein winziger Mund, aus dem zwei gelbe, scharfe Zähne ragten. Joshua musste an eine Ratte denken, dieses Vieh vor ihm war jedoch weitaus hässlicher. Sein massiger Körper wurde von vier kurzen Beinen getragen, die sich auf jeweils fünf kleine Finger stützten, mit denen es jetzt wild im Wüstensand grub. Der kurze, haarlose Schwanz hing schlaff am Ende des Körpers herunter und schien nicht recht dazu zu gehören. Alles in allem sah das Tier aus, als hätte man ihm bei lebendigem Leibe das Fell abgezogen und ein wenig an ihm herum geschnippelt.

»Du solltest deine Wölfin besser erziehen«, sagte Amnaya tadelnd. Dann gab sie den Reitern, die hinter ihr standen, ein Zeichen und wandte sich wieder an Joshua. »Folge mir.«

»Besser erziehen«, murmelte Joshua aufgebracht, während Yael sich winselnd an ihn drückte. Er streichelte ihr weiches Fell und redete beruhigend auf sie ein. »Komm, schauen wir, was sie uns zeigen will«, sagte er aufmunternd.

Während Joshua den breiten Weg entlang ging, musterte er Amnayas Begleiter neugierig, die ebenfalls auf den nackten Tieren saßen. Er wusste von Nanura, dass es Kie-Krieger waren. Die braungebrannte Haut, die wie zähes Leder wirkte, schimmerte unter dem blauen Stoff ihrer Uniformen durch. An Armen und Beinen schützten sie lederne Gamaschen, die mit goldenen Verschlüssen versehen waren. An ihren Seiten hingen breite Schwerter herab, die beim Reiten leicht gegen ihre Schenkel schlugen und so ein klingendes Geräusch verursachten.

Als sich der breite Weg verengte, der sie vom Hügel hinab führte, sah Joshua auf. Ganz Korugonda breitete sich zu seinen Füßen aus. Fasziniert betrachtete er die vielen gewundenen Straßen und Gassen, die sich, ähnlich wie pulsierende Adern, alle

118

zum großen Marktplatz in der Mitte der Stadt hinschlängelten.

»Yael sagt, dass es ihr leidtut.«

»Nanura!«, stieß Joshua erschrocken hervor, als die alte Schildkröte, wie aus dem Nichts, neben ihnen auftauchte.

»Sie hat sich einfach erschrocken«, fuhr Nanura fort.

»Ist schon gut«, sagte Joshua und lächelte Yael an. »Ich habe mich, ehrlich gesagt, auch ganz schön verjagt. Die Viecher sehen echt gruselig aus.«

»Man kann vom Äußeren einer Kreatur nicht unbedingt auf ihren Charakter schließen«, sagte Nanura tadelnd.

Joshua grinste. »Na ja, aber wenn sie aussieht, als wäre sie einer Geisterbahn entkommen, macht es das Ganze nicht unbedingt leichter.«

Darauf erwiderte Nanura nichts und sie gingen schweigend weiter.

Die Straßen verengten sich allmählich zu Gassen, deren Luft erfüllt war von geschäftigem Treiben. Das aufgeregte Meckern der Ziegen vermischte sich mit dem aufwirbelnden Staub und hier und da waren aus den Hinterhöfen Rufe oder das rhythmische Schlagen eines Hammers zu hören.

Joshua bemerkte, dass viele der Gebäude beschädigt waren. Bei einem fehlte das halbe Dach, bei einem anderen wiederum war die Tür herausgebrochen. Inzwischen stand die Sonne im Zenit und es war merklich heißer geworden. Die Hitze staute sich in den engen Gassen und der scharfe Geruch von verdorbenem Obst legte sich ihm unangenehm auf die Zunge. Yael und Nanura, die vor ihm gingen, schienen damit keine Probleme zu haben und wieder mal ärgerte sich Joshua über sich selbst. Er biss die Zähne zusammen und nahm sich vor, nichts zu sagen. Dennoch war er erleichtert, als sie endlich auf dem großen Marktplatz anlangten, wo sie der Beengtheit der Gassen vorerst entkamen.

Unter einem donnernden Fanfarenstoß, der ihre Ankunft verkündete, ritt Amnaya, gefolgt von der Eskorte von Kie-Kriegern, voran. Die Bewohner Korugondas hielten in ihrer Beschäftigung inne, um sich tief vor ihrer Königin zu verbeugen.

Joshua war von dem Anblick der vielen sich verneigenden Korugonden peinlich berührt, während Amnaya ihre respektvollen Bezeugungen gelassen hinnahm. Aufrecht ritt sie über den Platz, den Blick nach vorne gerichtet, als würde sie die vielen Menschen gar nicht richtig wahrnehmen. Joshua sah in die ausgezehrten Gesichter und betrachtete ihre in Lumpen gehüllten, zerbrechlich wirkenden Körper. Er schluckte, als er ein kleines Mädchen sah, das bittend die Hand nach ihnen ausstreckte. Aus einem Impuls heraus, trat er auf sie zu. Er wusste nicht, was er tun sollte, hatte aber das dringende Bedürfnis der Kleinen irgendwie zu helfen. Hastig durchsuchte er seine Taschen nach etwas Essbarem und fluchte, dass er nicht daran gedacht hatte, ein wenig Brot oder Obst mitzunehmen.

»Was tust du da?« Ohne, dass er es bemerkt hatte, war Amnaya neben ihn getreten und schaute ihn stirnrunzelnd an.

»Ich, ähm, wollte ihr etwas zu essen geben«, stammelte Joshua und wurde puterrot.

»Und was glaubst du, würde dann passieren?« Beim Ton Amnayas zuckte Joshua erschrocken zusammen. Zum ersten Mal, seitdem er ihr begegnet war, hörte sich ihre Stimme kalt an.

»Ich weiß es nicht. Aber sie sieht so hungrig aus«, antwortete er lahm.

Das Mädchen, das immer noch vor ihnen stand, hatte den Kopf eingezogen und blickte unverwandt zu Boden. Ihre ausgestreckte Hand hing hilflos in der Luft, als traue sie sich nicht, sie zu bewegen.

»Ich sage dir, was passieren würde«, sagte Amnaya und wandte sich dem Mädchen zu. Ihr Blick war gefühllos und um ihre Mundwinkel bildete sich ein strenger Zug. »Nachdem sie das, was du ihr gegeben hast, gierig hinuntergeschlungen hat, wird sie noch mehr Hunger bekommen. Ihr Körper erinnert sich wieder, was es heißt satt zu sein und wird sie damit quälen. Jede Nacht wird sie sich in den Schlaf weinen und daran denken, wie sich der Geschmack auf der Zunge angefühlt hat und wie der Bissen die Kehle hinunterrutschte.«

Joshua schluckte erneut, sein Hals war ausgedörrt und seine Zunge klebte am Gaumen. Amnaya holte einen kleinen Laib Brot unter ihrem Gewand hervor, dann berührte sie behutsam die schmalen Schultern des Mädchens. Sie legte das Brot in ihre ausgestreckte Hand hinein und als hätte sie sie damit aus ihrer Starre befreit, duckte sich das Mädchen weg und lief, ohne sich noch einmal umzudrehen, davon.

»Seit Morgran das Tor der Liebe erobert hat, leidet diese Stadt«, sagte Amnaya bitter und wandte sich von Joshua ab. »Mein Volk zahlt einen hohen Preis für die Befreiung Orasyens und es ist meine Aufgabe, dafür zu sorgen, dass ihre Entbehrungen nicht umsonst gewesen sind.«

Joshua sah Amnaya nach, die ihn allein stehenließ, und Zorn und Wut erfüllten ihn. Jeden Tag war er im Palast mit zahlreichen Speisen und Getränken versorgt worden, ohne zu wissen, dass er damit ein ganzes Viertel satt bekommen hätte.

»Sie muss manchmal so hart sein. Und sie hat schon oft ihr eigenes Leben riskiert, um das ihres Volkes zu retten«, sagte Nanura, die jetzt neben Joshua kroch und zu ihm aufsah.

Joshua ballte die Hände zu Fäusten und schüttelte zornig den Kopf. Es war ihm egal, was Amnaya schon alles getan hatte.

»So, glaubst du das wirklich?«, fragte Nanura. »Dann will ich dir von der Schlacht erzählen.« Die alte Schildkröte begann zu sprechen und ihm kam es vor, als verschwinde der Marktplatz um ihn herum. Allmählich lösten sich die löchrigen Planen auf, die zum Schutz gegen die sengende Sonne aufgestellt worden waren, und auch die zerlumpten Korugonden selbst verblassten. Nanuras Stimme schien ihn zu hypnotisieren und gebannt lauschte Joshua ihr. »Morgran war mit seinen Schergen in der Nacht gekommen. Sie mischten sich unter die Schatten und überfielen das Tor bei Sonnenaufgang. Natürlich hatte Xul mit dem Angriff gerechnet, hatte jedoch die Stärke von Morgrans Truppen unterschätzt. Hunderte von Kie-Kriegern kämpften gegen tausende von Kaboknoken. Nach zwanzig Tagen sah es so aus, als hätte Xuls Armee den entscheidenden Durchbruch erzielt, da rief Morgran Agragul zu sich. An diesem Tag verdunkelte sich die Sonne und noch während der Drache Luft holte, tötete er mit seinen scharfen Krallen Dutzende von Kie-Kriegern. Ihre toten Körper fielen in den staubigen Sand, während Amnaya und ihr Vater tatenlos dabei zusehen mussten, wie ihre Truppen vernichtet wurden. Agragul war so übermächtig, so grausam und todbringend, dass sie ihm nichts entgegen zu setzen hatten. Sein schwefelartiger Atem verpestete die Luft und wo er auch auftauchte, ihm folgten stets Tod und Verdammnis. Nur eine kleine Gruppe von Kriegern hatte sich auf dem Schlachtfeld noch versteckt. Sie hielten sich unter ihren toten Kameraden verborgen und waren bis dahin unentdeckt geblieben. Es waren fünf, höchstens zehn, der tapfersten Männer und Amnaya war nicht gewillt, sie aufzugeben. Also ritt sie allein aufs Schlachtfeld und lenkte den Drachen ab, damit die anderen fliehen konnten. Ihr war es egal, ob sie an diesem Tage sterben würde, wenn sie auch nur einen ihrer Männer retten konnte.«

Joshua ging still neben Nanura her. Wieso riskierte Amnaya ihr Leben für ihre Krieger, wurde aber ungehalten, wenn sie einem kleinen Mädchen etwas zu essen geben sollte?

»Ganz einfach«, beantwortete Nanura erneut seine unausgesprochene Frage. »Weil Amnaya schon früh erkannt hat, dass es nicht ausreicht, einem Einzigen etwas zu geben. Sie weiß, dass sie ihr Volk nur retten kann, wenn sie Morgran endgültig besiegt. Hast du nicht bemerkt, dass es zwar viel Essen im Palast gibt, sie aber kaum je etwas isst? Sie nimmt nur so viel zu sich, um bei Kräften zu bleiben. Den Rest verteilt sie an die Krieger und ihr Volk. Sie weiß, dass eine schwere Aufgabe vor ihnen liegt und sie kräftig genug sein müssen, um sie zu bestehen.«

Joshua kam sich dumm und unwissend vor, wie so oft, seit seiner Ankunft in Orasyen. Er war sich nicht sicher, wie er sich verhalten sollte. Sollte er sich bei Amnaya entschuldigen? Er wollte die Frage gerade an Nanura weitergeben, da antwortete sie ihm bereits: »Es reicht, wenn du ihr vertraust.«

14

Noch immer hatte sich Joshua nicht an die Pracht und den Farbenglanz des Palastes gewöhnt. Das durchdringende Aroma der exotischen blauen Blumen, die er bei seiner Ankunft im Garten wahrgenommen hatte, erfüllte jeden Winkel von L`il Aldin und die tanzenden Sonnenflecken der Kristalle, die von der Decke hingen, begleiteten ihn auch jetzt bei jedem Schritt.

Ab und an schaute sich Yael beunruhigt um oder schnüffelte in den dunklen Ecken, wo das Licht nicht hinkam.

Joshua beobachtete die Wölfin, die gerade in einer besonders finsteren Ecke kratzte und ahnte, dass sie sich in den Mauern, auch wenn sie noch so weitläufig und hell waren, eingeschlossen und unbehaglich fühlte. Nanura war ebenfalls auffallend still gewesen und Joshua machte sich allmählich Sorgen um seine beiden Begleiter. Er beschloss, mit Amnaya zu sprechen. Schon seit zwei Tagen hielten sie sich im Palast auf und Joshua drängte es weiterzuziehen. Nanuras mahnende Worte kamen ihm wieder in den Sinn und erinnerten ihn daran, dass er sich beeilen musste. Stirnrunzelnd stellte Joshua fest, dass sie dieses Mal nicht den gewohnten Gang entlanggingen, der sie zu den Gemächern der Königin führte. Der junge Diener, der heute ein glitzerndes Gewand aus tausenden Goldfäden trug, führte sie einen unbekannten Gang entlang.

Je länger sie gingen, umso kühler wurde es und auch die Luft schien sich mit jedem Schritt zu verändern. Joshua wollte gerade ärgerlich fragen, wo er sie hinbrachte, als sich der Gang vor ihnen plötzlich verbreiterte und sie mit einem Mal im Freien standen. Eine kleine Plattform, nur wenige Meter über dem Sandboden, bot ihnen einen atemberaubenden Blick auf die Wüste. Die hellrote Scheibe der Sonne war gerade dabei am Horizont aufzusteigen, so dass die Wüste noch einen blauen Schimmer aufwies, der von der Nacht übriggeblieben war. Riesenhafte dunkelgrüne Pflanzen wuchsen in der Nähe des Palastes aus dem Sandboden und sahen mit ihren dicken Fangarmen den Tryphenen erschreckend ähnlich. Der Himmel über ihm färbte sich langsam hellblau und die letzten Sterne verblassten.

Plötzlich durchdrang die friedliche Stimmung ein ohrenbetäubendes Gebrüll, Rufe und donnerndes Getrampel kamen von rechts auf sie zu. Joshua kniff die Augen zusammen und spannte sich an, als er die Staubwolke sah, die sich ihnen rasch näherte.

Yael neben ihm tänzelte unruhig und ließ ihre beeindruckenden Zähne sehen.

Joshua blickte zu Nanura und bemerkte verblüfft, dass die alte Schildkröte seelenruhig an einem Büschel Unkraut kaute, das sich in die Ritze unter ihren Füßen verirrt hatte.

Die Staubwolke war nun unmittelbar vor ihnen und als Joshua genauer hinsah, konnte er einzelne große, unförmige Körper ausmachen. Wenige Sekunden später tauchte Amnaya vor ihnen auf, auf dem Rücken eines der haarlosen Tiere. Mindestens hundert von ihnen wühlten im Sand, schnauften ungehalten und versuchten hier und da, die Krieger abzuschütteln, die in kunstvoll verzierten Ledersätteln auf ihren Rücken saßen. Amnaya, die in einem goldenen Sattel auf dem größten und hässlichsten Tier saß, lächelte ihn an und gab dem Diener zu ihrer Rechten ein Zeichen. Dieser stieg sofort ab, führte sein Tier zu der Plattform auf dem Joshua und die anderen standen, und machte Anstalten ihm die Zügel zu überreichen.

»Nein, das kann ich nicht«, wehrte Joshua ab. Ihm wurde ganz anders beim Gedanken daran, auf solch einem Ungeheuer zu sitzen.

»Du musst lernen auf einem Oc zu reiten, Joshua Freeman«, rief Amnaya und blickte ihn ernst an. »Es ist die einzige Möglichkeit durch die Wüste Nihil zu gelangen. Nur so erreichst du das nächste Ziel deiner Reise.«

Zögernd griff Joshua nach den derben Zügeln, die ihm der Diener hinhielt und kletterte umständlich in den Sattel. Er spürte die Unruhe, die von dem Oc ausging. Der haarlose Leib des großen Tieres pulsierte und strahlte eine Kraft aus, die Joshua unnatürlich vorkam. In diesem Moment fiel sein Blick auf Yael und Nanura, die immer noch auf der Plattform standen. »Begleitest du mich?«, fragte Joshua an Yael gewandt.

Die Wölfin schnaubte einmal, dann sprang sie anmutig von dem steinernen Vorsprung herunter. Einige der Ocs scheuten und traten mit ihren kurzen, dünnen Beinen nach ihr. Doch Yael ließ sich davon nicht aus der Ruhe bringen. Majestätisch, den Kopf hoch erhoben, trabte sie zwischen den nackten

Tieren umher und schien froh zu sein, den heißen Sandboden unter ihren Pfoten zu spüren.

»Es ist ganz einfach«, erklärte der Diener Joshua und zeigte ihm, wie er die Zügel richtig hielt. »Ihr zieht an der Seite, in deren Richtung Ihr wollt. Soll das Tier stehen bleiben, ruft Ihr 'Ik', soll es schneller laufen 'Cib'.«

Joshua war noch damit beschäftigt die Zügel zu sortieren, als der Diener einmal fest auf die nackte Haut des Tieres schlug. Sofort bäumte sich der Oc auf und setzte sich in Bewegung. Joshua, der noch nie in einem Sattel gesessen hatte, wurde völlig durchgerüttelt. Der starre Knauf, an dem man sich zusätzlich festhalten konnte, schlug ihm bei jeder Bewegung gegen das rechte Bein, das schon nach kurzer Zeit höllisch wehtat. Auf ein Zeichen Amnayas hin setzte sich die gesamte Gruppe in Bewegung und wirbelte so viel Staub auf, dass Joshua husten musste.

»Klapp den Kragen deines Hemdes hoch«, riet ihm Amnaya und jagte mit einem ausgelassenen Triumphschrei an die Spitze des Trupps.

Joshua befolgte ihren Rat und war froh um den Stoff, der Mund und Nase davor schützte mit unzähligen Sandkörnern verstopft zu werden.

Er dachte an Yael und hoffte, dass die Wölfin in dem Durcheinander von Beinen nicht zu Schaden kam, sah aber kurz darauf ihr weißes Fell neben seinem Reittier aufblitzen. Nach wie vor fühlte Joshua sich unwohl auf dem Rücken des Ocs und hatte den Eindruck, dass nicht er das Tier ritt, sondern dass der Oc selbst die Kontrolle übernommen hatte.

Doch nachdem sie eine ganze Zeit lang geritten waren, gewöhnte Joshua sich an den schaukelnden Rhythmus des Tieres, und er schenkte seiner Umgebung mehr Aufmerksamkeit. Sie hatten Korugonda und den Palast schon lange hinter sich gelassen, so dass zu allen vier Seiten nur die endlose Weite der Wüste zu sehen war. Die Sonne war inzwischen aufgegangen und tastete mit ihren heißen Fingern über den Sandboden, als suche sie etwas.

Joshua merkte, dass sein Magen knurrte und erst jetzt fiel ihm ein, dass er an diesem Morgen nicht gefrühstückt hatte. Doch schlimmer als das Hungergefühl wurde der Durst, der seinen Mund austrocknen ließ und die empfindsame Haut seiner Lippen zum Reißen brachte. Er war mit seinem Oc unbemerkt ein ganzes Stück hinter dem Rest der Gruppe zurückgefallen und sah erst jetzt, dass der Abstand immer größer wurde. Plötzlich ergriff ihn Angst und fieberhaft überlegte Joshua, welches Wort er benutzen musste, um das Tier schneller laufen zu lassen. »Ik!«, stieß er unsicher hervor und wäre fast vornüber in den Sand gefallen, als der Oc ruckartig zum Stehen kam. Mühsam hielt sich Joshua am Knauf fest und fluchte. Er hatte genau das falsche Wort gewählt.

Yael, die ebenfalls stehen geblieben war, schaute ihn verständnislos an.

»Cib!«, schrie Joshua erleichtert, als ihm der andere Befehl wieder einfiel und umklammerte den Knauf, da der Oc aus dem Stand heraus anfing loszusprinten. In der Ferne konnte er nur noch die verwaschenen Umrisse der anderen sehen. »Cib!

Cib! Cib!«, rief er, während der heiße Wüstenwind um seine Ohren pfiff.

Bei jedem Befehl wurde der Oc schneller, seine kleinen Finger flogen geradezu über den Sand und ließen nur eine Staubwolke zurück.

Schon hatten sie zu den anderen wieder aufgeschlossen und Joshua konnte bereits das glitzernde Gewand des letzten Reiters sehen.

Doch nach wie vor hatte er Angst zurückzubleiben und so trieb er sein Tier noch weiter an. »Cib! Cib!«, schrie Joshua ausgelassen, während ihm die Geschwindigkeit fast den Atem raubte. Es erinnerte ihn an die Achterbahn, mit der er vor ein paar Jahren gefahren war. Erneut wurde der Oc schneller und noch bevor Joshua begriff, was geschah, hatten sie die anderen überholt. »Nein, das ist zu schnell!«, brüllte er und zog unbeholfen an den Zügeln. Sofort schwenkte der Oc nach rechts, ohne sein Tempo zu drosseln. Joshua sah aus den Augenwinkeln, wie die Wüstenlandschaft an ihnen vorbeizog. Auch Yael war nicht mehr zu sehen. »Ik!«, rief Joshua atemlos und dieses Mal war er auf den abrupten Halt des Ocs vorbereitet. Feiner Staub hüllte sie ein, als sie beide schnaufend dastanden, unfähig sich zu rühren. Joshuas Hemd war schweißnass und klebte ihm unangenehm am Körper. Die Innenseiten seiner Schenkel waren wund und er ahnte, wenn er jetzt vom Oc abstieg, dass er sich nie wieder in den Sattel setzen würde. Daher blieb er sitzen, die Zügel schlaff in den Händen, die Finger blutig, weil er so fest daran gezerrt hatte.

Unruhig warf der Oc seinen kleinen Kopf hin und her, blähte seine Nüstern und begann mit seinen dünnen Fingern im Sandboden zu wühlen.

Nervös drehte sich Joshua um. Er sah keine Staubwolke, die den Rest des Trupps ankündigte, keine schattenspendenden Palmen, keinen Punkt am Horizont, an dem er sich orientieren konnte. Nur das endlose Sandmeer der Wüste umgab ihn. Heiß, blendend hell, und so trostlos, dass er meinte, das einzige Lebewesen in dieser Welt zu sein. Verzweifelt versuchte er sich daran zu erinnern, was er einmal in einem Abenteuerbuch über jemanden gelesen hatte, der in der Wüste ausgesetzt worden war. »Eine Oase! Wir müssen eine Oase suchen!«, rief Joshua so plötzlich, dass der Oc zusammenzuckte und einen Satz nach vorn machte. Sofort zog Joshua an den Zügeln und heulte auf, als ihm die Lederriemen ins Fleisch schnitten. Doch er wusste, dass es für ihn überlebenswichtig war den Oc an Ort und Stelle zu halten. Sollten sie noch weiter ins Herz der Wüste vordringen, würde das seinen sicheren Tod bedeuten.

Dann hätten wir Morgran die Arbeit abgenommen, mich von dem Drachen töten zu lassen, dachte Joshua bitter. Er lehnte sich mit aller Kraft nach hinten, um den Oc daran zu hindern erneut loszupreschen. »Ik!«, stöhnte er und war erleichtert, als der Druck der Zügel endlich nachließ und der Oc den Kopf senkte. Joshuas Magen tat ihm inzwischen weh und sein Hals war so ausgetrocknet, dass selbst das Schlucken schmerzte. Aber wie sollte er in dieser trostlosen Gegend eine Oase finden? Wäre es nicht ratsamer hier zu warten, bis man ihn fand? Sicherlich hatte Amnaya längst bemerkt, dass er verschwunden war, und hatte einen Suchtrupp losgeschickt.

Erneut wandte sich Joshua nach allen Seiten um und kniff die Augen gegen das grelle Sonnenlicht zusammen. Die Ödnis breitete sich zu allen Seiten aus, so dass es aussah, als wäre er in einem Meer aus Sand gestrandet. Mutlos dachte Joshua darüber nach, was er nun tun sollte. Wie sehr wünschte er sich, Nanura oder Yael an seiner Seite zu haben, die bestimmt wussten, was man in diesen Situationen machen musste. Ruckartig setzte sich Joshua auf. Aber seine beiden Freunde waren jetzt nicht bei ihm, und wenn er wirklich der Auserwählte war, der Orasyen retten sollte, dann musste er sich aus dieser misslichen Lage selbst befreien. Beherzt griff er nach den Zügeln, ignorierte den Schmerz in seinen Beinen und sagte, so streng er konnte: »Cib!«

Sofort setzte sich der Oc in einen leichten Trab, der Joshua an das gemächliche Schaukeln eines Schiffes erinnerte.

»Cib! Cib! Cib!«, rief er, und sein haarloses Reittier ging in einen tollkühnen Galopp über.

Wieder flogen die Finger des Ocs nur so über den Sand und Joshua erlebte abermals das aufgeregte Flattern in seinem Magen, das er schon beim ersten Mal empfunden hatte. Vielleicht schaffen wir es, die Wüste zu durchqueren, überlegte er, während die Einöde zu beiden Seiten verschwamm und nur noch aus gelben und ockerfarbenen Punkten bestand. Joshua trieb langsam weg, als würde er in einen

Tagtraum verfallen. Seine Glieder wurden schwer, die Augen wollten ihm immer wieder zufallen und sein Griff um die Zügel lockerte sich. Nur mit größter Anstrengung gelang es ihm, nicht einzuschlafen und er kämpfte sich wie durch dichten Nebel zurück an die Oberfläche. »Ik!«, rief Joshua und der Oc kam dem Befehl nach, indem er langsamer wurde. Nach wie vor zerbrach sich Joshua den Kopf darüber, wie er in dieser ausweglosen Situation etwas zu Trinken und zu Essen finden sollte. Seine Kräfte ließen immer mehr nach und er erkannte, dass ihm nicht mehr viel Zeit blieb. »Ik!« Mit einem Ruck, der seine blutenden Wunden an den Händen schmerzhaft brennen ließ, zog er an den Zügeln und brachte den Oc zum Stehen. Es war sinnlos noch weiter zu reiten, der Horizont war genauso nackt, wie die Meilen zuvor. Jäh fielen Joshua die Worte des Dieners ein, der ihn neu eingekleidet hatte. Aufgeregt glitten Joshuas aufgerissene Hände an dem Brustgurt entlang, tasteten nach den Taschen und fuhren suchend hinein. Grenzenlose Enttäuschung erfasste ihn, als er nichts fand und mutlos rutschte er aus dem Sattel. Dabei kam er unglücklich auf dem Boden auf und ein stechender Schmerz durchzuckte seinen rechten Knöchel. Joshua schrie leise auf und hielt sich den Fuß. Fahrig ließ er dabei die Zügel los und als hätte der Oc nur darauf gewartet, buckelte er und sprintete los.

Einen Lidschlag später war von dem haarlosen Reittier nur noch eine Staubwolke zu sehen.

Joshua sah ihm regungslos nach und ließ sich dann im heißen Sand nieder. Er hatte das Gefühl, hunderte Sandkörner im Rachen stecken zu haben, die ihn wund rieben und Halsschmerzen verursachten. Sein Fußgelenk pochte unangenehm und sein Rücken tat ihm weh. Mit geschlossenen Augen ließ sich Joshua rückwärts in den Sand fallen und streckte die Arme nach beiden Seiten aus. Langsam trockneten die gleißenden Sonnenstrahlen sein durchschwitztes Hemd und verbrannten ihm das Gesicht. In einem seiner Biologiebücher hatte er einmal gelesen, dass ein Mensch ohne Nahrung und Wasser nicht lange überleben konnte. Joshua fragte sich, ob er, wenn er starb, Kate wiedersehen würde, und ein tiefer Friede erfüllte ihn bei dem Gedanken an seine Schwester. Er hatte sie im letzten Jahr so sehr vermisst. Kein Tag verging, an dem er nicht an sie dachte. Als ob Kates Tod nicht schon schlimm genug war, hatte er sich nach der Trennung seiner Eltern noch einsamer gefühlt. Es wunderte ihn, dass er dieses Gefühl in Orasyen bisher noch nicht erlebt hatte. Nanura, Yael und der alte Nilufah fehlten ihm. Und auch Amnaya, das schönste Mädchen, das er je gesehen hatte, würde er vermissen, wenn er starb. Mühsam rollte sich Joshua auf die Seite und stöhnte leise auf, als ihn etwas schmerzhaft ins Bein drückte. Ungeduldig fasste er in seine Hosentasche und zog Lacrima heraus. Wie betäubt starrte Joshua den glimmenden Glassplitter an. Plötzlich durchzuckte ihn blinder Zorn. Er war kein Auserwählter, kein Held. Er war gar nichts! Wütend schleuderte er den Stein von sich und vergrub schluchzend das Gesicht in den Armen. Wie hatten sie sich alle nur so irren können?

134

Während der nächsten Minuten lag Joshua starr im Sand, unfähig an etwas anderes zu denken als sein Versagen. Er hatte alle enttäuscht. Am meisten wohl Nilufah, der ihm seinen kostbarsten Besitz anvertraut hatte. Wieder kamen Joshua die Worte des alten Mannes in den Sinn. *Unser Herz ist es, das den Wert unseres Schicksals bestimmt.* Sofort hatte Joshua ein schlechtes Gewissen. Wenn er hier schon starb, dann sollte er wenigstens Lacrima bei sich haben, damit sie, wenn man ihn tot auffinden würde, an Nilufah zurückgegeben werden konnte. Das war er dem alten Mann schuldig. Stöhnend versuchte sich Joshua aufzurichten, aber sein Knöchel knickte erneut um und er schrie vor Schmerzen auf. An Laufen war nicht zu denken, also begann er im heißen Sand auf allen vieren zu kriechen. Meter um Meter robbte er in die Richtung, in der er den Stein vermutete. Das grelle Licht machte es unmöglich, weiter als eine Armlänge zu sehen, und so tastete sich Joshua blind vorwärts. Bald schon schien ihn der Sand verschlingen zu wollen. Die feinen Körner drangen in Mund und Nase ein, so dass Joshua Mühe hatte zu atmen. Kurz entschlossen zog er das Hemd aus und band es sich um den Kopf. Damit war zwar sein Oberkörper der sengenden Sonne schutzlos ausgeliefert, aber es war immer noch das kleinere Übel. Während Joshua weiter durch den Sand kroch, dachte er an Nilufah. Daran, dass der alte Mann sein Heim und seine Familie verlassen hatte, um den letzten Stein zu schützen. Verbissen kämpfte Joshua sich weiter. Die sengenden Sonnenstrahlen verbrannten die Haut an seinen Armen, dem Rücken, den Schultern und dem Nacken. Sein Mund war derart trocken, dass er Angst hatte zu ersticken, wenn er jetzt schlucken würde. Aber Joshua weigerte sich aufzugeben. Er schüttelte den Kopf, um die heranziehenden schwarzen Flecken zu vertreiben, die sich an seinen Augenrändern zu sammeln begannen. Er streckte den Arm aus, um sich die nächsten Zentimeter voranzuziehen, als seine Fingerspitzen etwas Nasses berührten. Ruckartig hob er den Kopf. Sofort wurde ihm schwindelig und stöhnend ließ er sich zurück in den Sand sinken. Wahrscheinlich nur eine Fata Morgana. Heiser lachend tauchte Joshua immer wieder seine Finger ins Wasser und bewunderte die Täuschung, die sich so echt anfühlte. Er wusste, dass er im Begriff war verrückt zu werden. Den Kopf unten haltend, robbte er keuchend ein paar Zentimeter vorwärts. Es kostete ihn seine gesamte Kraft, sich auf die Unterarme zu stemmen und den Oberkörper etwas anzuheben. Seine Augen weiteten sich, als er sah, was er tatsächlich berührt hatte. Lacrima. Der Stein lag glitzernd im Sand, während sich um ihn herum immer mehr Wasser bildete. Verwirrt schüttelte Joshua den Kopf und blinzelte. Zaghaft streckte er erneut eine Hand aus. Es war tatsächlich Wasser! Kaltes, klares Wasser! So schnell es Joshua möglich war, schob er sich auf dem Bauch vorwärts, riss sich das Hemd von Mund und Nase und begann zu trinken. In großen Schlucken rann ihm das kostbare Nass die Kehle hinunter und spülte die heiße Trockenheit hinweg. Bald schon hatte er seinen größten Durst gestillt. Er setzte sich auf und betrachtete

136

seltsam unbeteiligt seine krebsroten Arme und den inzwischen angeschwollenen Knöchel. Er war am Leben, das war alles, was zählte. Joshua griff in die Wasserlache und nahm Lacrima an sich. Sofort begann das Wasser im Sand zu versickern. Nach wenigen Sekunden war von der Pfütze nichts mehr zu sehen. Sorgfältig verstaute Joshua den Stein in seiner Hosentasche, legte sich zurück in den Sand und schloss die Augen.

Es dauerte nicht lange und er fiel in einen tiefen, unruhigen Schlaf.

15

In weiter Ferne, in einem anderen Teil Orasyens, schien die Wiese mit den aufglühenden Blumen plötzlich unter einem schwarzen, alles verschlingenden Schatten verborgen zu sein. Das ununterbrochene Surren der tausend Adornen war verstummt. Sie waren fluchtartig davongeflogen, während der Erste der fünf Narwen wie aus dem Nichts auf der Wiese erschienen war. Sein Reittier, ein Demor, hatte Ähnlichkeit mit einem starken, muskelbepackten Stier, der aus geschmolzenem Schwarz zu bestehen schien. Der Demor stampfte und schnaubte wütend und trampelte mit seinen mächtigen Hufen die Glasblumen nieder, während die rotglühenden Augen die Umgebung wahrnahmen, als könne ihnen nichts entgehen. Die mannsgroße Gestalt, die ganz und gar in Finsternis gehüllt war, drehte sich im Sattel und sah sich langsam um. Der schwarze Metallhelm mit den gebogenen Hörnern darauf bedeckte sein komplettes Gesicht und nur zwei Schlitze ermöglichten es ihm, etwas zu sehen. Alles an dem Narwen schien schwarz zu sein und aus beweglichem Metall zu bestehen. Es war, als atmete er die frische Luft ein und Entsetzen und Verzweiflung aus.

Nach und nach tauchten seine vier Gefährten auf, ebenfalls auf brüllenden Reittieren, und gesellten sich zu ihm.

So standen die schwarzen Schergen Morgrans lange Zeit da und nahmen die Witterung auf.

Dann, als hätte jemand ein geheimes Startzeichen gegeben, jagten sie los. Die schweren Hufe der Demoren gruben sich tief in die fruchtbare Erde der Wiese ein, als die Narwen voranpreschten. Sie schlugen den gleichen Weg ein, den auch Joshua bei seiner Ankunft gewählt hatte, denn sie hatten einen Auftrag zu erfüllen: Den letzten Torwächter von Orasyen zu töten.

16

Bereitwillig ließ Matthew die Prozedur über sich ergehen. Er desinfizierte sich die Hände und zog Kittel und Überzieher für die Schuhe an. Mittlerweile kannte er die junge Schwester am Empfang sehr gut, und sie erlaubte ihm, Joshua immer mal wieder ein paar Kleinigkeiten mitzubringen. An einem Tag war es ein Stoffteddybär, dann wieder ein Taschenbuch. Nachsichtig nahm sie jetzt die Tüte mit Lakritz entgegen, um sie für eine Weile in einen Apparat zu legen, der alles von Keimen befreite. Matthew war froh, dass sie keine Fragen stellte, warum er seinem schlafenden Sohn solch unnütze Sachen mitbrachte. Er hätte es einfach nicht fertiggebracht, mit leeren Händen aufzutauchen.

»Ich bringe sie ihm nachher«, versprach die Schwester und ging auf eine Tür zu, auf der 'Nur für Personal' stand.

Unschlüssig drehte sich Matthew um und hoffte, seinen Besuch noch etwas aufzuschieben. Die Ohnmacht, seinem Sohn nicht helfen zu können, brachte ihn fast um den Verstand. Er hatte bereits mit Gott gesprochen und ihm einen Handel angeboten: sein Leben für das seines Sohnes. Doch er hatte nach Kates Tod mit dem alten Herrn gebrochen und war sich sicher, dass Gott sich auch jetzt nicht bei ihm melden würde. Matthews Blick glitt zu den einzelnen Krankenzimmern. Mittlerweile hatte er herausgefunden, dass in dem rechten Raum neben Joshua ein zehnjähriges Mädchen lag, das an Krebs erkrankt war. Links von Joshua war ein älterer Herr untergebracht, der an einer Herzschwäche litt. Schon ein paar Mal war Matthew bei dem Mann gewesen, hatte ein paar tröstende Worte dagelassen und ihm ein Buch mitgebracht, das ihm die Zeit vertreiben sollte. Und schon oft hatte er vor der Tür des kleinen Mädchens gestanden, sich aber nie hineingewagt, aus Angst, er könne einer Kopie seiner Tochter gegenüberstehen. Matthew war sich im Klaren darüber, dass er ein Feigling war, und verwünschte sich dafür. Er hatte im Augenblick nicht die Kraft, beides durchzustehen und so ging er auch heute am Raum des Mädchens vorbei.

Als er Joshuas Zimmer betrat, saß ein Mann in schwarzer Kleidung am Bett, ein offenes Buch auf dem Schoß und murmelte leise vor sich hin. Matthew sah den weißen Kragen des Geistlichen und wilder Zorn packte ihn. »Raus! Mein Sohn braucht die letzte Ölung noch nicht!«

Verdutzt sah der Seelsorger auf. Der Schreck stand ihm deutlich ins Gesicht geschrieben, als Matthew sich drohend vor ihm aufbaute. »Das ist ein Missverständnis«, murmelte der Geistliche und sah Matthew unbehaglich an. »Ich bin hier, um für Ihren Sohn zu beten. Gott erhört uns manchmal in seiner unendlichen Güte.«

»Schwachsinn«, knurrte Matthew und machte noch einen Schritt auf das Bett zu. »Wenn es tatsächlich einen Gott gibt, wie kann er dann zulassen, dass Kindern überhaupt so etwas passiert?«

»Gottes Wege sind für uns nicht immer verständlich. Wir müssen auf den Herrn vertrauen und darauf, dass Er weiß, was Er tut.«

»Ich will, dass Sie verschwinden und zwar auf der Stelle.« Matthew stand nun direkt vor dem Bett und sah auf den Seelsorger hinunter.

Dieser nickte ergeben, klappte die Bibel zu, die nach wie vor auf seinem Schoß lag, schlug ein Kreuz über dem Bett und richtete sich dann auf. »Wenn Sie doch einmal Trost in einer schweren Stunde brauchen, ich bin Pater Iry. Sie brauchen nur die Schwestern zu fragen, die wissen, wo man mich finden kann.« Er sah Matthew unverwandt in die Augen und kurz glaubte Matthew darin etwas zu entdecken, das sein tiefstes Inneres anrührte.

Dann war der Moment vorbei, er wandte den Blick ab, und der Priester verließ leise das Zimmer. Matthew nahm am Bett Platz, dort, wo kurz zuvor noch der Geistliche gesessen hatte, und griff nach Joshuas Hand. Bedrückt blickte er seinen Sohn an, der in dem riesigen Krankenhausbett seltsam verloren aussah. Das haselnussbraune Haar war etwas länger geworden und stand wüst nach allen Seiten ab. Die weiße Strähne, für die niemand eine Erklärung hatte, verlieh dem Anblick etwas Unheimliches. Joshuas Temperatur war am Morgen bedrohlich angestiegen und er hatte so viel Flüssigkeit verloren, dass er inzwischen am Tropf hing, der ihn mit Elektrolyten versorgt.

Matthew erschrak, als er in Joshuas kindlichen Gesichtszügen bereits die ersten Anzeichen für das Erwachsenwerden erkannte. Sein Sohn stand an der Schwelle zur Pubertät. Von da aus war es nur noch ein Katzensprung, bis er seine eigene Familie gründete und ihn zum Großvater machte. Matthew

142

schloss die Augen, um tief durchzuatmen. Der Gedanke, dass Joshua das alles vielleicht nicht mehr erleben würde, erschreckte ihn zutiefst. Sein kleiner Sohn, den er früher auf den Schultern getragen hatte, mit dem er die ersten Bälle geworfen und Steaks gegrillt hatte, würde vielleicht nie erwachsen werden. Wie seine Schwester Kate.

»Das darfst du mir nicht antun, Großer«, flüsterte Matthew mit tränenerstickter Stimme. »Du darfst mich nicht auch noch verlassen, hörst du?« Er ließ seinen Tränen freien Lauf und starrte wie betäubt auf Joshuas Bettdecke. Plötzlich tauchten Bilder vor seinem inneren Auge auf, die er längst vergessen geglaubt hatte. Bilder aus einer Zeit, die eine der glücklichsten in seinem Leben gewesen war. Hastig wischte er sich übers Gesicht und richtete seinen Blick wieder auf Joshua, der still und leblos dalag. »Bis heute weiß ich nicht, ob ich euch ein guter Vater war, Josh. Manchmal habe ich es geglaubt, denn ich habe euch so viel Liebe gegeben, wie ich hatte. Aber ich habe Kates Tod nicht verhindern können«, sagte Matthew heiser. »Ich habe Gott angefleht, mich statt ihrer zu sich zu nehmen und das Gleiche würde ich auch für dich tun, Großer. Ich kann nichts machen, verstehst du? Ich sitze hier untätig herum, während du deinen Kampf ganz allein kämpfen musst und das bricht mir das Herz. Ich habe immer geglaubt ein Vater hätte magische Kräfte, mit denen er seine Kinder beschützen könne, aber das war falsch. Ich besitze keine Magie, ich habe versagt.« Die Hände vors Gesicht geschlagen, wiegte sich Matthew hin und her. Der Schmerz schien ihm den Atem zu rauben und er dachte, jeden Moment zerbrechen zu müssen.

»Mach die Augen auf, Josh«, flehte er. »Bitte, du musst aufwachen.«

17

Joshua kämpfte gegen die Dunkelheit an, die ihn fest umklammert hielt. Hinter seinen geschlossenen Augenlidern konnte er Helligkeit ausmachen und es schien ihm eine Ewigkeit zu dauern, bis es ihm gelang, die Augen zu öffnen. Sie brannten entsetzlich und es kam ihm vor, als wäre jedes einzelne Sandkorn der Wüste hinter seine Lider geschlüpft und kratze nun über seine Netzhaut. Joshua stöhnte leise und stützte sich mühsam auf die Ellenbogen. Er erinnerte sich dunkel daran, dass er von seinem Vater geträumt hatte. Er hatte ihn traurig angesehen und etwas zu ihm gesagt, aber so sehr Joshua sich auch anstrengte, die Worte waren mit dem Schlaf verschwunden.

Plötzlich stellte er fest, dass er im Schatten lag und stieß einen Laut des Erstaunens aus, als er über sich das Reittier erblickte, auf dem er in die Wüste geritten war. Der Oc stand mit gesenktem Kopf da und starrte ihn aus traurigen Augen an, als wolle er ihm sagen, dass es ihm leidtue.

»Hey«, krächzte Joshua. »Hast du Durst?«

Bedächtig senkte der Oc den Kopf und vermied es dabei, Joshua in die Augen zu sehen.

»Schon gut«, murmelte Joshua. »Ich weiß zwar nicht, warum du abgehauen bist, aber du wirst deine Gründe gehabt haben.« Umständlich nestelte er Lacrima aus der Hosentasche, schaufelte mit beiden Händen eine Mulde und ließ den Stein anschließend hineinfallen.

Sofort färbte sich der helle Sand dunkel, und auch dieses Mal dauerte es nicht lang, bis genug Feuchtigkeit aus dem Boden sickerte, die man trinken konnte. Nachdem der Oc getrunken hatte, stillte auch Joshua seinen Durst, nahm Lacrima wieder an sich und steckte sie ein. Joshua schirmte mit der Hand die Augen ab und blickte sich um. In den letzten Stunden hatte sich die Landschaft kaum merklich verändert. Immer mehr Wolken segelten am Himmel entlang und Joshua schätzte, dass es nicht mehr lange dauern würde, bis die Sonne unterging. Was sollte er dann tun? Er hatte weder ein Zelt noch einen Schlafsack dabei. Er erinnerte sich daran, wie ihm Amnaya erzählt hatte, dass die Nächte in der Wüste ebenso kalt werden konnten, wie es am Tage heiß war.

»Ich hoffe, du hast eine gute Idee, sonst sind wir ganz schön aufgeschmissen«, murmelte er leise und betrachtete den Oc, der nun unruhig von einem Bein aufs andere trat. »Was ist los?«, fragte Joshua grinsend. »Musst du mal aufs Klo?«

Zu seiner Überraschung knickte der Oc zuerst die vorderen, dann die hinteren Beine ein und ließ sich langsam zu Boden sinken. Auffordernd blickte er Joshua an und als dieser keine Anstalten machte sich vom Fleck zu rühren, gab der Oc einen ungeduldigen Laut von sich.

»Willst du, dass ich auf dir reite?«, fragte Joshua ungläubig.

Der Oc wackelte mit den kleinen Ohren und hob und senkte seinen Kopf, als würde er nicken. Achselzuckend kam Joshua der Aufforderung nach.

Was hatte er schon für eine Wahl? Wenn dieses nackte Ungetüm wieder mit ihm durchgehen wollte, sollte es das tun. Es war immer noch besser, als hier untätig herum zu sitzen. Da der Oc dieses Mal kniete, fiel Joshua das Aufsteigen leichter. Nachdem er fest im Sattel saß, richtete sich der Oc auf und Joshua hätte noch vor ein paar Stunden nicht geglaubt, dass es ihn beruhigen würde, die trockene Haut seines Reittieres unter sich zu spüren.

»Nun gut, mein Freund, wie wäre es, wenn wir nach Hause reiten?«, fragte er und setzte sich im Sattel zurecht, bis er einigermaßen bequem saß. »Ich weiß ja nicht, wie es dir geht, aber ich habe höllischen Hunger!«

Als hätte ihn der Oc genau verstanden, setzte er sich in Bewegung. Joshua hatte mittlerweile nicht mehr die geringsten Zweifel daran, dass sein Reittier den Weg finden würde.

Die ersten Lichter des Palastes tauchten am Horizont auf und die gesamte Anspannung fiel von Joshua ab. Inzwischen war die Nacht hereingebrochen und hatte die Landschaft in ein schwarzes Tuch gehüllt, unter dem Kälte und Stille herrschten. Joshuas Hemd, das am Tage noch durchgeschwitzt gewesen war, war nun klamm und ließ ihn frieren. Seine wunden Hände waren taub und obwohl der Oc keinerlei Anstalten machte erneut durchzugehen, traute sich Joshua nicht, die Zügel schleifen zu lassen. Sein Rücken und der Po taten ihm weh, die Schultern waren verspannt und im Gesicht und auf den Armen quälte ihn der Sonnenbrand. Aber nichts von dem konnte seine Freude trüben, als er die vier Spitztürme von L`il Aldin erkennen konnte, die in der Dunkelheit golden glänzten.

»Schau mal«, sagte Joshua zu dem Oc, der leicht den Kopf wandte. »Bald haben wir es geschafft.«

Auch sein Reittier war erschöpft und Joshua konnte fühlen, welche Anstrengung es den Oc kostete, sich weiter vorwärts zu bewegen. Seine dünne Haut fasste sich fiebrig an und die kleinen Finger schienen sich immer tiefer in den Sand zu graben. Der Oc kämpfte sich hartnäckig weiter, während die Lichter der Stadt beharrlich näherkamen. Auf den letzten Metern rutschte Joshua aus dem Sattel und führte den Oc humpelnd am Zügel weiter. Während er sich an seinem Reittier festhielt, stakste er auf wackligen Beinen durch den kühlen Sand, der jetzt, da er von unzähligen Sternen beschienen wurde, silbern glänzte.

Plötzlich ertönte ein ohrenbetäubender Fanfarenstoß, zu dem sich immer mehr dazu gesellten. Sie hallten durch die stille Nacht, bis sie schließlich vom Wüstenwind davongetragen wurden. Mit einem Mal flammten überall Fackeln auf und es wurde so hell, dass Joshua die Augen zusammenkneifen musste. Laute Stimmen und Getrappel waren zu hören. Im nächsten Moment wurde Joshua von etwas angesprungen, stolperte erschrocken zurück und landete rücklings im kühlen Sand.

Lachend wehrte er sich gegen Yaels Liebesbekundungen, die mit den Vorderpfoten auf seiner Brust thronte und ihn seelenvoll anblickte.

»Ist ja gut«, rief er und befreite sich von der Wölfin, die freudig neben ihm tänzelte und verhalten winselte. Beschwichtigend kraulte Joshua das weiche Fell und hatte sofort das Gefühl, nach Hause gekommen zu sein.

»Joshua!« Amnaya trat aus dem dunklen Schatten heraus. »Wo warst du? Wir haben stundenlang nach dir gesucht.«

Joshua sah zu dem Oc hinüber, der unruhig mit seinen Fingern im Sand scharte. Er war sich nicht sicher, was passieren würde, wenn er die Wahrheit sagte, und so entschloss er sich zu einer Notlüge. »Es war meine Schuld«, erklärte er und wandte sich wieder der Königin zu. »Ich habe dem Oc falsche Befehle gegeben und dann haben wir uns verlaufen. Aber mein Freund hier«, er tätschelte dem Oc die nackte Haut, »hat mich gerettet.«

»Bring ihn weg«, wies Amnaya einen der Diener an.

Ein grobschlächtiger Mann mit engstehenden Augen und einem grausamen Zug um den Mund, trat auf Joshua zu und nahm ihm die Zügel aus der Hand. Der Oc riss vor Entsetzen die Augen auf und begann jämmerlich quietschende Laute auszustoßen.

»Wo bringt er ihn hin?«, fragte Joshua, dem das Ganze nicht geheuer war.

Amnaya sah ihn erstaunt an. »Er hat dich in Gefahr gebracht, dafür wird er bestraft. Wir können nichts gebrauchen, das nicht vollkommen gehorcht.«

»Aber er hat mir doch gehorcht!«, schrie Joshua und trat dem Diener humpelnd in den Weg. »Ich war es, der ihm die falschen Befehle gegeben hat. Es ist nicht seine Schuld!«

Der Diener machte Anstalten ihn zur Seite zu schieben, als Amnaya gebieterisch die Hand hob. »Warum liegt dir so viel an ihm?«

»Weil er mein Freund ist«, sagte Joshua sofort.

Amnaya verzog abfällig das Gesicht. »Er ist ein Nutztier, nichts weiter.«

»Wenn er so unbedeutend ist, dann wird es ja keinen Unterschied machen, ob ich ihn behalte oder nicht«, trumpfte Joshua auf. Es war ihm egal, ob er sich aufmüpfig verhielt oder was die anderen von ihm dachten. Er würde nicht dabei zusehen, wie ein wehrloses Tier bestraft wurde.

»Also gut, du sollst deinen Willen bekommen«, sagte Amnaya schroff. »Von heute an wirst du für ihn verantwortlich sein.«

Der Diener ließ die Zügel des Ocs los, der sofort zu Joshua lief und sich an ihn drückte.

»Schon gut, du bist in Sicherheit«, beruhigte Joshua das Tier.

»Bring ihn in den Stall zu den anderen, dann lass dich verarzten und komm anschließend zu mir«, wies ihn Amnaya an. Damit drehte sie sich um und verschwand in der Dunkelheit.

Joshua nickte, nahm die Zügel des Ocs und folgte hinkend dem missmutigen Diener, der ihm den Weg zeigte.

Amnayas Heiler hatten wahre Wunder vollbracht, denn auf dem Weg von den Ställen zu Amnayas Gemächern spürte Joshua lediglich noch ein leichtes Kribbeln in seinem verletzten Fußgelenk. Während er dem fackelbeleuchteten Gang folgte, grübelte er darüber nach, ob er Amnaya von seinem Erlebnis mit der gläsernen Träne erzählen sollte. Er hatte noch Nanuras Worte im Ohr, keinem von dem Stein zu erzählen. Es wäre ihm lieber gewesen, kurz allein mit der Schildkröte zu sprechen und sie wegen des Glassteins um Rat zu fragen. Aber sie saß bereits am gedeckten Tisch neben Amnaya, die ihn nun einlud, sich ebenfalls zu setzen. Joshua hörte, wie sein Magen vor Hunger knurrte und nahm auf einem der Kissen Platz. Während er sich bedächtig eine der kleinen, süßen Früchte in den Mund schob, dachte er an die hungernden Korugonden. Seit der Begegnung mit dem Mädchen wollte ihm das Essen trotz des bohrenden Hungers nicht mehr so recht schmecken.

»Nun erzähl mir, was du erlebt hast«, drängte Amnaya, die kaum einen Bissen angerührt und stattdessen ihren Gast nicht aus den Augen gelassen hatte.

Joshua beschlich plötzlich das eigenartige Gefühl, dass Amnaya etwas ahnte und druckste ein wenig herum. Immer wieder suchte er den Blickkontakt zu Nanura, doch entweder war die alte Schildkröte kurzsichtig oder sie ignorierte seine bittenden Blicke absichtlich. »Zuerst war mir ein wenig mulmig zumute«, begann Joshua zu erzählen. Er erinnerte sich genau an seine Angst, als er gemerkt hatte, dass die anderen nicht zu sehen waren, aber er scheute sich davor, es Amnaya zu erzählen. Sie dachte, dass er der Auserwählte war. Wie sähe es da aus, wenn er ihr erzählte, dass er in Wirklichkeit ein Angsthase war, der sich in der Wüste gefürchtet hatte? »Ich kann es nicht genau sagen, aber irgendwann bin ich eingeschlafen. Dann bin ich aufgewacht, der Oc war da und wir sind zurückgeritten.« Joshua blickte in Amnayas misstrauisches Gesicht und merkte selbst, dass sich seine Version lahm und wenig glaubwürdig anhörte. Aber auf die Schnelle war ihm einfach nichts Besseres eingefallen. Er war noch nie ein guter Lügner gewesen. Jeder in seiner Familie hatte es ihm immer an der Nasenspitze ansehen können, wenn er geflunkert hatte.

»Du warst über Stunden in der Wüste und musst furchtbaren Durst haben«, sagte Amnaya gelassen, wobei sie ein Stück Brot in die grüne Soße tunkte, die nach Feigen und Minzschockolade schmeckte. Abwartend lehnte sie sich zurück.

»Ach, es war halb so schlimm«, sagte Joshua, der versuchte, möglichst locker zu wirken.

»So, so, halb so schlimm. Wie kommt es, dass du jetzt nichts trinkst? Du müsstest doch halb umkommen vor Durst.«

Fieberhaft überlegte Joshua, was er nun sagen sollte, aber zu seiner Bestürzung war sein Kopf wie leergefegt. Die Anstrengungen in der Wüste, der Streit wegen des Ocs, das alles hatte ihn mehr mitgenommen, als er sich hatte eingestehen wollen. Er hatte einfach keine Kraft mehr weiter zu lügen. »Ich hatte das hier«, sagte Joshua und zog Lacrima hervor. Er warf einen entschuldigenden Blick in Nanuras Richtung, konnte den Blick aus ihren schwarzen Augen jedoch nicht deuten. »Das ist Lacrima. Ich habe den Stein von einem guten Freund geschenkt bekommen. Während ich in der Wüste war und Lacrima im Sand gelegen hat, bildete sich plötzlich Wasser. So konnten der Oc und ich überleben.« Joshua rechnete schon damit, dass Amnaya jetzt wütend wurde oder noch schlimmer, ihn wegen seiner Lüge bestrafen würde, aber als er aufsah, lächelte ihn die junge Königin nachsichtig an.

»Als Morgran das Tor der Liebe angriff, war ich elf Jahre alt«, begann Amnaya zu erzählen. Sie sah geistesabwesend aus den großen Fenstern, gegen die sich die dunkle Landschaft drückte. »Ich musste mit ansehen, wie er und sein Drache alles abschlachteten, was mir lieb und teuer war. Am schlimmsten jedoch traf mich der Verlust meines Vaters.« Sie hielt kurz inne und schloss die Augen. Dann fuhr sie fort: »In der Nacht, in der er starb, war ich bei ihm. Sein zerschmetterter Leib lag auf der blutdurchtränkten Erde und er hielt meine Hand umklammert, während er mich aus weitaufgerissenen Augen anstarrte. Blut lief ihm aus dem Mund, und hinderte ihn am Sprechen, aber er tat es trotzdem. Er sagte, dass er mich mehr liebe als sein eigenes Leben und deshalb gäbe er seines, um meines zu beschützen. Erschrocken sah ich, dass sein Gesicht immer blasser wurde. Wieder griff er nach meiner Hand, dieses Mal jedoch wirkte er kraftlos. Er hustete stark, so dass ich kaum etwas verstand.

Er sagte mir, ich solle gleich am nächsten Morgen in die Wüste gehen und den Ort suchen, der immer unser war. Dort würde ich sein Erbe finden. Mit diesen Worten ließ er meine Hand los und starb.« Es entstand eine kurze Pause, als Amnaya nach ihrem Wasserglas griff und einen Schluck daraus trank. Obwohl sie sich Mühe gab, es zu verbergen, sah Joshua, dass ihre Hand zitterte. »Ich wusste sofort, von welchem Ort mein Vater gesprochen hatte. Immer, wenn wir ein wenig allein sein wollten, zogen wir uns bis tief in die Wüste zurück. Dort gab es eine Felsenformation, die wie ein steigender Oc aussah. Mein Vater und ich saßen dann im Schatten, aßen und tranken, während er mir beibrachte, was es bedeutete, eine Königin zu sein. Ich erzählte meinem Vater im Gegenzug von meinen Trainingsstunden und den Abenteuern, die ich in meiner wenigen freien Zeit erlebte. Einige der Krieger hatten abends am Lagerfeuer von Sandgeistern und Fallax, dem Ort der zerbrochenen Scherben, gesprochen und ich hatte ihnen in der Dunkelheit fasziniert zugehört. Eine der Geschichten hatte es mir dabei besonders angetan. Sie erzählte die Sage von einem Glasstein, der so orange wie die Wüstensonne im Zenit aussehen soll, und dessen Kraft einen unverwundbar und stark machen sollte. Niemand hatte diesen Stein bisher gesehen, aber alle waren sich einig, dass er irgendwo existierte.« Unvermittelt griff Amnaya unter ihr Gewand und holte einen orangefarbenen Stein hervor, der das schummrige Licht der Fackeln tausendfach reflektierte. »Dies ist Nokram, das goldene Sandkorn.«

154

Fasziniert starrte Joshua den Glassplitter an, der ruhig in Amnayas Hand lag. Er sah seinem eigenen Stein auf verwirrende Art ähnlich, dennoch waren beide unterschiedlich. Joshua konnte nicht anders und hielt Lacrima neben Amnayas Stein.

Als hätten sich beide Steine erkannt, leuchteten sie auf und ihre Farben wirbelten noch schneller durcheinander.

»Ihr haltet Magie in den Händen, die älter ist, als die Zeit selbst«, sagte Nanura und kroch näher, um die Steine zu betrachten. »Sie sind das Herz Orasyens und ihr seid seine Kinder.«

»Was hat das alles zu bedeuten?«, flüsterte Joshua, ohne den Blick von den glühenden Steinen abzuwenden.

»Es ist der einzige Weg, Morgran und seine Schergen zu vernichten«, erklärte Nanura. »Dies sind die ersten beiden Steine von den letzten fünf, die es noch gibt. Jeder dieser Steine verleiht seinem Träger eine ungeheure Macht und zusammen sind sie die mächtigste Waffe, die Orasyen zu bieten hat.«

»Wo genau sind die anderen Steine?« Neugierig blickte Amnaya Nanura an.

»Einer befindet sich im Wald Lurdas, ein anderer ist im Ewakgebirge. Den letzten Stein hütet der Drache Agragul selbst«, antwortete Nanura und ihre Stimme klang noch rauer, als sie eine Warnung hinzufügte. »Jeder Einzelne wird gut bewacht und es wird lebensgefährlich sein, sie aufzuspüren.«

Amnayas schlanke, braune Finger schlossen sich fest um ihren eigenen Stein und ihr Gesicht spiegelte wilde Entschlossenheit wider. In diesem Augenblick war sie wieder durch und durch die Königin, die seit ihrem elften Lebensjahr über ein ganzes Volk herrschte. »Wenn dies mein Schicksal ist, so soll es sein. Ich werde an der Seite des Auserwählten kämpfen, bis zum letzten Tag. Dies ist ein Versprechen.«

Joshua rieselte eine Gänsehaut über den Rücken, als er erkannte, dass Amnaya ihn damit meinte. Er sah zu Nanura hinüber und hätte schwören können, dass die alte Schildkröte zufrieden lächelte.

18

Bewundernd blickte sich Joshua auf dem riesigen Marktplatz um. Er hatte sich aus dem Palast gestohlen und war in die Stadt gelaufen. Er brauchte einfach mal ein paar Stunden für sich allein. Selbst Yael, die sonst eine angenehme und stille Begleiterin war, hatte er zurückgelassen. Jetzt drehte sich Joshua langsam im Kreis, um das Bild auf sich wirken zu lassen. Am Rand des runden Platzes standen unzählige Zelte und Stangen, über die Planen gelegt waren, unter denen sich die Korugonden wegen der schwülen Hitze des Tages aufhielten und miteinander Handel betrieben. Joshua hatte genug Zeit in Korugonda verbracht, um zu wissen, dass nicht alle in der Bevölkerung vom Krieg gezeichnet waren. Es gab auch eine Handvoll Korugonden, die von den schlechten Zeiten profitiert und ein ansehnliches Vermögen angehäuft hatten. Amnaya war stets bemüht gleiche Verhältnisse zu schaffen, doch selbst ihr als Königin gelang das nicht immer. Die Reichen fanden fortwährend ein Schlupfloch, um ihre Besitztümer in Sicherheit zu bringen. Nun konnte sich Joshua selbst ein Bild davon machen, wie gut es den Vermögenden wirklich ging. Schon von Weitem waren sie an ihren goldverzierten und aufwendig bestickten Kleidern zu erkennen. Ihre gerade Haltung und die abschätzigen Blicke, die sie für die ärmlich gekleideten Gestalten um sich herum übrighatten, sprachen Bände. Joshua überquerte den Platz und atmete erleichtert auf, als er endlich unter einer der löchrigen

Planen stand. Noch immer hatte er sich nicht an das heiße Klima gewöhnen können. Zum Schutz vor der Sonne, aber auch um nicht erkannt zu werden, trug er einen leichten Umhang, dessen Kapuze er sich tief ins Gesicht gezogen hatte.

»Herr, Ihr seht aus, als könntet Ihr eine Erfrischung vertragen«, begrüßte ihn ein ausgemergelt wirkender Mann mit einem freundlichen Lächeln. Mit fragendem Blick streckte er ihm einen Becher entgegen.

Joshua dachte an die Handvoll Münzen, die er von Amnaya bekommen hatte. Schwer und leise klimpernd verbargen sie sich in seiner Tasche.

Der Mann machte keine Anstalten sein Angebot zurückzuziehen. Stattdessen wurde sein Lächeln noch breiter, so dass man jetzt die fehlenden Zähne in seinem Gebiss sehen konnte. »Trinkt einen Schluck und es wird Euch sofort besser gehen.«

Joshua hatte tatsächlich großen Durst und so gab er sich einen Ruck. »Danke«, sagte er und nahm dem Mann endlich den Becher ab. Mit kleinen Schlucken trank er vorsichtig von dem etwas gelbstichigem Getränk. Zu seinem Erstaunen löschte es fast augenblicklich seinen Durst. »Das schmeckt fantastisch. Was ist das?«

»Es ist der Saft der besten Mizonen, die man in ganz Korugonda finden kann«, sagte der Mann, nicht ohne gewissen Stolz.

Joshua nickte anerkennend. Er hatte zwar keine Ahnung, was genau Mizonen waren, aber ihr Geschmack war eindeutig das Beste, was er bisher getrunken hatte. Er leerte den Becher bis auf den letzten Tropfen und gab ihm dem Mann zurück. »Was bekommt Ihr dafür?«

»Das macht einen Zief.«

Obwohl Amnaya ihm die Währung Korugondas erklärt hatte, hatte Joshua die Hälfte davon bereits wieder vergessen. War ein Zief nun mehr wert als ein Beril und ein Quon teurer als ein Tas oder war es anders herum? Joshua griff in eine seiner Taschen, befühlte kurz eine Münze und zog dann einen goldenen Tas hervor.

Die Augen des Verkäufers weiteten sich ungläubig, als Joshua ihm das Goldstück anbot. »Herr, selbst wenn ich einen guten Monat gehabt hätte, so viel kann ich nicht wechseln.«

»Ist schon gut«, sagte Joshua und ließ die Münze in die Hand des Mannes fallen.

Der Verkäufer setzte gerade zu einer Dankesrede an, da ließ ihn ein Tumult ein paar Tische weiter innehalten.

»Ich verlange, dass sie augenblicklich bestraft wird!«, forderte eine unangenehm schrille Stimme, die zu einer besonders aufwendig ausstaffierten Frau gehörte. Mit ihrem mit goldenen Armreifen übersäten Arm hielt sie ein dürres Mädchen fest. »Sie hat mich bestohlen!«

Das Mädchen, dessen strohiges Haar ihr ins Gesicht fiel, wehrte sich nicht. Stattdessen hing es leblos in den Fängen der Frau und hielt den Kopf gesenkt.

Joshua durchfuhr es eiskalt, als er das Mädchen erkannte. Es war das Gleiche, dem er vor wenigen Tagen das Brot hatte geben wollen. Ohne weiter

auf den Verkäufer zu achten, mischte er sich unter
die Gruppe der Zuschauer, die sich bereits um die
beiden gebildet hatte. Eilige Schritte kündigten die
Stadtwachen an, die zu viert heranstürmten und
sich mit ihren Speeren einen Weg durch die Menge
bahnten.

»Sie ist eine Diebin. Ich verlange, dass sie bestraft
wird!«, kreischte die Frau die Wachen an und zerrte
das Mädchen anklagend vor sich.

Über das Gesicht des Mädchens huschte erst ein
Ausdruck des Widerstands, der sich aber schnell in
Furcht verwandelte.

»Auf leichten Diebstahl stehen zwei Peitschen-
hiebe, auf schweren Diebstahl fünf«, verkündete
eine der Stadtwachen.

Die Mundwinkel der Frau zuckten nach oben und
auf ihrem Gesicht breitete sich ein zufriedener Ausdruck aus. »Es handelt sich eindeutig um schweren
Diebstahl«, sagte sie mit honigsüßer Stimme.

Wortlos griffen die Wachen das Mädchen und
schleiften es in die Mitte des Platzes. Dort machten
sie sich daran, es an einen von drei Pfählen zu bin-
den.

»Was passiert mit ihr?«, flüsterte Joshua, der völlig schockiert dabei zusah.

»Sie bestrafen sie, was sonst?«, sagte der Verkäufer neben ihm, von dem er die Limonade bekommen
hatte. »Fast könnte man meinen, dass sie uns nur
auspeitschen, um die Reichen bei Laune zu halten.«

»Das ist ungerecht!«, begehrte Joshua auf.

»Das ist es, Herr«, antwortete der Verkäufer traurig. »Aber was können wir schon dagegen tun?«

»*Ich* kann etwas dagegen tun«, sagte Joshua.

Er war gerade im Begriff vorzutreten, als sich von hinten eine schwere Hand auf seine Schulter legte. »Herr, es wird Zeit, dass Ihr wieder in den Palast zurückkehrt«, sagte ein hünenhafter Kie-Krieger bestimmend.

Im ersten Moment dachte Joshua darüber nach, sich zu wehren, er trug jedoch keinerlei Waffen oder sonst etwas bei sich, mit dem er sich hätte verteidigen können. »Nicht jetzt«, presste er hervor und schüttelte die Hand auf seiner Schulter ab. Bevor der Kie-Krieger reagieren konnte, trat Joshua unter der Plane hervor und rannte zu den Wachen, die sich bereits in Position gestellt hatten. Das Mädchen hing nun mit gefesselten Händen um den Pfahl, ihr freier Rücken schutzlos den Männern ausgeliefert, die um sie herumstanden. Ihre Anklägerin hielt sich in sicherer Entfernung auf, wo sie alles genau beobachtete.

»Ich kenne dieses Mädchen«, sagte Joshua. Dann aber zögerte er. Wie sollte er es ihnen erklären, ohne sich zu erkennen zu geben?

»Ihr wollt doch nicht etwa behaupten, dass Ihr mit solchem Abschaum verkehrt!«, beschwerte sich die Frau lautstark und musterte ihn verächtlich. Sie hatte seinen teuren Umhang und die ledernen Stiefel bemerkt und war zu dem Urteil gelangt, dass Joshua zu den Wohlhabenden der Stadt gehören musste.

Augenblicklich durchzuckte Joshua heißer Zorn und er ballte die Hände. »Lasst das Mädchen los«, sagte er barsch. »Sofort«, setzte er hinzu, als die Wachen sich nicht rührten.

»Tretet beiseite. Diese Angelegenheit geht Euch nichts an«, herrschte ihn eine der Wachen an und richtete drohend den Speer auf Joshuas Brust.

Unvermittelt holte eine der anderen Wachen mit der Peitsche aus und zog sie dem Mädchen brutal über den Rücken. Das Geräusch von zerreißendem Fleisch war in der unheimlichen Stille noch bis weit hin über den Marktplatz zu hören. Leise wimmernd brach das Mädchen zusammen. Helles Blut rann aus den vier Striemen auf ihrem Rücken in den Sand.

Joshua schoss alle Vorsicht in den Wind, riss sich die Kapuze vom Kopf und stürmte auf die Wache mit der Peitsche zu. Aber er kam nicht weit. Ohne Vorwarnung wurde er von hinten gepackt und mit einem Ruck zurückgerissen. Wie aus dem Boden gestampft standen plötzlich die zwei Kie-Krieger neben ihm und hielten ihn in Schach. »Dies ist nicht Eure Angelegenheit«, raunte einer der Krieger und sah Joshua warnend an.

Starrsinnig schüttelte dieser den Kopf. »Ich gehe nicht eher, bis sie sie freilassen.«

Mit einem halb protestierenden Laut taumelte die Frau zurück, die Joshua inzwischen erkannt hatte. »Das ist unmöglich«, keuchte sie.

Auch die Stadtwachen warfen sich beklemmende Blicke zu und wussten nicht, was sie tun sollten.

Joshua, der die allgemeine Verwirrung bemerkte, sah seine Chance gekommen. Er stellte sich schützend vor das Mädchen, das weiterhin mit

162

gesenktem Kopf im Sand kniete. »Was wird ihr vorgeworfen?«, fragte er.

»Sie hat mich bestohlen!«, kreischte die Frau sofort wieder los, in der sicheren Annahme nun doch noch Gehör zu finden. »Das hier habe ich ihren schmutzigen Fingern entwunden.« Sie übergab Joshua einen kostbar aussehenden Armreif, der mit so vielen Edelsteinen besetzt war, dass er geblendet die Augen zusammenkneifen musste.

»Ist das wahr?«, wandte sich Joshua jetzt an das Mädchen, das schüchtern den Kopf hob und ihn aus riesigen braunen Augen ansah.

Zaghaft schüttelte es den Kopf, leckte sich über die aufgerissenen Lippen und sagte mit heiserer Stimme: »Ich hab ihn gefunden. Er lag da vorne unter einem Stand. Ich hab ihn aufgehoben und ihn mir angesehen, da kam die Frau und hat mich angeschrien.«

Joshua glaubte ihr. »Also war es so, dass sie Euch gar nicht bestohlen hat!«, sagte er laut und wandte sich an die Menge, die das Geschehen interessiert beobachtete. »Sie hat den Armreif lediglich gefunden. Ich würde sagen, das ändert alles.«

Die Umstehenden, die größtenteils aus Verkäufern und den ärmlichen Korugonden bestanden, murmelten zustimmend. Die Frau schaute sich stirnrunzelnd um, in der Hoffnung jemanden zu finden, der für sie Partei ergriff.

Joshua überlegte, wie er dem Mädchen helfen konnte. Auch wenn er sie fürs Erste vor einer weiteren Bestrafung bewahrt hatte, den Hunger und Durst konnte er ihr nicht nehmen. Konzentriert betrachtete er das Schmuckstück in seiner Hand, als ihm plötzlich eine Idee kam. »In meiner Welt ist es üblich, dass man einen Finderlohn erhält, wenn man so etwas Kostbares wie diesen Armreif seinem Besitzer wiederbringt«, sagte er, wobei er sich anstrengen musste, ein triumphierendes Lächeln zu unterdrücken. »Ich finde es daher nur gerecht, wenn Ihr dem Mädchen etwas gebt, zum Dank dafür, dass sie Euren Schmuck gefunden hat.«

Der Frau wich alle Farbe aus dem Gesicht. Ängstlich umklammerte sie ihre Armreifen und sah sich fieberhaft um. Niemand aus der Gruppe der Schaulustigen eilte ihr zu Hilfe. Stattdessen begegneten ihr schadenfrohe Blicke und gemurmelte Verwünschungen. Die Frau erkannte, dass es für sie keinen anderen Ausweg gab. Sie ließ die Schultern hängen und sah beinahe so aus, wie das Mädchen, das vor ihr kniete. »Sie kann ihn behalten«, murmelte die Frau.

Obwohl sie leise gesprochen hatte, schienen alle Anwesenden sie genau verstanden zu haben, denn im gleichen Moment brach lauter Jubel aus. Die Frau warf Joshua einen letzten vernichtenden Blick zu, dann wandte sie sich ab und ging mit hoch erhobenem Kopf davon.

Mit einer raschen Geste forderte einer der Kie-Krieger die Stadtwache auf, das Mädchen loszubinden. Leblos sackte es zusammen, als es nicht mehr von seinen Fesseln gehalten wurde.

»Wir nehmen sie mit«, bestimmte Joshua, der absichtlich dem verständnislosen Blick des Kie-Kriegers auswich.

Dennoch hob der große Krieger das Mädchen widerstandslos hoch. Gemeinsam überquerten sie den Marktplatz und wandten sich Richtung Palast.

»Hier, der ist für dich«, sagte Joshua, als das Mädchen wieder zu sich kam und legte ihm den Armreif in die Hand. Er wusste nicht, wie wertvoll das Schmuckstück war, aber er war sich sicher, dass das Mädchen und seine Familie in nächster Zeit keinen Hunger mehr leiden würden.

Sprachlos starrte das Mädchen ihn an, dann senkte es den Blick auf den Armreif. »Er ist wunderschön, nicht wahr?«

»Ja, das ist er.«

»Ob sie wohl traurig ist?«

Joshua verstand nicht. »Wen meinst du?«

»Die Frau. Weil ich doch jetzt ihren wunderschönen Armreifen hab. Sie ist bestimmt traurig.«

Joshua schluckte und kämpfte angestrengt den Kloß nieder, der plötzlich in seinem Hals steckte. Wie konnte ein kleines Mädchen, das kurz vor dem Verhungern war, Mitleid mit einer Frau haben, die zuvor noch dafür gesorgt hatte, dass es ausgepeitscht wurde? Als Joshua ihr antworten wollte, sah er, dass das Mädchen erneut ohnmächtig geworden war und so blieb er mit seinen Gedanken für den Rest des Weges allein.

Nachdem sie etwas später im Palast angekommen waren, wurde Joshua sofort in Amnayas private Gemächer geführt. Anscheinend hatte die Königin bereits Bericht erstattet bekommen, denn noch bevor Joshua sich erklären konnte, herrschte sie ihn an:

»Es wäre wirklich eine große Hilfe, wenn du versuchen könntest, dich nicht ständig in Gefahr zu begeben!«

»Ach so, ich wusste nicht, dass der letzte Torwächter dazu bestimmt ist, bei Ungerechtigkeiten einfach wegzuschauen!«

»Darum geht es doch gar nicht!«

»Doch, genau darum geht es!«, schrie Joshua zurück. »Ich konnte einfach nicht dabei zusehen, wie sie einen Menschen bestrafen, nur, weil er Hunger hat oder anders ist. Genauso wie bei Sequi!«

»Wer ist Sequi?«, fragte Amnaya erstaunt.

»Mein Oc«, sagte Joshua schroff. »Jemand hat mir gesagt, dass 'Sequi' in eurer Sprache Freund heißt. Ist es jetzt auch verboten seinem Tier einen Namen zu geben?«

»Nein, ist es nicht.« Amnaya schüttelte den Kopf und sah ihn abschätzend an. »Ich weiß einfach nicht, was in dir vorgeht, Joshua Freeman. Ich hatte mir dich so ganz anders vorgestellt.«

Die Worte trafen Joshua unvorbereitet und verletzten ihn. »Tja, Pech gehabt. Ich bin nun mal der, mit dem du Vorlieb nehmen musst.«

»So meinte ich das nicht«, antwortete Amnaya und hob beschwichtigend die Hände. »Ich wollte damit nur sagen, dass ich dich und deine Welt gar nicht wirklich kenne.«

»Und wie soll ich das ändern?«, blaffte Joshua.

»Wie wäre es, wenn du mir etwas über dich erzählst«, sagte Amnaya sanft. »Ich würde es wirklich gerne hören.«

Verblüfft von ihrer Antwort verrauchte Joshuas Wut so schnell, wie sie gekommen war. »Was genau willst du denn wissen?«

»Wie ist deine Welt? Wie sind die Menschen? Es scheint mir, dass ihr eine ganz andere Art habt, mit den Dingen umzugehen.«

Darüber musste Joshua erst einmal nachdenken. War er wirklich so anders? »So unterschiedlich sind wir gar nicht«, fing er an. »Auch in meiner Welt gibt es Kriege und Waffen, ebenso wie Königreiche und Herrscher. Ich denke, der größte Unterschied besteht darin, dass wir es uns eher aussuchen können, wie wir leben wollen. Zumindest der größte Teil von uns. Meine Eltern zum Beispiel haben uns nie erlaubt irgendwelche Videospiele oder Filme anzusehen, in denen übermäßig Gewalt vorkam.« Joshua fing Amnayas verständnislosen Blick auf und ihm fiel ein, dass sie nicht wissen konnte, was Computer oder Fernseher waren. Es würde gar nicht so einfach sein, ihr die Dinge zu erklären.
»Ähm, also, ich wollte nur sagen, dass wir freie Entscheidungen treffen können. Wir haben die Wahl, ob wir ein Tier retten, das unsere Hilfe braucht oder ob wir es sterben lassen.«

Jetzt war es Amnaya, die über seine Worte nachdachte. »Für uns wäre es Luxus, die Tiere wie Gleichgesinnte zu behandeln«, sagte sie. »Denn es wäre ein weiteres Maul, das gestopft werden müsste und bei dessen Tod man trauern würde. Das können wir uns einfach nicht leisten.«

Von diesem Standpunkt hatte Joshua das Ganze noch gar nicht betrachtet. Nicht einen Tag in seinem Leben hatte er bisher Hunger leiden müssen. Wie konnte er sich da ein Urteil erlauben? Dann jedoch dachte er an das vorhin Erlebte und wurde erneut wütend. »Aber die Reichen der Stadt können sich alles leisten, oder? Egal ob es ein Haustier ist oder die Bestrafung eines kleinen Mädchens!«

Amnaya wich einen Schritt zurück. »Es ist komplizierter, als du denkst«, sagte sie leise.

Dieses Mal war es Joshua, der entschlossen auf sie zutrat. »Dann erklär es mir.«

Kurz hatte es den Anschein, Amnaya wolle ihm nicht antworten, dann streckte sie den Rücken durch und sah ihm fest in die Augen. »Als zu jener Zeit der Krieg begann, war Korugonda eine reiche und florierende Stadt. Wir trieben regen Handel sowie Ackerbau und Viehzucht, so dass kein Korugonde Not leiden musste. Im Laufe der nächsten Jahre verschlangen die Unterbringung der Krieger, ihre Waffen und ihre Verpflegung große Teile unseres Vermögens. Mein Vater war eines Tages gezwungen zu den wohlhabenden Familien zu gehen und sie um Unterstützung zu bitten. Glaub mir, dieser Gang ist ihm nicht leichtgefallen, doch er hatte keine andere Wahl. Im Gegenzug für ihre Hilfe, versprach mein Vater ihnen ein politisches Mitspracherecht und hohe Zinsen, die sie für ihr geliehenes Geld bekommen sollten. Damals bildete sich ein Senat, der sich aus den fünf reichsten Familien Korugondas zusammensetzt.«

»Aber du bist immer noch die Königin von Korugonda!«

Amnaya schüttelte den Kopf und sah Joshua traurig lächelnd an. »So lange der Krieg weitergeht, sind mir die Hände gebunden. Wie soll ich meine Krieger in den Kampf schicken, wenn sie keine Waffen, keine Ocs, keine Kleidung und Nahrung haben? Das Einzige, was ich tun konnte, war, die Steuern zu senken, so dass auch die Armen etwas entlastet wurden. Nur leider schmälert das unsere Einnahmen weiter, so dass der Senat inzwischen noch mehr Geld hat. Und wie er die dadurch entstandene Macht nutzt, hast du mit eigenen Augen gesehen.«

Joshua verstand jetzt, was Amnaya ihm hatte sagen wollen, als sie ihm erzählte, dass ihr Volk einen hohen Preis für seine Befreiung bezahlte. Und er verstand auch, weshalb es nichts half, nur ein hungriges Kind satt zu machen, wenn alle anderen weiterhin am Verhungern waren. »Entschuldige«, sagte er ehrlich. »Ich wusste nicht, in was für eine Lage ich dich mit meinem Verhalten bringe.«

»Schon gut, du konntest es ja nicht wissen. Ich werde versuchen, in Zukunft ein wenig nachsichtiger zu sein, wenn du mir versprichst besser auf dich aufzupassen«, sagte Amnaya versöhnlich.

»In Ordnung«, willigte Joshua ein.

»Gut, dann möchte ich dir jetzt etwas zeigen.« Amnaya klatschte in die Hände und einer der Diener erschien, mit einem eingewickelten Gegenstand in den Händen. Amnaya schlug die Tücher beiseite und nahm das Schwert in die Hand, das zum Vorschein kam. »Dies wird von nun an dein Schwert sein. Es heißt Karnum und ist sehr alt. Übe, es mit ruhiger Hand zu führen, denn es braucht einen starken und mutigen Kämpfer.«

Mit großen Augen nahm Joshua das Schwert entgegen. Noch nie zuvor hatte er eine Waffe in der Hand gehalten. Sie wog schwer und fühlte sich doch gleichzeitig leicht und wendig an. Die breite Klinge schimmerte bläulich, als Joshua sie hin und her drehte. Plötzlich musste er an die Worte seiner Mutter denken, die stets behauptet hatte, dass eine Waffe immer ein Feind bleiben würde, selbst für seinen Besitzer.

Um in Ruhe üben zu können, war Joshua mit Sequi in die Wüste geritten. Jetzt stand er im heißen Wüstensand und betastete ehrfürchtig das Schwert, das schwer und griffig in seiner Hand lag. Er ließ es mehrere Male durch die Luft sausen, wobei die scharfe Klinge aus blauem Stahl das orange Licht der Wüstensonne reflektierte.

Sequi, der ganz in der Nähe mit seinen Fingern im Sand buddelte, schnaubte ungehalten, als würde ihn das Schwert in den Händen seines Herrn stören.

Doch Joshua achtete nicht auf den Oc, seine gesamte Aufmerksamkeit galt allein Karnum. Er machte einen Ausfallschritt und hob die rechte Hand, mit der er das Schwert führte. Sekunden später zerschnitt es die Luft und für einen Augenblick dachte Joshua, dass tatsächlich durchsichtige Scheiben vor seinen Füßen landen würden. Es hätte ihn nicht verwundert.

»Sieh mal!«, rief er Sequi zu und fuchtelte übermütig mit dem Schwert in der Luft herum. Es gab

170

einen leisen surrenden Ton von sich, während sich Joshuas Hand immer schneller bewegte. Plötzlich stand er neben dem Oc, der ihn überrascht mit seinen kleinen Augen musterte. Bevor Joshua wusste, wie ihm geschah, surrte das Schwert herab und zerschnitt die nackte Haut des Ocs am Bein. Dunkelrotes Blut floss sofort aus der klaffenden Wunde und Sequi winselte schrill. Seine gellenden Schreie taten Joshua in den Ohren weh und brachten ihn zur Besinnung. Was hatte er nur getan? Bestürzt und völlig hilflos starrte er das blutende Bein seines Reittieres an.

»Es tut mir leid«, stammelte er und sah in die weit aufgerissenen Augen von Sequi. Mit zitternden Fingern griff Joshua nach den herabhängenden Zügeln des Ocs und führte ihn langsam Richtung Korugonda. Immer wieder drehte er sich um und sah die großen Blutstropfen, die sie im glühenden Wüstensand hinterließen. Den ganzen Rückweg über machte sich Joshua die größten Vorwürfe. Er traute sich nicht einmal den humpelnden Oc anzuschauen, aus Angst, in seinen Augen Verachtung und Enttäuschung zu erblicken. Wieder beschlich Joshua das gleiche demütigende Gefühl wie in seiner eigenen Welt. Es gab nichts, das er zu seiner Entschuldigung hervorbringen konnte. Er war kein Auserwählter, er war nur ein dummer Junge, der nicht verantwortungsvoll genug war, um mit einem Schwert umzugehen. Leichtsinnig hatte er die warnenden Worte Amnayas missachtet und damit seinen Freund verletzt. Als die Türme des Palastes vor ihnen auftauchten, hatte Joshua beschlossen, das Schwert nie wieder zu benutzen.

»Er wird schon wieder in Ordnung kommen«, erklärte ihm der Diener, der sich von Anfang an um sie gekümmert hatte, und führte den Oc behutsam in den Stall.

Inzwischen hatte Joshua herausgefunden, dass der Junge etwa in seinem Alter war und Lamos hieß. Die braunen Augen des Jungen musterten ihn nach wie vor kritisch, wenn er sich unbeobachtet fühlte und Joshua schien es, als könne er die Gedanken des Anderen lesen. Er fragt sich, wo der Unterschied zwischen uns beiden liegt, dachte Joshua, und er glaubt nicht daran, dass ich tatsächlich der Auserwählte bin.

»Ich werde die Wunde mit etwas Motschuk, das ist getrocknetes Wüstengras, bedecken«, sagte Lamos. »Es wird schnell heilen, wahrscheinlich bleibt nur eine kleine Narbe zurück.«

Während der Diener sich um das verletzte Bein des Ocs kümmerte, stand Joshua da und kam sich wie der dümmste Junge vor, den beide Welten je gesehen hatten. Nie würde er den entsetzten Blick vergessen, den Sequi ihm zugeworfen hatte, nachdem er ihn verletzt hatte. Das Schwert baumelte nach wie vor an seiner Seite. Plötzlich konnte Joshua das Gewicht der Waffe nicht länger ertragen. Hastig löste er den Gürtel und schleuderte das Schwert wutentbrannt im hohen Bogen von sich weg.

»Was tut Ihr da?«, rief Lamos bestürzt und starrte Joshua aus großen Augen an. Bedächtig näherte sich der Junge dem am Boden liegenden Schwert und hob es auf. Behutsam tasteten seine Finger über die blaue Stahlklinge, seine Fingerspitzen fuhren ehrfürchtig über die eingravierten Zeichen und Symbole. »Jeder in Orasyen hat schon von diesem Schwert gehört. Karnum, das Schwert des Gerechten«, murmelte er. »Es gibt nicht einen Jungen, der nicht alles dafür geben würde, es einmal in den Händen zu halten. Ihr könnt es nicht einfach wegwerfen. Es gehört zu Euch und egal, wohin Ihr geht, es wird Euch folgen.«

Seine letzten Worte hatten fast anklagend geklungen und Joshua sah ihn mit gerunzelter Stirn an. Wusste dieser schmächtige Junge etwa mehr, als er zugeben wollte? »Es hat mir bisher nur Unglück gebracht«, erwiderte Joshua gereizt.

»Das ist nicht wahr!«, begehrte Lamos auf und kam langsam näher. In seinen Augen flackerte wilder Zorn und seine Finger hatten sich fester um das Schwert geschlossen.

Unwillkürlich wich Joshua einen Schritt zurück.

»Ihr selbst habt das Schwert gegen den Oc geführt und ihn verletzt«, warf ihm Lamos vor. »Wisst Ihr nicht, dass eine Waffe nur so gut sein kann, wie derjenige, der sie beherrscht?«

Plötzlich war von hinten ein bedrohliches Knurren zu hören, das Joshua die Haare im Nacken sträubte. Wie aus dem Nichts tauchte Yael unvermittelt auf und stellte sich schützend vor ihn. Ihr weißes Fell schien wie elektrisiert und sie hatte ihre

Lefzen so weit zurückgezogen, dass man ihre scharfen Zähne gut erkennen konnte. Mit gespreizten Beinen und eindrucksvoll knurrend bewegte sie sich nicht von der Stelle. Lamos stand nur wenige Zentimeter vor ihr und blickte sie ruhig an.

»Wie ich sehe, stehen Euch Eure Freunde getreu zur Seite«, sagte er gelassen und Joshua konnte nicht abschätzen, ob der Diener Angst hatte oder sie nur gut überspielen konnte. »Ihr werdet sie auch brauchen, wenn Ihr nicht endlich Eure Bestimmung annehmt.«

Damit warf er das Schwert in die Luft und Joshua machte automatisch einen Schritt nach vorne, um es aufzufangen. Der Griff schmiegte sich sofort in seine Handfläche. »Lass es gut sein«, sagte er zu Yael, die immer noch leise knurrend vor ihm stand.

Mit einer angedeuteten Verbeugung und einem hämischen Gesichtsausdruck verließ der Diener den Stall.

»Meinst du, er hat recht?«, fragte Joshua Yael unsicher und kraulte sie zwischen den Ohren. Misstrauisch betrachtete er das Schwert in seiner Hand, das sich so anfühlte, als hätte es schon immer dort gelegen.

Sequi erschien an der Stalltür und stupste ihn leicht an der Schulter an.

»Hallo, mein Freund«, raunte Joshua und streckte die Hand nach ihm aus. »Wie geht es dir? Ich kann dir gar nicht sagen, wie leid mir das alles tut.«

Eine winzige, rosa Zunge kam zum Vorschein, als der Oc Joshua die Hand leckte. Yaels Ohren zuckten und sie gab einen ungehaltenen Laut von sich.

»Ihr seid mir schon so zwei«, sagte Joshua und lächelte. Doch in Gedanken war er immer noch bei Lamos und den Vorwürfen, die der Diener ihm gemacht hatte. Erneut sah er auf und blickte direkt in die Augen des Ocs, der ihn aufmerksam musterte. So klein die Augen des Tieres auch waren, Joshua konnte darin mühelos jede Emotion herauslesen. Und gerade in diesem Augenblick schienen diese Augen ihm sagen zu wollen, dass er sich nicht verrückt machen sollte, dass alles seine Richtigkeit hatte und er nicht alleine war.

Joshua stand zwischen den beiden Tieren und ihre Zuneigung und ihr Vertrauen durchfluteten ihn, wie eine warme Welle und wärmten sein Inneres.

»Was haltet ihr davon, wenn ich uns etwas zu essen besorge?«, fragte Joshua und merkte, wie sich seine Stimmung augenblicklich besserte. »Ich weiß ja nicht wie es euch beiden geht, aber ich habe mächtig Hunger.«

Joshua brachte Yael und Sequi eine reichhaltige Portion ihres Lieblingsessens und nachdem er noch ein paar Minuten mit den beiden verbracht hatte, ging er zu Amnaya. In Gedanken war er immer noch bei Lamos und dessen Vorwürfen. Es ärgerte Joshua, dass der Diener bei ihm einen wunden Punkt getroffen hatte. »Ich werde Hilfe brauchen, um mit Karnum kämpfen zu können«, sagte er und traute sich nicht Amnaya anzusehen.

Die junge Königin sah heute wieder besonders schön aus. Sie hatte ihr langes, kastanienbraunes Haar zu einer kunstvollen Frisur hochgesteckt, während der Rest ihres Körpers in die blaue Kampfmontur der Kie-Krieger gehüllt war. Obwohl Joshua sie erst vor kurzem kennengelernt hatte, hatte er schnell erkannt, dass Amnaya sowohl eine Königin als auch eine Kriegerin war. Es war unverkennbar, wie sehr sie ihr Volk liebte und dass sie ohne zu zögern für dessen Befreiung sterben würde. Joshua hatte Amnaya bei ihren Kampfübungen beobachtet. Sie war eine hervorragende Kämpferin mit Schwert und Speer. Und auch wenn sie noch recht jung war, war sie für ihr Alter bereits sehr reif und erwachsen. Tugenden wie Loyalität, Vertrauen, Tapferkeit und die Liebe zu ihrem Volk nahmen einen hohen Stellenwert bei ihr ein und bestimmten ihr Leben. Joshua kam sich in ihrer Gegenwart immer ein wenig befangen und unbeholfen vor.

»Dann werde ich dir Unterricht erteilen«, antwortete Amnaya und schenkte ihm ein Lächeln, bei dem seine Knie weich wurden. »Gleich morgen werden wir beginnen. Wir treffen uns bei Sonnenaufgang im Innenhof. Sei also pünktlich.«

Damit erhob sie sich, lehnte zum Abschied ihre Stirn an seine, was beinahe mehr Berührung war, als Joshua ertragen konnte, und verließ ihre Gemächer, um zu ihrem allabendlichen Ausritt in die Wüste aufzubrechen.

Yael, die bisher still auf einem Samtkissen gelegen hatte, stand ebenfalls auf und trat unruhig von einem Bein aufs andere.

»Wollen wir noch einen Spaziergang machen?«, fragte Joshua und als die Wölfin ihm begeistert übers Gesicht leckte, ging er mit ihr hinaus.

Das gleißend helle Licht des Tages hatte sich in ein dunkles Tintenblau verwandelt und dämpfte die Hitze ein wenig. Die zahlreichen Geräusche drangen träge durch die anbrechende Dunkelheit, als Joshua und Yael den Palast verließen und den Weg Richtung Korugonda einschlugen. Die Stadt mit ihren vielen windschiefen Häusern, die alle in einem anderen Rotton gestrichen worden waren, den Gerüchen, die so fremd und gleichzeitig vertraut waren, die Ziegen mit ihren Glöckchen, deren zarte Melodien die Nacht durchdrangen, all das faszinierte Joshua. Ziellos wanderte er durch die engen Gassen, deren beide Seiten von den dichtstehenden Häusern gesäumt waren. Hier und da begegnete ihm ein Korugonde, grüßte ihn ehrfürchtig und verschwand gleich darauf in einem der vielen Hauseingänge. Joshua genoss die seltsame Mischung aus verhaltener Geschäftigkeit und genussvoller Trägheit, die sich nach Einbruch der Dunkelheit über die Stadt legte. Ziellos folgte er den vielen Lichterketten, die sich über seinem Kopf durch die Gassen schlängelten und mit den Sternen am Nachthimmel um die Wette leuchteten. Unvermittelt blieb Joshua stehen. Heute war irgendetwas anders. Eine gespannte Erwartung schien in der Luft zu liegen. Fast war es so, als würden die dunklen Schatten, die sich in den verwinkelten Ecken versteckten, vor ihm fliehen. Auch Yael schien die Veränderung zu bemerken. Wachsamer als sonst schnüffelte sie am Boden, hob unvermittelt den Kopf und stellte die Ohren auf.

»Was ist denn?«, fragte Joshua, während kalte Angst in ihm hochkroch und sich hinter seiner Stirn einnistete. Zu gut erinnerte er sich an den ersten Angriff der Kaboknoken. Inzwischen kannte er auch den wahren Grund der Überfälle. Sie drangen bei Nacht in die Häuser ein und raubten die Kinder der Stadt.

Yaels Nackenhaare sträubten sich plötzlich. Dann setzte sie zum Sprung an und verschwand in der Dunkelheit.

»Nein, bleib hier!«, schrie Joshua und rannte ihr nach. Er bog in eine unbeleuchtete Seitengasse ein und sofort verschluckte ihn die Finsternis. Nicht einmal mehr die Sterne konnte er noch sehen. Blind irrte er in der Dunkelheit umher. »Yael?«, flüsterte er ängstlich und konnte seinen eigenen Herzschlag in den Ohren hören. »Yael, wo bist du?«, rief er leise und stieß sich schmerzhaft seinen Arm an einer Hauswand. Er rieb sich stöhnend den Ellenbogen, als ihn etwas Hartes im Rücken traf. Keuchend taumelte er nach vorne. Er wollte sich irgendwo festzuhalten, doch seine Finger griffen ins Leere und er fiel zu Boden. Warmer Staub wirbelte auf und Joshua begann heftig zu husten. Er war gerade dabei, sich aufzustützen, als ihn erneut etwas traf. Dieses Mal an der Schläfe, so dass er laut aufheulte. »Wer ist da?«, rief er wütend ins Dunkel hinein. Er riss seine Augen so weit auf, wie er konnte, in der Hoffnung etwas zu erkennen. Aber er hörte nur ein raues Lachen, das aus weiter Ferne zu kommen schien. Plötzlich gingen ganz in der Nähe mehrere Glöckchen los und in diesem Moment begriff

Joshua, dass sie von den Kaboknoken angegriffen wurden. So schnell er konnte, rappelte er sich auf und tastete sich langsam in die Richtung voran, aus der das Glockengeläut kam. Je näher er vorrückte, desto mehr Geräusche konnte er ausmachen. Das aufgeregte Geschrei von Menschen, angriffslustiges Knurren und das Poltern von Gegenständen, die achtlos umhergeworfen wurden, drangen zu ihm. Jetzt sah Joshua einen hellen Schein am Ende der schmalen Gasse und beschleunigte sein Tempo. Er fragte sich gerade, wo Yael abgeblieben war, als er an der Ecke ankam und wie angewurzelt stehen blieb.

Vor ihm bot sich ein Bild der vollkommenen Zerstörung: Zwei eng aneinander stehende Häuser brannten lichterloh, während seine Bewohner die verstreuten Habseligkeiten eilig einsammelten und versuchten zu retten, was zu retten war. Im flackernden Schein der Flammen konnte Joshua mindestens zwanzig kleinwüchsige Schatten ausmachen, bis er begriff, dass es sich dabei um die gefürchteten Räuber handelte. Es waren hässliche Schrumpfköpfe, deren Gesichter sich zu einer bösartigen Fratze verzogen hatten. Die dünnen Haarbüschel auf ihren Köpfen waren zu einem hochstehenden Zopf zusammengebunden, der jedes Mal spottend wippte, wenn sie sich auf einen Menschen stürzten. Die Augen der unheimlichen Angreifer waren zugenäht, dafür schienen sie jedes noch so leise Geräusch zu hören. Lediglich ein knapper Lendenschurz bedeckte ihre vertrockneten Körper, die auf kurzen, krummen Beinen steckten. Die

Kaboknoken tanzten durchs Feuer, als würde ihnen die versengende Hitze nichts ausmachen und schossen mit ihren Schleudern faustgroße Steine auf die Menschen ab. Ihr heiseres Lachen, das durch ihre dünnen Lippen drang, erfüllte die Luft, während mehr und mehr Menschen getroffen wurden und blutend zu Boden sanken. Bald scherte sich niemand mehr um die herumliegenden Gegenstände, sondern brachte sich eilig vor den Angriffen der Kaboknoken in Sicherheit.

Joshua griff sich an die blutende Stirn und erkannte nun, was ihn getroffen hatte. Wütend ballte er die Hände zu Fäusten. Am liebsten hätte er sich auf die Schrumpfköpfe gestürzt und ihnen eigenhändig den Hals umgedreht, doch ihm war klar, dass er gegen diese Kreaturen nicht den Hauch einer Chance hatte, sie waren einfach zu schnell. Zwischen den Rauchsäulen und dem roten Feuerschein machte Joshua mehrere schwarze Schatten aus und ihm stockte der Atem, als er sah, dass es kleine Kinder waren. Mindestens fünfzehn gingen dicht gedrängt und unter leisem Weinen an ihm vorüber, ohne ihn zu bemerken. Joshua runzelte verwirrt die Stirn und fragte sich, was das alles zu bedeuten hatte. Im nächsten Moment sah er, was dort vor sich ging. Wenigstens zehn der krummbeinigen Kaboknoken stürmten um die Schar von Kindern herum, so dass es aussah, als würden Schäferhunde ihre Herde hüten. Denn tatsächlich trieben die Kaboknoken die Kinder unbarmherzig von den Häusern weg.

Joshua stand nach wie vor wie angewurzelt da, als die letzten Kinder im Schatten der Nacht verschwanden. Was sollte er jetzt tun? Er hatte keine Waffe dabei, das Schwert lag im Palast. Jetzt hätte sich Joshua am liebsten selbst für diese Unachtsamkeit geohrfeigt.

Hatte Amnaya ihm nicht oft genug eingebläut, dass er jederzeit kampfbereit sein musste? Nun war es zu spät. Er dachte daran, welches Schicksal die Kinder erwartete, denn auch davon hatte Amnaya berichtet. Joshua erinnerte sich an ihre Stimme, die vor Zorn gebebt hatte. »Morgran braucht viele Helfer für Augur, den Höllenschlund. Kleine Kinder sind gerade groß genug, um in den finsteren und stickigen Stollen umherzukriechen. Der Eingang wird von Agragul persönlich bewacht. Der Drache tötet jeden, der dem Schlund zu nahekommt. Keines der Kinder ist je wieder zurückgekehrt.«

In diesem Augenblick zerriss ein markerschütternder Schrei die Stille und ließ Joshuas Kopf herumfahren. Wenige Meter vor sich sah er zwei Halbwüchsige, die sich auf eine am Boden liegende Gestalt gestürzt hatten und sie nun mit Fäusten und Füßen traktierten. Die Gestalt hatte sich zu einer Kugel zusammengerollt und war den Angriffen schutzlos ausgeliefert. Ihr leises Winseln rührte Joshua.

»Was macht ihr da?« Außer sich vor Zorn rannte er brüllend zu der Stelle und stieß die beiden Jungen, die ein wenig jünger waren als er selbst, zur Seite. Wenn er schon die anderen Kinder nicht hatte retten können, so würde er wenigstens diesem Kind zur Hilfe kommen.

»Seid ihr völlig irre? Was ist mit euch los?«, fuhr Joshua die beiden Jungen an, die ihn aus leblosen Augen anstarrten. Ihre fahle Haut wirkte im flackernden Feuerschein fast pergamentartig, ihre ausgezehrten Körper waren mit wulstigen Narben übersät. Dann bemerkte Joshua die Schleuder in der einen Hand des Jungen und ein seltsames Gefühl beschlich ihn. Irgendetwas stimmte hier nicht. Eine Stimme in seinem Kopf schrie ihn an, die Beine in die Hand zu nehmen und schnellstmöglich zu verschwinden. Joshua machte einen Schritt zur Seite, lud sich mit einer raschen Bewegung die zusammengekrümmte Gestalt auf die Arme und hastete, so schnell er konnte, in die Richtung, in der er den Palast vermutete. Er musste sich nicht umblicken, um zu wissen, dass die beiden Jungen die Verfolgung aufgenommen hatten. Die gurgelnden Laute, die sie machten, ließen ihn noch schneller laufen. Erst jetzt, da er die zierliche Gestalt in den Armen hielt, bemerkte Joshua, dass sie ein Fell besaß. Na toll, ich bin ein wirklicher Held, dachte er bitter, während er durch die Nacht jagte, ich habe mein Leben für ein Haustier riskiert. Aber er wusste, dass er es dort nicht hätte liegen lassen können, und so konzentrierte er sich vollkommen auf seine Flucht.

Hinter ihm knurrten und keiften die beiden Jungen und Joshua hatte das untrügliche Gefühl, dass sie aufholten. Wieder bog er um eine Ecke und hätte beinahe erleichtert aufgeseufzt, als er zwischen den Häusern die Anhöhe erkennen konnte, auf der L`il

Aldin in helles Licht getaucht dastand. Da traf Joshua plötzlich ein großer Stein an der Schulter und er geriet ins Straucheln. Ein triumphierender Schrei folgte und gleich darauf verfehlte ihn ein zweiter Stein nur knapp.

Das ist das Ende, fuhr es Joshua durch den Kopf, bevor er ein zweites Mal in dieser Nacht hart auf dem sandigen Boden aufschlug. Er rechnete schon fest damit, dass sich die beiden Jungen nun über ihn hermachen würden, da vernahm er ein weiteres, wohlbekanntes Knurren.

So schnell wie sie verschwunden war, tauchte Yael wieder zwischen den Häusern auf und stellte sich den beiden in den Weg. Geschickt tänzelnd wich sie den Wurfgeschossen aus. Einer der beiden Jungen kam grollend auf sie zu, doch die Wölfin schnappte zu und wirbelte ihn durch die Luft. Der Halbwüchsige stieß einen gellenden Schrei aus und als Yael ihn losließ, verschwand er winselnd in der Dunkelheit. Der andere zögerte noch einen Augenblick, bevor er sich schließlich umdrehte und laut brüllend hinter der nächsten Ecke verschwand.

»Das war verdammt knapp.« Erschöpft ließ Joshua den Kopf sinken und rückte ein wenig von dem pelzigen Tier ab, das er mit seinem Körper beschützt hatte.

Zitternd trottete Yael auf ihn zu und legte ihm die Schnauze auf die Schulter.

Joshua hob die Hand und kraulte die Wölfin. Erst, als er etwas Feuchtes und Warmes berührte, sah er auf. »Du bist verletzt«, keuchte er und war sofort auf den Beinen. Rasch untersuchte er Yaels Körper, die die Prozedur geduldig über sich ergehen ließ, und atmete erleichtert auf, als er feststellte, dass es nur eine oberflächliche Schramme war. »Gut gemacht, mein Mädchen«, sagte Joshua rau. »Komm, lass uns gehen.« Erschöpft hob er das reglose Fellbündel auf, überzeugte sich, dass es noch am Leben war und humpelte gemeinsam mit Yael den schmalen Pfad hinauf, der zum Palast führte.

»Ich fasse es nicht! Ich dachte wirklich, wir hätten uns verstanden, was deine Rolle hier angeht, Joshua!«, rief Amnaya und machte keinen Hehl daraus, wie wütend sie auf ihn war.

Inzwischen hatten sie den leblosen Körper des kleinen Tieres auf einen der Tische gebettet, wo ein Diener dessen Wunden versorgte. Joshua und Yael waren bereits verarztet worden und saßen nun betreten da.

»Die Menschen sind nicht grundsätzlich dumm, sie haben manchmal einfach nur dumme Ideen«, raunte Nanura und warf Joshua einen vielsagenden Blick zu.

»Ich habe dir doch erzählt, wie unsicher es nachts in Korugonda ist und dennoch bist du gegangen«, fuhr ihn Amnaya zornig an.

Joshua, der zwar ein schlechtes Gewissen hatte, weil sich alle seinetwegen Sorgen gemacht hatten, ärgerte es dennoch zusehends, wie Amnaya ihn behandelte. »Du bist nicht meine Mutter. Ich kann immer noch tun und lassen, was ich will«, brummte er.

Im gespielten Erstaunen zog Amnaya die Augenbrauen hoch. »Ach ja? Denkst du das tatsächlich? Nun, wenn du dich wie ein Kleinkind benimmst, dann brauchst du dich nicht zu wundern, wenn du auch wie eins behandelt wirst!«

»Ich wollte einfach mal ein bisschen raus. Etwas anderes sehen, als die Palastmauern«, erwiderte Joshua gereizt. »Ich komme mir langsam vor, als wäre ich dein Gefangener, und nicht dein Gast!«

»Wenn ich wollte, dass du mein Gefangener bist, dann wärst du es längst!«, schrie Amnaya.

In diesem Augenblick geschahen zwei Dinge gleichzeitig: Yael sprang ohne Vorwarnung auf und stellte sich Amnaya angriffslustig in den Weg, während eine der Wachen Amnaya zur Hilfe eilte und seinen Speer auf die Wölfin richtete.

Für einen Moment standen alle still da und musterten sich feindselig.

»Genug!«, sagte Amnaya schließlich mühsam beherrscht. »Für heute Nacht ist es genug. Wir sind alle müde und erregt.«

Joshua lockte Yael zu sich und während er beruhigend über ihr weißes Fell strich, dachte er über die Worte nach, die er im Zorn gesprochen hatte. Zum Teil entsprachen sie der Wahrheit. Seit Tagen hielten sie sich bereits innerhalb der Mauern von L`il Aldin auf und allmählich engten diese ihn immer mehr ein. Besonders die pflichtschuldigen Diener, die überall herumwuselten und einem jeden Wunsch von den Augen ablasen, gingen ihm mehr und mehr auf die Nerven. Er konnte sich nicht vorstellen, wie Amnaya das Tag für Tag aushielt.

Joshuas Drang, den Palast hinter sich zu lassen und seine Reise wiederaufzunehmen, wurde immer stärker. Das ständige Sehnen in seiner Brust zeigte ihm, dass seine Zeit in Korugonda zu Ende ging.

»Dich hier gegen deinen Willen festzuhalten, war nicht meine Absicht«, sagte Amnaya. Sie war nun wieder ganz Königin, ihre stolze Haltung und der durchdringende Blick duldeten keine Widerrede. »Wir treffen uns wie vorgesehen bei Sonnenaufgang im Innenhof. Sobald du des Schwertkampfes fähig bist, wird dein Aufenthalt hier beendet sein.« Sie schenkte ihm noch einen letzten giftigen Blick, dann drehte sie sich auf dem Absatz um und verschwand hinter dem blickdichten Vorhang.

Joshua seufzte und kraulte Yael, die winselnd neben ihm saß und ihn aus traurigen Augen ansah.

»Amnaya besitzt das Temperament ihres Vaters«, sagte Nanura in die Stille hinein und stibitzte sich vom Tisch ein Salatblatt, auf dem sie in aller Ruhe zu kauen begann.

»Ich spüre einfach, dass ich weiterziehen muss«, sagte Joshua gereizt. »Die Zeit drängt.«

»Du solltest auf Amnaya hören und kämpfen lernen«, antwortete Nanura ruhig. »Du wirst es brauchen.«

»Was war mit den beiden Jungen, die mich angegriffen haben? Gehörten sie auch zu den Kaboknoken?«, fragte Joshua, um das Thema zu wechseln.

»Nicht ganz«, sagte Nanura. »Sie gehören zu den gebrochenen Kindern von Augur. Wie du ja weißt, fangen Morgrans Häscher in ganz Orasyen Kinder ein. Sie stehlen sie vom Volk der Hasta, der Esmen, der Ostländer und der Korugonden. Morgran braucht die Kinder für sein Bergwerk, um das schwarze Gift abzubauen. Die jüngsten Kinder sind fünf Jahre alt. Den ganzen Tag müssen sie in den engen, dunklen und stinkenden Stollen verbringen. Dabei gibt es immer wieder Kinder, die einfach aufgeben. Sie träumen nicht mehr, empfinden keine Sehnsucht oder Liebe, sie existieren nur noch. Sobald sie dies tun, sind sie gebrochen. Sie werden mit Waffen ausgestattet und treten fortan in den Dienst von Morgran. Ihre Armeestärke beläuft sich inzwischen auf Tausende.« Nanura hielt kurz inne. »Wenn die gebrochenen Kinder in eine Schlacht zogen, um eines der Tore anzugreifen, passierte es, dass sich Geschwister, Tanten und Onkel oder Cousinen und Cousins gegenüberstanden. Was es, wie du dir denken kannst, natürlich für die Angegriffenen umso schwerer machte. Dir wird aufgefallen sein, dass die gebrochenen Kinder fast unverändert aussehen. Sie sind zwar mager und schmutzig, sie wirken ausgezehrt und apathisch, aber sie sehen noch so aus, wie ihre Verwandten sie in Erinnerung haben.«

»Nur ihre Augen sind tot«, murmelte Joshua, der bei der Erinnerung an die beiden Jungen fröstelte.

»Etwas kann noch so harmlos aussehen, darunter kann dennoch der Tod lauern.«

Joshua sah Nanura, die langsam von ihm wegkroch, noch lange nach. »Komm, gehen wir schlafen. Wir haben morgen bestimmt einen anstrengenden Tag vor uns«, sagte er schließlich und

zusammen mit Yael verließ auch er die Gemächer
der Königin.

Dabei bemerkte er nicht, dass sich das kleine Wesen, das er gerettet hatte, auf dem Tisch zu regen
begann. Joshua war schon außer Sichtweite, als sich
das zierliche Geschöpf langsam aufsetzte und den
pelzigen Kopf in alle Richtungen drehte.

Es hielt die kurze Stupsnase in die Luft, schnüffelte ein paar Mal und sprang dann flink vom Tisch.
Auf allen vieren machte es sich daran, die Fährte
seines neuen Herrn ausfindig zu machen.

19

»Du siehst müde aus.«
Die Stimme ihres Mannes schreckte Susan auf und nervös fuhr sie sich durchs blonde Haar, das sich zwischen ihren Fingern stumpf und trocken anfühlte. Angestrengt überlegte sie, wann sie das letzte Mal beim Friseur gewesen war, während sie sich resigniert zu ihrem Mann umdrehte. Sie versuchte sich einzureden, dass es ihr egal war, ob er sie noch attraktiv fand oder nicht. Es spielte am Krankenbett ihres Sohnes keine Rolle. Und dennoch bemerkte sie das leichte Ziehen in ihrem Magen, als sie dem forschenden Blick von Matthew begegnete. Diese braunen Augen mit ihrem warmen Glanz hatten ihr Herz schon immer schneller schlagen lassen.

»Würdest du einen Kaffee mit mir trinken?«, fragte Matthew.

Fast hätte Susan laut gelacht, als sie in sein Gesicht blickte, das dem ihres Sohnes so sehr ähnelte. Matthew sah wie Joshua aus, wenn er sich reumütig für etwas entschuldigte. Sie wusste, dass es gefährlich war, ihn wieder näher an sich heranzulassen. Ihm von ihren Gedanken und Gefühlen zu erzählen, die alte Vertrautheit zwischen ihnen erneut herauf zu beschwören. Die letzten Tage waren für Susan die Hölle gewesen. Sie brauchte dringend jemanden an ihrer Seite, der sie verstand, der das Gleiche durchmachte wie sie selbst und dem sie bedingungslos vertrauen konnte. Also gab sie sich einen Ruck. »Ja, sehr gern.«

Einen Moment später hatten sie die Schuhüberzieher und Kittel am Empfang abgegeben und waren durch die Schleuse getreten. Während sie vor den Aufzügen standen, betrachtete Susan ihren Mann verstohlen von der Seite. Matthew sah immer noch sehr gut aus: Er war fast 1,85 groß, hatte breite Schultern, einen gebräunten, ebenmäßigen Teint und ein fein geschnittenes Gesicht. Selbst der Dreitagebart ließ ihn attraktiv erscheinen. Susan hatte gesehen, wie die eine oder andere Krankenschwester begehrliche Blicke auf ihn warf, wenn er Joshua besuchen kam.

Die Fahrstuhltüren glitten auf und gemeinsam betraten sie den Aufzug. Susan schloss während der Fahrt nach unten die Augen und genoss das flatternde Gefühl, das ihr der schnellfahrende Aufzug in der Magengegend bescherte. In letzter Zeit hatte sie nicht oft Gelegenheit gehabt, sich an schönen Dingen zu erfreuen, denn ihre Welt war dabei, Stück für Stück auseinanderzubrechen. Susan konnte nicht sagen, wie sie es geschafft hatte, jeden Tag aufzustehen, obwohl sie vergessen hatte, worin der Sinn des Ganzen lag. Sie aß kaum noch etwas, schlief schlecht und fühlte sich nur dann gebraucht, wenn sie an Joshuas Bett saß. Sie las ihm etwas vor, redete mit ihm oder blickte einfach nur in sein Gesicht, stumm darum betend, dass er endlich wieder die Augen aufschlug.

»Wie geht es dir?«, riss sie Matthews Frage aus ihren Gedanken.

Inzwischen hatten sie sich einen Platz an der breiten Fensterfront gesucht und saßen sich nun in der

Krankenhauscafeteria gegenüber, jeder einen dampfenden Becher mit heißem Kaffee vor sich.

»Ich weiß es ehrlich gesagt nicht so genau«, antwortete Susan wahrheitsgemäß und blickte abwesend aus dem geöffneten Fenster. Es war Anfang August und in der weitläufigen Parkanlage wetteiferten die Blätter an den Bäumen um das leuchtendste Grün, während der Wind das Aroma frischer Blumen vor sich hertrug. »Manchmal habe ich das Gefühl, dass ich die Hoffnung nicht aufgeben darf, weil Joshua sonst nie wieder aufwacht. Ich weiß, es hört sich eigenartig an, aber ich bilde mir ein, dass er merkt, wenn ich aufhöre daran zu glauben, dass alles gut wird.«

»Ich habe heute Nacht von ihm geträumt«, sagte Matthew leise und starrte in den Dampf, der von seiner Tasse aufstieg. »Es war vollkommen dunkel und er irrte allein in der Dunkelheit umher. Ich rief immer wieder seinen Namen, aber er schien mich nicht zu hören. Dann kam von irgendwoher ein blaues Licht. Erst leuchtete es ganz schwach, doch es wurde immer heller und irgendwann schien es so, als würde es Joshua einsaugen. Ich schrie und rannte, ich wollte unbedingt zu ihm, doch ich kam nicht von der Stelle. Dann war es plötzlich wieder finster und ich bin aufgewacht.« Matthew verstummte und hielt seinen Blick weiterhin unverwandt auf seine Tasse gerichtet, aus der er noch nicht getrunken hatte.

»Ich hatte den gleichen Traum!« Fassungslos starrte Susan ihren Mann an.

»Wie meinst du das?«

»So, wie ich es sage: Ich hatte genau den gleichen Traum! Es war beängstigend und seitdem schlafe ich so gut wie gar nicht mehr. Ich habe das blaue Licht auch gesehen auf das Joshua zugelaufen ist. Aber in meinem Traum hat er sich in der letzten Sekunde umgedreht und mich angesehen. Diesen Blick werde ich nie vergessen. Er war so tieftraurig, dass es mich bis ins Mark erschüttert hat. Bevor er sich umdrehte, streckte er die Hand nach mir aus und sagte etwas. Im ersten Moment konnte ich es nicht verstehen, doch als ich aufwachte, habe ich mich wieder an seine Worte erinnert. Er sagte: 'Vergiss mich nicht'.«

Jäh schien es in der Cafeteria kälter geworden zu sein und fröstelnd schlang Susan die Arme um sich, um sich zu wärmen.

»Willst du mich veralbern?«, fragte Matthew und sah sie gequält an. »Das kann doch unmöglich passiert sein!«

Stirnrunzelnd schüttelte Susan den Kopf. »Ich kann es dir auch nicht erklären, Matt.«

Eine Weile saßen sie still da, jeder hing seinen Gedanken nach.

»Was sagt denn Doktor Castello?«, wollte Matthew schließlich wissen.

»Nicht viel«, gab Susan zu und nahm einen Schluck von ihrem Kaffee. Erstaunt stellte sie ihn wieder zurück, denn er war inzwischen kalt geworden. »Nach wie vor stellen sie alle möglichen Tests an, wie Liquor- und Pleura Punktion. Aber bisher hat nichts davon brauchbare Ergebnisse geliefert.

Es scheint, als wäre Joshua ohne jeden erkennbaren Grund einfach eingeschlafen.«

»Irgendetwas muss doch dahinterstecken!«, brauste Matthew auf und starrte böse zurück, als mehrere Leute die Köpfe nach ihnen umwandten. »Kein Kind schläft einfach ein und wacht nicht mehr auf.«

Susan zuckte nur mit den Schultern. Was sollte sie ihrem Mann sagen? Dass sie längst glaubte, dass es für Joshuas Koma wahrscheinlich keinen medizinischen Grund gab? Sie kannte ihren Mann zu gut, um zu wissen, dass er sich mit solchen Gedankenspielereien nicht anfreunden konnte. Für Matthew zählten ausschließlich die harten Fakten, das, was er mit eigenen Augen sehen und begreifen konnte. Doch wenn Susan lange genug am Bett ihres Sohnes saß, seine Hand hielt oder ihn betrachtete, dann konnte sie es spüren. Etwas, dass sie nicht in der Lage war zu beschreiben oder auch nur ansatzweise zu begreifen. Im Laufe der letzten Woche war sie sich jedoch immer sicherer geworden: Etwas ging in Joshua vor. Eine Veränderung, von der alles abhing, ob ihr Sohn jemals wieder die Augen aufschlug.

Als Susan und Matthew einen Tag später gemeinsam ins Büro von Doktor Castello eintraten, begrüßte er sie mit den Worten: »Mr. und Mrs. Freeman, ich möchte Ihnen meinen geschätzten Kollegen, Dr. Aidan Lambert, vom Massachusetts General Hospital vorstellen.«

Susan sah sich einem geschmackvoll gekleideten Mann Ende dreißig gegenüber, dessen gutes Aussehen ihn eher für den Titel einer Modezeitschrift qualifiziert hätte. Doktor Lambert schien sich seiner Wirkung sehr bewusst zu sein, denn als er jetzt auf sie zutrat und ihr mit einem eingeübten Lächeln die Hand entgegenstreckte, fühlte sich Susan an einen berechnenden Politiker erinnert.

»Wir haben Sie zu dieser Unterredung gebeten, weil wir etwas Wichtiges mit Ihnen beiden besprechen möchten«, fuhr Doktor Castello fort. »Setzen Sie sich doch bitte. Möchten Sie etwas trinken, einen Kaffee vielleicht?«

Susan schüttelte den Kopf und auch Matthew, der bislang ungewöhnlich still geblieben war, lehnte ab. Susan blickte ihren Mann von der Seite an. Es war nicht zu übersehen, dass er den neuen Arzt einzuschätzen versuchte, denn er musterte ihn konzentriert. Ihr Blick glitt wieder zu Doktor Castello. Sie kannte ihn mittlerweile gut genug, um zu wissen, dass er sehr bemüht war, eine entspannte Atmosphäre herzustellen.

»Gut, dann kommen wir gleich zur Sache«, sagte der leitende Arzt der Neurochirurgie. »Wie Sie von unserer letzten Zusammenkunft wissen, können wir nach wie vor noch nicht sagen, was genau Joshua fehlt. Deshalb habe ich Kontakt zum Mass General aufgenommen. Gemeinsam mit Doktor Lambert sind wir zu dem Entschluss gekommen, dass es für alle Beteiligten von Vorteil wäre, wenn wir Joshua dorthin verlegen würden.«

»Warum?«, wollte Matthew aufgebracht wissen. »Was können die schon machen, was Sie noch nicht versucht haben?«

»Nun, Mr. Freeman«, schaltete sich Doktor Lambert ein. »Zum einen haben wir eine eigene Abteilung für Kinder: das Zentrum für Kinderheilkunde und Jugendmedizin, in dem einige der besten Ärzte des Landes arbeiten. Zum anderen sind wir auf Komaerkrankungen spezialisiert.«

»Was genau muss ich mir darunter vorstellen?«, fragte Susan.

»Das Zentrum ist Teil der Mass General Klinik für Kinder«, erklärte Doktor Lambert. »Einhundertachtzig Kinderärzte versorgen bis zu fünfundvierzig pädiatrische Patienten. Wir haben einen Kinderradiologie Service im Zentrum und stehen im ständigen Austausch mit Spezialisten rund um den Globus.«

»Wie gesagt, dass Mass General hat einen außergewöhnlich guten Ruf und ist bekannt dafür, mit seinen kleinen Patienten hervorragend umzugehen«, setzte Doktor Castello hinzu.

»Das ist ja alles schön und gut«, sagte Matthew stirnrunzelnd. »Aber ich verstehe immer noch nicht, weshalb es auf einmal so drängend ist. Ich meine, da wir ja nicht wissen, was Josh fehlt, ist es da wirklich ungefährlich ihn zu transportieren?«

»Ich denke, dass es ihn und seinen Zustand nicht weiter beeinträchtigen wird«, sagte Doktor Lambert.

»Ach so, denken Sie das?«, knurrte Matthew.

»Matt«, sagte Susan warnend und griff nach seiner Hand. »Doktor Lambert ist hier, um uns zu helfen.«

Aufgebracht wischte Matthew Susans Hand weg und stand auf. Mit dem Rücken zu ihnen trat er ans Fenster und sah hinaus. »Verschweigen Sie uns etwas?«, fragte er, ohne sich umzudrehen.

Die beiden Ärzte wechselten einen Blick. Doktor Castello räusperte sich schließlich. »Nicht direkt«, sagte er. »Es ist nur so, dass die Zeit ein wenig drängt. Sehen Sie, ich habe es bereits Ihrer Frau erklärt: Je weiter Joshua ins Koma abgleitet, umso schwerer wird es sein, ihn daraus wieder zu erwecken.«

»Im Mass General haben wir unteranderem die Möglichkeit, besondere multisensorische Stimulationen vorzunehmen«, fügte Doktor Lambert selbstsicher hinzu.

»Mit anderen Worten: Mein Sohn spielt das Versuchskaninchen für Sie!«, rief Matthew und wirbelte herum. »Wahrscheinlich fehlt Ihnen so ein Fall noch, damit Sie mit ihm vor Ihren, ach so geschätzten, Spezialisten angeben können!«

»Nun, Mr. Freeman, ich würde lügen, wenn ich behaupten würde, dass nicht auch fachmedizinisches Interesse am Fall Ihres Sohnes besteht«, sagte Doktor Lambert gelassen. »Dennoch liegt mir natürlich nichts ferner, als an ihm, wie haben Sie es formuliert, herumzuexperimentieren.«

»Er heißt Joshua!«, fuhr ihn Matthew an. »Können Sie sich den Namen merken oder wird er für Sie nur eine Nummer sein?«

Eine Weile blieb es in dem Büro still.

»In Ordnung, ich denke, wir haben soweit alles besprochen«, sagte Doktor Castello und erhob sich. »Nehmen Sie sich für Ihre Entscheidung ein wenig Zeit und lassen Sie es uns dann wissen, wie Sie sich entschieden haben.«

»Danke«, sagte Susan und streckte den Ärzten die Hand hin. Dann folgte sie Matthew, der bereits aus dem Raum gestürmt war.

20

Yaels Grollen riss Joshua aus dem Schlaf. Verwirrt richtete er sich auf. »Was ist denn los?«, fragte er müde und rieb sich die Augen.

Mit beiden Vorderpfoten stand die Wölfin an seinem Bett, die Lefzen nach hinten gezogen und hatte ihre glitzernden blauen Augen auf ein kleines Fellknäuel gerichtet, das zusammengerollt auf seiner Bettdecke lag.

»Ach, komm schon, das sieht nun wirklich nicht gefährlich aus«, sagte Joshua und zerzauste der Wölfin liebevoll das Fell, die immer noch wachsam dreinblickte. Neugierig betrachtete Joshua das kleine Tier, das auf seiner Bettdecke lag. In diesem Augenblick reckte und streckte es sich und sah zu ihm auf. Ein kleines, rundes Gesicht mit schwarzen Knopfaugen, die von dichten, langen Wimpern eingerahmt waren und eine kurze Schnauze kamen zum Vorschein. Die spitzzulaufenden Ohren des Tieres zuckten in alle Richtung. Es sah die Wölfin neben dem Bett stehen, richtete sich unvermittelt auf die Hinterbeine auf und streckte die Arme nach oben, als wolle es sich ergeben. Joshua prustete los.

Das Tier, dessen zierlicher Körper mit hell- und dunkelgrauem, gestreiftem Fell bedeckt war, duckte sich erschrocken, als es Joshua lachen hörte. Die Augen weit aufgerissen saß es da und hob witternd die Stupsnase in die Luft.

Sein breiter, ebenfalls gestreifter, Schwanz tanzte unruhig hin und her, so dass es aussah, als wolle es die Bettdecke fegen.

»Du bist ja süß«, sagte Joshua begeistert und streckte die Hand aus, um das Tier zu streicheln.

Vorsichtig kam es näher und hielt seinen Kopf hin, damit Joshua ihn kraulen konnte. Ähnlich einer Katze ließ es ein wohliges Schnurren hören und legte sich auf den Rücken, um Joshua seinen weißen Bauch entgegenzustrecken.

Yael, die das ganze Spektakel misstrauisch beäugt hatte, war nun davon überzeugt, dass von dem Wesen keinerlei Gefahr drohte. Sie trottete zu der Decke vor dem Bett und legte sich hin. Sie hörte noch eine Weile zu, wie Joshua mit dem Ding spielte, es herzte und immer wieder ausgelassen lachte, wenn es etwas Putziges anstellte. Dann schloss sie die Augen und schlief wieder ein.

»Das ist ein Ninn«, erklärte Amnaya und deutete auf das Tier, das sich ängstlich an Joshuas Bein klammerte. Sie standen am Rand des sonnenüberfluteten Innenhofs des Palastes, wo Joshua seine erste Stunde im Kampfunterricht erteilt werden sollte. Das Atrium des Palastes war von beeindruckender Größe. Von dort, wo Joshua stand, konnte er gerade noch die gegenüberliegende Mauer ausmachen, die aus den massiven, sandfarbenen Steinen bestand, die es überall in L`il Aldin zu sehen gab. Die schlechte Sicht lag wohl aber auch daran, dass mannshohe, leuchtend grüne Palmen den Blick versperrten, ebenso wie der große, ovale Brunnen, der aus dunkelblauem Stein bestand. Ein Kunstwerk, wie es nur in Orasyen anzutreffen war: Kugeln in allen erdenklichen Größen und

Blauschattierungen schienen sich in unsichtbaren Bahnen fortzubewegen, während sie das Wasser vor sich herschoben, so dass es immerwährend im Kreis zirkulierte.

»Wir fangen und töten die Ninns, weil sie in unsere Häuser eindringen und unser Essen stehlen. Sie sind eine Plage«, sagte Amnaya ärgerlich, wobei sie das kleine Tier mit zusammen gekniffenen Augen ansah.

»Das ist mir egal«, antwortete Joshua und bückte sich, um den Ninn liebevoll zu streicheln. »Ich werde ihn behalten.«

»Wie du meinst.« Amnaya zuckte die Schultern und wandte sich ab. »Aber beschwer dich hinterher nicht bei mir, wenn er dir Scherereien macht. Das tun sie nämlich immer.«

Joshua sah ins niedliche Gesicht des Ninns und musste bei dessen Anblick automatisch lächeln. Er hatte immer ein Haustier gewollt, doch da seine Schwester Kate allergisch gegen Tierhaare gewesen war, war es für ihn nie in Frage gekommen. Und nach ihrem Tod hatte er einfach nicht mehr daran gedacht. »Du brauchst noch einen Namen«, sagte Joshua. Er betrachtete den kleinen Kerl nachdenklich, der angefangen hatte mit seinem Zeigefinger zu schmusen. Mit allen vier Pfoten klammerte er sich an Joshuas Finger und rieb sein Köpfchen daran. Unvermittelt streifte Joshua eine Erinnerung und er sah die vierjährige Kate, die glücklich mit dem Finger ihrer Mutter spielte, die sich eine Fingerpuppe übergezogen hatte. Es war ein niedlicher Hundekopf gewesen, mit schwarzen und weißen Flecken, aus dessen Maul eine rote Zunge hing. Kate hatte ihn damals Susu getauft. Niemand vermochte zu sagen, wo sie diesen eigenartigen Namen aufgeschnappt hatte. »Was hältst du davon, wenn ich dich auch Susu nenne?«, fragte er.

»Joshua!« Amnaya, die nun im Inneren des Hofes angekommen war, bedeutete ihm mit einem Kopfnicken sein Schwert zu ziehen. Sie selbst hielt ein breites, schwer aussehendes Schwert in den Händen, das in der Sonne träge glänzte. »Jede Waffe fordert ihr Opfer«, begann Amnaya und bewegte sich vor und zurück. Es sah aus, als würde sie tanzen, während sie das Schwert hoch über ihren Kopf hob und es dann mit aller Kraft nach unten sausen ließ. Fasziniert sah Joshua der jungen Königin zu, ergriffen von ihrer natürlichen Eleganz und Schönheit, der sie sich gar nicht bewusst zu sein schien. Mit offenem Mund beobachtete Joshua, wie Amnaya ihre unsichtbaren Gegner niederkämpfte, sie zweiteilte, um dann mit einer geschmeidigen Bewegung das nächste wesenlose Opfer zu erwählen. Aus den Augenwinkeln bemerkte Joshua eine Bewegung und sah zu Susu hinüber.

Statt den Kampf vor ihm zu beachten, verfolgte der kleine Ninn mit den Augen einen bunten Schmetterling, der sich auf einer besonders tiefhängenden Blume niedergelassen hatte. Geduckt schlich er sich an. Als er nähergekommen war, stellte er sich auf die Hinterbeine und streckte übermütig die Pfoten nach dem Schmetterling aus. Dieser flatterte jedoch erschrocken davon, so dass Susu lediglich die Blume zu fassen bekam. Feiner, goldglänzender Blütenstaub ergoss sich über ihn. Erschrocken wich Susu zurück, plumpste auf sein Hinterteil und verursachte eine goldene Staubwolke.

Joshua half dem Kleinen wieder auf die Beine und gab sich Mühe, ernst zu bleiben. »Was machst du denn für einen Blödsinn?«

Susu schniefte und rieb sich winselnd die Augen.

»Ist doch nicht so schlimm«, sagte Joshua beruhigend. Er fasste in eine Tasche seines Brustgurtes und holte ein Stück Käse heraus, das er vom Frühstück für den Ninn mitgenommen hatte.

»Joshua Freeman, willst du nun das Kämpfen lernen oder nicht?«, fragte Amnaya sichtlich genervt. »Wenn dem nämlich so ist, solltest du dein neues Haustier spielen schicken und dich aufs Training konzentrieren.«

»Schon gut«, sagte Joshua augenrollend und rappelte sich auf.

»Das Training beginnt«, war alles, was Amnaya sagte, bevor sie sich mit erhobenem Schwert und einem entschlossenen Ausdruck im Gesicht auf ihn stürzte.

Die Sonne war bereits wieder dabei ihren Tagesplatz zu räumen, um ihn dem Mond zu überlassen, als Joshua erschöpft die Hände hob und Amnaya flehend ansah. »Ich kann nicht mehr. Ehrlich, ich bin total erledigt.«

Auch die junge Königin wirkte müde, wenn auch nicht so sehr wie Joshua, der sich nur noch mit Not auf den Beinen halten konnte.

Energisch strich sie sich eine Haarsträhne aus dem Gesicht und nickte. »Einverstanden, morgen setzen wir den Unterricht fort. Dann zeige ich dir, wie man sich gegen Angriffe von hinten verteidigt.«

Da Joshua bezweifelte, dass er sich am nächsten Tag überhaupt noch bewegen, geschweige denn kämpfen konnte, enthielt er sich einer Antwort und schleppte sich zum Brunnen, um seine geschundenen Hände ins kühle Nass zu tauchen. Den ganzen Tag über hatte sich Amnaya immer wieder aufs Neue auf ihn gestürzt. Sie hatte ihn gezwungen, mit dem Schwert auszuweichen, mal hier und mal dort hin zu springen, sich zu ducken und auf den Boden zu rollen. Das Geräusch der aufeinandertreffenden Klingen hallte immer noch in Joshuas Ohren nach. Es kam ihm tatsächlich so vor, als hätte er gerade eine ganze Schlacht geschlagen, denn jedes Körperteil bereitete ihm Qualen. Seufzend ließ er seine blutende Hand ins blaue Wasser sinken und biss die Zähne zusammen, da der Schmerz bis hinauf in den Ellenbogen zuckte.

»Mit der Zeit wird es leichter werden«, sagte Amnaya. Sie setzte sich neben ihn in den Schatten und Joshua bemerkte den müden Ausdruck in ihren Augen. »Das hat mein Vater immer zu mir gesagt. Am Anfang, als auch ich das Kämpfen lernen musste.«

Joshua versuchte sich vorzustellen, wie Amnaya zu jener Zeit ausgesehen haben mochte, und fand die Vorstellung schrecklich, dass so ein kleines Kind mit einer Waffe umzugehen lernen musste.

Und dennoch wusste er, dass es auch in seiner Welt Dinge gab, die grausam und entsetzlich waren. Im Fernsehen hatte Joshua einmal in den Nachrichten Bilder von kleinen Jungen gesehen, die mit Maschinengewehren und Messern losgezogen waren, um ihre Väter im Krieg zu unterstützen. Er hatte in der Schule davon gehört, dass es Länder auf der Welt gab, in denen es normal war, dass die Kinder dort mit Gewalt und Waffen aufwuchsen. Joshua dachte daran, dass er und seine Schwester, dank seiner Eltern, nie mit solchen Dingen in Kontakt gekommen waren.

»Woran denkst du gerade?«, fragte Amnaya und sah ihn aufmerksam an.

»An meine Eltern«, antwortete Joshua wahrheitsgemäß. Er sah auf seine Hände, die geschwollen waren und an manchen Stellen immer noch bluteten.

»Vermisst du sie?«

»Ja, sehr sogar.« Joshua starrte blicklos ins Leere in dem Versuch, seine Gedanken zu ordnen. »Ich würde gerne wissen, was sie zu all dem hier sagen würden und sie um Rat fragen. Mein Dad ist letztes Jahr ausgezogen und schon damals habe ich ihn sehr vermisst. Nun ist auch meine Mom nicht mehr da und ich…«, mitten im Satz hielt Joshua inne. Er schämte sich ein wenig zuzugeben, dass er sich in Orasyen manchmal allein vorkam. Nicht, weil er keine Freunde gehabt hätte, sondern weil niemand da war, der mit ihm die gleichen Erinnerungen teilte.

»Du musst selbstständiger werden«, sagte Amnaya schlicht. »Als mein Vater getötet wurde, war ich plötzlich auch allein. Was sollte ich tun? Da gab es ein ganzes Volk, die meisten um Jahrzehnte älter als ich selbst, und sie alle warteten darauf, dass ich zu ihnen sprach, dass ich den Platz ihrer Königin einnahm. Anfangs wollte der Senat mich beeinflussen. Der Vorsitzende Eyliset drohte mir, er würde mich entmachten, wenn ich mich ihm nicht beugen würde. Er schlug mir vor allen Versammelten hart ins Gesicht, doch ich habe nicht klein beigegeben. Denn ich hatte noch all die klugen Worte meines Vaters im Ohr.« Ein Schatten legte sich über Amnayas Gesicht, während sie an die Vergangenheit dachte. »Es ist meine Berufung Königin zu sein«, sagte sie energisch. »Eine Bestimmung, die ich erfüllen muss. Ebenso wie du als letzter Torwächter.«

»Warum bist du dir so sicher, dass ich der Auserwählte bin?«, fragte Joshua ärgerlich. Fast wollte er, dass Amnaya aufhörte, daran zu glauben, um ihm die Verantwortung zu ersparen. Gleichzeitig fürchtete er sich davor, dass sie genau das tun könnte.

»Ich weiß es einfach«, sagte Amnaya. »Vielleicht irre ich mich, vielleicht aber auch nicht. Ich weiß nur, dass du unsere letzte Chance bist, unsere Welt zu retten und Morgran endgültig zu vernichten.«

Bevor Joshua etwas entgegnen konnte, sprang Susu plötzlich auf seinen Schoß und hielt einen glitzernden Gegenstand in den Pfoten, den er Joshua behutsam hinstreckte. Die schwarzen Knopfaugen des Ninns funkelten und er gab keckernde Laute von sich, die sich wie eine Erklärung anhörten. Joshua staunte über die vergoldete Brosche, die die orangeroten Strahlen der untergehenden Sonne reflektierte. Er sah Susu mit hochgezogenen Augenbrauen an. »Wo hast du die denn her?«

Amnaya gab einen verärgerten Laut von sich. »Ich hatte dich gewarnt, Ninns machen nichts weiter als Scherereien. Sicher hat er die Brosche irgendwo gestohlen, um sich bei dir einzuschmeicheln. Er ist nur ein kleiner Dieb!«

Joshua war nicht wohl in seiner Haut, denn er war sich sicher, dass das Schmuckstück bereits vermisst wurde und die Trägerin aufgebracht danach suchte. Aber die weit aufgerissenen Augen von Susu, der sich in Erwartung einer Strafe auf seinem Schoß krümmte, machten es unmöglich, mit ihm zu schimpfen. »Er hat es sicher nur gut gemeint. Vielleicht ist das seine Art sich bei mir zu bedanken, dass ich ihm das Leben gerettet habe«, vermutete Joshua und kraulte den Ninn, der sich sofort entspannte und laut zu schnurren begann.

Amnaya schaute ihn verächtlich an, dann stand sie auf. Offenbar hatte sie es aufgegeben, ihn davon zu überzeugen, dass sein neuer Begleiter nicht gut für ihn war. »Sei morgen früh pünktlich. Der Unterricht beginnt vor Sonnenaufgang«, sagte sie und drehte sich ohne ein weiteres Wort um.

»Amnaya hat viel Verantwortung zu tragen«, sagte Nanura, als sich Joshua zu ihr in ihre Gemächer gesellte und von dem Gespräch mit der Königin erzählte. »Sie hat viele Schrecken gesehen und obwohl sie noch sehr jung ist, muss sie jeden Tag weitreichende Entscheidungen treffen.«

»Das sehe ich ja ein«, antwortete Joshua schroff. »Ich finde nur, dass sie manchmal einfach zu hartherzig ist. Ich glaube, wenn ich Susu nicht behalten hätte, dann hätte sie ihn töten lassen!« Nachdenklich sah er zu dem kleinen Ninn, der wild auf Yaels Rücken herumturnte und die Wölfin damit an den Rand der Verzweiflung brachte. Aber so sehr sie auch die Zähne fletschte, knurrte und sich schüttelte, Susu schien genau zu wissen, dass Yael ihm nichts antun würde. »Er ist doch nur ein unschuldiges Tier, das seinen Instinkten folgt.«

Nanura streckte ihren faltigen Hals aus dem Panzer hervor und sah zu ihm hoch. »Glaubst du wirklich, dass es so einfach ist?« Ihre schwarzen Augen funkelten, als sie fortfuhr. »Man muss mit Zweifeln beginnen, um mit Gewissheit glauben zu können. Du musst noch sehr vieles lernen, mein Junge. Nichts in unserer oder in deiner Welt ist so, wie es auf den ersten Blick scheint.«

»Ich verstehe dich nicht«, antwortete Joshua. Doch Nanura hatte sich bereits wieder in ihren Panzer zurückgezogen und gab ihm somit zu verstehen, dass das Gespräch damit beendet war.

Missmutig starrte Joshua das mitgenommene Gehäuse der alten Schildkröte an. Er konnte es nicht ausstehen, wenn Nanura ihm das Gefühl gab, dumm und unwissend zu sein. Joshua stieg erschöpft ins Bett und selbst als Susu sich auf seinen Bauch legte, um gekrault zu werden, ließen ihn die Worte Nanuras nicht zur Ruhe kommen.

Lange lag Joshua noch wach, horchte auf die leisen Schnarchgeräusche des kleinen Ninns und

starrte an die hohe Decke, bis sich die immer
schwärzer werdende Nacht darüberlegte.

21

Die nächsten Tage waren angefüllt mit dem anstrengenden Kampftraining, das Amnaya Joshua unerbittlich lehrte. Sie brachte ihm bei, wie er sich verhalten musste, wenn er von hinten oder von mehreren Gegnern angegriffen wurde. Wie er sich auf dem Boden abzurollen hatte, um wieder an sein aus der Hand geschlagenes Schwert zu kommen. Joshua lernte, seinen Körper zu beherrschen und obwohl das Aufstehen am Morgen eine einzige Qual war, bemerkte er, wie er durch das Training geschmeidiger und muskulöser wurde. Bald hatte sich an beiden Händen Hornhaut gebildet, so dass der Griff des Schwertes keine blutenden Schwielen mehr verursachte. Durch das stundenlange Kämpfen unter freiem Himmel wurde Joshuas Haut tiefbraun und nach einer Weile unterschied er sich fast nicht mehr von den Korugonden, die ihm über den Weg liefen. Joshua wurde immer sicherer und je länger er mit Karnum kämpfte, desto mehr Spaß fand er daran. Als es ihm immer öfter gelang, Amnaya kampfunfähig zu machen und er die scharfe Schwertspitze an ihre Kehle hielt, erklärte die Königin das Training für beendet. »Nun kann ich dir nichts mehr beibringen«, sagte sie. »Es wird Zeit weiter zu ziehen. Heute Abend gebe ich ein Abschiedsfest, morgen brechen wir dann auf.«

Wie sich herausstellte, hatte Amnaya das Fest schon länger geplant. Anders konnte sich Joshua die Unmengen an Speisen und Getränken nicht erklären, die, ebenso wie viele Bewohner Korugondas, wenige Stunden danach in den Palast strömten. Überall hörte man vielstimmiges Gemurmel, Musik und ausgelassenes Gelächter. Die Menschen saßen auf mitgebrachten Stühlen und Decken vor dem Palast, hockten an den Straßenrändern oder hatten sich in L`il Aldins Innenhof ein ruhiges Plätzchen gesucht. Joshua bahnte sich mühsam einen Weg durch die mit Menschen vollgestopften Gänge, bis auch er endlich in den Innenhof gelangte. Dort spendeten mannshohe Fackeln Licht, während die Luft mit dem Aroma von gebratenem Fleisch und Gemüse durchzogen war.

»Joshua! Hierher, hier sind wir!« Nilufah stand, mit stolz geschwellter Brust, neben zwei hochgewachsenen jungen Männern, während er einen Arm um eine ebenso kleine, wie rundliche Frau gelegt hatte. »Darf ich dir meine Söhne vorstellen? Das sind Razim und Ino. Und diese wunderbare Frau hier ist Mazize, mein Weib.«

Bei dem etwas groben Kosenamen knuffte ihn Mazize liebevoll in die Rippen, während sie Joshua gleichzeitig ein strahlendes Lächeln schenkte. »Es freut mich sehr, dich einmal kennen zu lernen, Joshua. Nilufah hat schon so viel von dir erzählt. Er ist richtig ins Schwärmen geraten.«

»Ach, Weib, was du immer erzählst. Komm, Kleiner, probier mal was von dem Fleisch hier. Es ist das Beste, das wir in den letzten Wochen zwischen die Zähne bekommen haben.«

Ein wenig beklommen setzte sich Joshua auf die mitgebrachte Decke, ließ sich von Nilufah eine fetttriefende Keule in die Hand drücken und hörte

Razim und Ino anschließend gespannt zu, die ihm von der Fischerei erzählten.

Es wurde ein entspannter Abend. Immer wieder verwickelten Nilufahs Söhne Joshua in ein Gespräch. Sie wollten vor allem etwas von der Welt wissen, aus der er kam und lauschten Joshua andächtig, wenn es an ihm war, zu erzählen. So oft Joshuas Blick auch auf Nilufah fiel, jedes Mal strahlte der alte Mann ihn an, in den blauen Augen ein übermütiges Funkeln. Langsam ließ sich Joshua von dem Geplauder um ihn herum einlullen, genoss die lauwarme Nachtluft und betrachtete das Treiben um ihn herum. Er sah die vielen Menschen, die sich ebenfalls um die Krieger versammelt hatten. Liebende, die sich zärtlich an den Händen hielten, Familien und deren Kinder, die überschwänglich an den Hälsen ihrer Väter baumelten.

Plötzlich erkannte er, weshalb Amnaya dieses Fest gab, und ein schwerer Stein schien jäh in seiner Magengrube zu liegen. Niemand wusste, ob oder wann sie wieder heimkehren würden. Diese Männer begleiteten ihn auf seinem Weg, während der mächtigste Gegner von Orasyen versuchte, ihn zu töten. Niemand konnte sagen, ob sie ihre Heimat unversehrt wiedersehen würden. Langsam ließ Joshua die Hand mit der halbaufgegessenen Keule sinken. Ihm war der Appetit vergangen, als ihm der Gedanke kam, für welchen der vielen Tode er vielleicht verantwortlich sein würde.

Obwohl Joshua mehr und mehr gespürt hatte, dass der Augenblick des Abschieds näher rückte und er seine Reise fortsetzen musste, beschlich ihn ein melancholisches Gefühl, als er am nächsten Morgen in seinen Gemächern die wenigen Habseligkeiten packte, die er auf die Reise mitnehmen wollte. L`il Aldin war neben dem kurzen Aufenthalt in Nilufahs Haus der einzige Ort gewesen, an dem Joshua bisher in Orasyen gewohnt hatte. Ein letztes Mal durchquerte er den Innenhof des Palastes und prägte sich alles genau ein, bevor er weiter zu den Stallungen ging, um Sequi zu satteln.

»Bist du bereit?«, fragte Amnaya, als Joshua seinen Oc schließlich vor die Tore des Palastes führte.

Mehrere tausend Kie-Krieger saßen bereits auf ihren Reittieren, die ungeduldig mit den Vorderbeinen im Sand gruben und kleine Staubwolken aufwirbelten. Verwundert bemerkte Joshua, dass auch der Diener Lamos auf einem der Ocs saß. Es freute ihn, zu sehen, dass er gewillt zu sein schien, sein Leben für ihn zu riskieren. Nacheinander blickte Joshua in die vielen entschlossenen Gesichter, dann schwang er sich in Sequis Sattel und nickte.

Jäh zerriss ein gebrülltes »Cib!« aus unzähligen Mündern die angespannte Stille und das riesige Heer setzte sich in Bewegung.

Joshua warf einen letzten Blick auf den imposanten Palast, der in den letzten Tagen sein Zuhause gewesen war. Dann vergewisserte er sich, dass Yael an seiner Seite war, sah in der Satteltasche nach, aus der Susus wuscheliger Kopf ängstlich herausschaute und gab dem Oc die Sporen. Von Nanura war weit und breit nichts zu sehen, doch Joshua ahnte, dass die alte Schildkröte an dem Rastplatz

212

auf sie warten würde, den sie zuvor festgelegt hatten. Es war ihm zwar rätselhaft, wie die behäbige Schildkröte das bewerkstelligen wollte, aber Joshua hatte Nanuras Geheimnisse noch nie zu deuten gewusst und so beließ er es auch jetzt dabei. Das dünne Tuch zum Schutz vor Sonne und Sand vors Gesicht gezogen, ritt Joshua gemächlich auf Sequi dahin, dem die Bewegung sichtlich Spaß zu machen schien. Nach seiner Verletzung am Bein, die zu Joshuas Erstaunen rasch geheilt war, hatte er den Oc nur selten reiten können, da das Training mit Amnaya fast seine gesamte Zeit in Anspruch genommen hatte. Ein unerwarteter Laut von hinten veranlasste Joshua, sich umdrehen. Er brach in schallendes Gelächter aus, als er sah, dass sich Susu inzwischen aus der Tasche befreit hatte und nun verzweifelt versuchte, sich an die nackte Haut des Ocs zu klammern. Was ihm nur schlecht gelang. Daher streckte Joshua eine Hand nach ihm aus und erleichtert kletterte Susu auf seinen Arm.

Beruhigt kuschelte sich der Ninn in Joshuas Armbeuge und ließ sich schnurrend vom gleichmäßigen Gang Sequis in den Schlaf wiegen.

Sie waren bereits seit Stunden unterwegs, als sich die Landschaft um sie herum langsam zu verändern begann. Statt kargen Felsen, die im heißen Sand lagen, tauchten immer mehr grüne Büsche auf, die mit ihren stacheligen Ästen wenig einladend aussahen. Dennoch tat das tiefe Grün Joshuas Augen gut, die von all den Rot- und Orangetönen um ihn herum inzwischen schmerzten. Auch die trockene, heiße Luft schien mit jedem Schritt ein wenig klarer zu werden, einmal hatte Joshua sogar gemeint einen Hauch von Salz zu schmecken.

Susu war indes wieder aufgewacht und betrachtete Yael mit neugierigen Augen, die im heißen Sand irgendeinem kleinen Tier nachjagte. Selten hatte Joshua die Wölfin so frei und gelöst gesehen, wie in diesem Augenblick. Es schien ihr zu gefallen, neben den vielen tausend Kriegern herzulaufen, die alle in einer Zweierreihe gelassen nebeneinander her ritten. Einige unterhielten sich leise, während andere ruhig die Umgebung beobachteten.

Joshua fühlte sich inmitten des riesigen Trupps seltsam geborgen. Obwohl er nur eine Handvoll der Krieger mit Namen kannte, genoss er unter ihnen einen guten Ruf und sie behandelten ihn mit höflichem Respekt. Joshua hatte genug Zeit unter ihnen verbracht, um zu wissen, dass manche Krieger äußerst hart und mitleidlos sein konnten. Dennoch hatte sich nie auch nur einer von ihnen in seiner Gegenwart im Ton vergriffen oder war ihn hart angegangen. Allerdings vermochte Joshua nicht einzuschätzen, ob das auf Befehl von Amnaya geschah oder daran lag, dass er als Auserwählter galt. Obwohl das beileibe nicht alle glaubten. Zumindest hatte er derartige Gerüchte gehört.

Ein Warnruf von vorne ließ die Truppe nach und nach anhalten. Amnaya, die an der Spitze ritt, hatte den Arm erhoben und deutete auf etwas, dass sich rechts von ihnen befand. Als Joshua ihrer ausgestreckten Hand folgte, rieb er sich vor Überraschung die Augen und blinzelte. Obwohl er noch in

214

einiger Entfernung lag, war der See mit seinem dunkelblauen Wasser gut erkennbar. Meterhohe Palmen, deren hellgrüne Blätter das Sonnenlicht einfingen und sie wie frisch gewaschen aussehen ließen, säumten das Ufer, das aus feinem, fast weißen, Sand bestand. Der Ort strahlte eine fast greifbare Ruhe aus und Joshua wurde davon magnetisch angezogen. Er wollte sein verbranntes Gesicht mit dem herrlich kühlaussehenden Wasser benetzen, sich rücklings hineinlegen und treiben lassen. Fast schmeckte Joshua das süßliche Aroma der Kokosnüsse auf seiner Zunge, die klebrige Milch, die ihm übers Kinn rann. Er würde einfach dort liegen, sich ausruhen und wieder zu Kräften kommen. Der Oc bewegte sich plötzlich unter ihm und wurde unruhig. Joshua öffnete verwirrt die Augen und blinzelte ins grelle Sonnenlicht. Panik durchfuhr ihn, als er bemerkte, dass sich das Heer von der Oase entfernte. Statt geradewegs darauf zu zureiten, schlugen sie einen Weg ein, der sie im weiten Bogen links daran vorbeiführen würde.

»Cib! Cib!«, schrie Joshua unvermittelt und schlug seine Fersen in die weiche Haut von Sequi.

Der Oc folgte gehorsam dem jähen Befehl seines Herrn, grub seine kleinen Finger tief in den Sand und spurtete los. Fliegende Sandkörner trafen Joshua schmerzhaft im Gesicht, doch er achtete nicht darauf. Alles, woran er denken konnte, war der kühle See und die süßen Kokosnüsse. Schon bald hatte er die meisten der Kie-Krieger überholt und mit einem gebrüllten »Ik!« kam er schließlich neben Amnayas Oc zum Stehen, die ihn überrascht ansah.

General Harm, Amnayas rechte Hand, der bisher an ihrer Seite geritten war, machte ein erstauntes Gesicht. Zügelte sein Reittier aber unverzüglich, so dass er sich zu Lamos gesellte, der hinter ihnen ritt.

»Wir müssen weiter nach rechts«, stammelte Joshua, noch ganz außer Atem und deutete auf die Oase, deren Umrisse sich immer weiter von ihnen entfernten.

Amnaya schüttelte bestimmt den Kopf. »Nein, das ist Fallax, die Heimat der toten Scherben. Einer der gefährlichsten Orte Orasyens.«

Verständnislos blickte Joshua Amnaya an. Seufzend macht die Königin Harm ein Zeichen, der sich daraufhin an die Spitze setzte. Sie selbst verfiel mit ihrem Oc in eine langsamere Gangart und begann zu erzählen. »Sicher weißt du, dass die verlorenen Dinge aus deiner Welt zu uns kommen, damit wir sie wieder zurückschicken.«

Joshua nickte unsicher und erinnerte sich dunkel an die Worte von Nanura, die ihm alles erklärt hatte, als er in Orasyen angekommen war. »Liebe, Hoffnung, Träume, alltägliche Gegenstände und Sehnsucht kommen durch die jeweiligen Tore in eure Welt«, wiederholte er und sah, dass Amnaya zustimmend nickte.

»Das ist richtig. Bei ihrer Ankunft verstofflichen sich die meisten Dinge, so werden beispielsweise aus der Liebe Krähen, aus der Sehnsucht verbrannte Asche, die alltäglichen Dinge sind kaputt und aus den verlorenen Träumen werden mit schwarzem Rauch gefüllte Blasen.«

»Das verstehe ich nicht«, sagte Joshua stirnrunzelnd.

»Das kannst du auch nicht«, antwortete Amnaya nachsichtig. »Ich will es dir erklären: Wenn all diese Dinge durch die verschiedenen Tore ankommen, werden sie in den jeweiligen Gebieten umgewandelt. In Korugonda, wo Xeja, das Tor der Liebe, steht, kamen unzählige Krähen an, die wir in Licht umwandelten und wieder in deine Welt zurückschickten. Oder die verbrannte Asche, die hier ankam: Mit Hilfe von Eor, dem Tor der Sehnsucht, ging sie als Wind zurück in deine Welt, wo sie wieder zu Sehnsucht wurde. All die Emotionen, die ihre Kraft verloren hatten, wurden hier in Orasyen umgewandelt und wenn wir sie zurückschickten, dann erhielten sie ihre ursprüngliche Stärke zurück.« Amnaya warf Joshua einen kurzen Seitenblick zu, um sich zu vergewissern, dass er alles verstanden hatte. »Bis auf Quirin, das Tor der Hoffnung, sind nun alle anderen Tore für uns verloren. Nicht nur für unsere Welt bedeutet das den langsamen Untergang, auch deine Welt ist davon betroffen. Was passiert, wenn all die verschwundene Sehnsucht und Hoffnung nicht ersetzt werden kann? Wenn die Menschen keine neuen Träume mehr haben und die verlorene Liebe nicht wiederkommt?«

»Es passiert schon«, sagte Joshua traurig. »Viele Eltern meiner Klassenkameraden sind geschieden oder streiten sich die ganze Zeit. Auch meine Eltern haben sich getrennt«, fügte er leise hinzu.

»Ich verstehe zwar nichts von deiner Welt«, antwortete Amnaya zornig, »aber ich weiß, dass es

Morgrans Macht ist, die sie zerstört. Er ernährt sich von Hass, Resignation, dem Vergessen, Albträumen und Leere. Die entkräfteten Emotionen, die durch die Tore kommen, verhelfen ihm seine Macht zu stärken. Sie sind es, die zu dem schwarzen, stinkenden Brei zusammenschmelzen, mit der er unsere Welt angreift und vernichtet!«

»Aber was hat das alles mit Fallax, der Heimat der toten Scherben zu tun?«, fragte Joshua, dem der Kopf schwirrte. Nach wie vor drängte es ihn zu dem Platz mit dem wunderbar blauen See und den Palmen.

»Dort leben die Pa`an«, erklärte Amnaya und in ihre Stimme schlich eine Ahnung von Furcht. »Wenn wir die Emotionen wie Resignation oder Hass in Sehnsucht und Liebe umwandeln, bleiben manchmal ein paar Reste übrig: Sorgen, Ängste, Enttäuschung, Bitterkeit. Und all jene kommen nach Fallax, um dort von den Pa`an gehütet zu werden. Doch je länger sie den negativen Gefühlen ausgesetzt sind, desto mehr nehmen sie von diesen an. Sie sind rachsüchtig und gemein, durchtrieben und töten jeden, der versucht in ihr Gebiet einzudringen.«

Joshuas Härchen an den Armen richteten sich trotz der sengenden Hitze auf. »Wie sehen die Pa`an aus?«, fragte er neugierig.

»Das weiß niemand«, antwortete Amnaya und blickte nachdenklich zu der Oase hinüber. »Manche behaupten, die Pa`an seien Rauchgeister, die einen so lange quälen, bis man nur noch sterben will. Aber die, die sich nach Fallax verirrt haben, sind nie zurückgekommen, um davon zu berichten. Es gibt nur die grausigen Geschichten, die sich die Krieger abends am Lagerfeuer erzählen.«

Joshua sah den Palmen schaudernd nach, deren grüne Blätter sich weiterhin träge in der seichten Brise bewegten. Er war froh, dass das verlangende Sehnen langsam nachließ, und wandte den Blick endgültig ab. »Wohin reiten wir genau?«, fragte er Amnaya.

»Wir folgen dem Weg nach Lurdas, dem Wald der tausend Schrecken, in dem Bugul herrscht. Dort ist der dritte Stein.«

»Ist Bugul ein Verbündeter oder kämpft er für Morgran?«, wollte Joshua wissen, der nach wie vor ein unbehagliches Gefühl in der Magengegend bekam, wenn er den Namen seines Widersachers laut aussprach.

»Soweit ich weiß, ist Bugul auf unserer Seite. Morgran hat seinen Sohn verschleppt, damit er in den Stollen arbeitet.«

Joshua dachte an die Szene in Korugonda, als die Kaboknoken die Kinder entführt hatten. Er hätte alles dafür getan, die entsetzten Gesichter der Kleinen endlich vergessen zu können.

»Im Wald steht übrigens ein weiteres Tor, Ortus, das Tor der verlorenen Dinge«, fuhr Amnaya fort. »Es war eins der Ersten, das gefallen ist.«

»Ist es weit bis dahin?«, wollte Joshua wissen. Er spähte angestrengt nach vorn, ohne etwas Anderes zu sehen, als die endlose Weite der Wüste.

»Lurdas liegt zwei Tagesritte von hier entfernt. Wir sind heute gut vorangekommen. Ich werde daher gleich das Signal für die Rast geben«, antwortete Amnaya und gab ihrem Oc einen kräftigen Tritt in die Flanken. Schon kurz darauf war sie bei Harm angekommen, der ihr bereitwillig wieder die Führung überließ. Lamos, der sich bis jetzt im Hintergrund gehalten hatte, bedachte Joshua mit einem befremdlichen Blick, bevor er seinem Oc kräftig in die Seiten hieb und seiner Gebieterin nachsetzte.

Während sich Joshua auf Sequi zurückfallen ließ, riss plötzlich etwas an seiner Hosentasche. Susu war kopfüber hineingekrabbelt und nur sein freudig wedelnder Schwanz lugte hervor. Aus dem Inneren von Joshuas Tasche war leises Knurren und Schnauben zu hören.

»Hey, was machst du denn da?«, rief Joshua. Er wollte Susu sacht herausziehen, aber der Ninn wehrte sich. Entschlossen stemmte er die kurzen Beine gegen Joshuas Oberschenkel und behielt den Kopf weiterhin in der Tasche. »Los, komm da raus, das kitzelt!«, kicherte Joshua und zog Susu erneut am Schwanz.

Endlich machte der Ninn Anstalten herauszukommen. Mit dem Hinterteil zuerst kroch er hervor. Was zur Folge hatte, dass sich sein Fell sträubte und als sein Kopf zum Vorschein kam, musste Joshua wiederum lachen. Susus Fell stand nach allen Seiten ab und war vollkommen zerzaust. Kopfschüttelnd betrachtete Joshua ihn und erst in diesem Augenblick fiel ihm auf, wonach der Ninn in der Tasche gesucht hatte.

Überglücklich hielt Susu einen Knopf in den Händen, den er zärtlich benagte.

22

Die fünf Narwen saßen auf den schnaubenden Demoren und starrten stumm auf das windschiefe Haus, das am Ufer des Sees stand und dessen Oberfläche aus stumpfer Kohle zu bestehen schien. Dieses Mal stieg kein wohlduftender Rauch aus dem Schornstein auf, stattdessen stank die Luft nach Entsetzen und Tod. Bis hierhin hatten sie die Spur des Torwächters verfolgt, sich sorgsam seinen Geruch eingeprägt und die Demoren angetrieben, schneller zu laufen. Blutdurst und die Sehnsucht zu töten hatten sie erfüllt, um die Aufgabe, die sie von ihrem Herrn und Meister bekommen hatten, zu vollstrecken. Die Narwen hatten herausgefunden, dass der Greis Nilufah den Jungen beherbergte. Jetzt standen sie vor einem verwaisten Haus und nichts deutete darauf hin, dass der Torwächter noch hier war. Plötzlich sahen sie das kleine Boot, das weit draußen und kaum noch erkennbar in der grellen Mittagssonne auf dem ruhigen See lag. Keine Welle bewegte sich, es war vollkommen still. Die Narwen brüllten vor Zorn, als sie begriffen, was Nilufah getan hatte, um ihnen zu entgehen. Nun war der alte Mann für sie verloren, sie mussten erneut versuchen, die Spur des Torwächters aufzunehmen. Es würde schwer werden, denn sie konnten den See nicht aus eigener Kraft überqueren. Stattdessen mussten sie nun einen weiten Bogen reiten, der sie mindestens vier Tage kosten würde.

Einer der fünf Narwen stieg von seinem Demor herunter und trat ans Ufer des Sees. Es dauerte nicht lange, da kräuselte sich die Oberfläche und der hässliche Kopf auf dem stielartigen Hals einer Tryphene erschien.

»Sag deinem Herrn, dass ich ihn erwarte«, grollte der Narwe.

Eilig verschwand die Tryphene wieder, um seinem Befehl nachzukommen. Bald darauf durchbrach ein mächtiger Schädel die Wasseroberfläche. Das Wesen war kleiner als eine Tryphene und auch wenn es Ähnlichkeit mit ihr hatte, sah es doch eher wie ein Walross aus. Seine gelblichen Augen richteten sich auf die fünf Narwen am Ufer. »Was wollt Ihr?« Die Stimme klang wie Wasserrauschen und hatte einen scharfen Unterton.

Der Narwe, der am Ufer stand, antwortete: »Wo ist er, Nztekel?«

Nztekel, dessen untere Hälfte komplett vom Wasser verborgen war, legte den Kopf schief und stieß einen Laut aus, der wie ein pfeifender Wasserkessel klang. »Der junge Torwächter ist entkommen. Aber das ist nicht meine Schuld! Er hatte mächtige Verbündete.«

»Dieser Fehler ist unverzeihlich!«, kreischte der Narwe schrill. »Dafür wirst du bestraft werden.«

»Wie kann mich mein Herr und Meister noch mehr bestrafen, als dass er mich in diesem Tümpel gefangen hält?«, fragte Nztekel spöttisch.

»Sprich nicht so mit mir!«, donnerte der Narwe. Die schwarze Peitsche, die er die ganze Zeit über in der Hand gehalten hatte, zuckte nervös hin und her, als hätte sie ihr Opfer bereits auserkoren und spiele noch mit ihm.

Plötzlich bildeten sich neben Nztekel weitere Ringe auf der Oberfläche und ein kleiner Kopf kam zum Vorschein. Er war ebenfalls glatzköpfig und deformiert und auch wenn er nicht unbedingt niedlich zu nennen war, so handelte es sich eindeutig um einen kleinen Jungen, der nun ängstlich von den Narwen zu Nztekel blickte. »Vater, was ist los?«

»Ryby, ich habe dir doch gesagt, dass du unten warten sollst!«, fuhr ihn Nztekel an. Furcht flackerte in seinen Augen auf.

»Dein Sohn, nicht wahr?«, sagte der Narwe sanft. »Dein einziger, wenn ich mich recht entsinne.«

»Lasst ihn in Ruhe, er hat Euch nichts getan!«

Doch der Narwe hatte bereits mit seiner Peitsche ausgeholt und der dünne Lederriemen wickelte sich mehrfach um den dicklichen Hals des Jungen. Während der Kleine fieberhaft versuchte, sich von der Fessel zu befreien, wurde er langsam ans Ufer gezogen.

»Es muss frustrierend sein, wenn nur alle hundert Jahre ein männlicher Nachkomme gezeugt werden kann«, sagte der Narwe spöttisch, als er die Peitsche wie eine Angel einholte. »Ich frage mich, was wohl aus deinem Volk wird, wenn dein Sohn stirbt.«

Nztekel, der wie erstarrt im Wasser schwamm, stieß einen Laut des Entsetzens aus.

»Dann wollen wir mal sehen, wie sich ein Fisch auf dem Trockenen verhält.« Der Narwe löste die Peitsche vom Hals des Jungen und trat einen Schritt zur Seite.

Jetzt, da er komplett im feinen Sand des Ufers lag, konnte man die ganzen Ausmaße seines eigenartig geformten Körpers sehen. Der Rumpf, eher fett und unförmig, zuckte hilflos in der heißen Sonne, während seine vier kurzen, fast verstümmelt aussehenden Beine in der Luft ruderten. Es war ein erbärmlicher Anblick, der vom abgerissenen Schluchzen des Jungen begleitet wurde.

»Wie lange, meinst du wohl, hält er das aus?«, fragte der Narwe und wandte sich wieder Nztekel zu.

Mörderischer Zorn wallte in den Augen des Anführers auf. Er rief heiser seine Untertanen herbei und es dauerte nicht lange, da erhoben sich hunderte stielartige Hälse aus dem Wasser. Die Tryphenen, die das Unglück des Jungen mit ansahen, begannen jämmerlich zu heulen. Wie von Sinnen wiegten sie ihre massigen Köpfe hin und her und schrien markerschütternd. Aber der Gesang prallte an den Narwen ab, ohne die geringste Wirkung zu zeigen. Nztekel, der sah, dass sein Sohn dem Tode nahe war, setzte mit einem heiseren Gebrüll seinen massigen Körper in Bewegung. Er katapultierte sich mit seinen Hinterbeinen aus dem Wasser und kam neben seinem Sohn auf dem Strand zum Liegen. Mit einer letzten Kraftanstrengung drückte er den Jungen zurück ins Wasser, bevor er nach Luft schnappend bäuchlings liegen blieb. »Tut, was Ihr wollt«, sagte er bitter.

»Davon kannst du ausgehen«, sagte der Narwe zufrieden und hob beiläufig die Hand.

Auf dieses Zeichen hin stampften die Demoren näher. Ihre Reiter saßen bewegungslos in ihren Sätteln, während sie dabei zu sahen, wie die Tiere über Nztekel herfielen. Ihre mächtigen Kiefer rissen mühelos das fette Fleisch des Anführers heraus, schlangen es gierig in sich hinein und bissen erneut zu. Es schien eine Ewigkeit zu verstreichen, bis sich alle fünf Demoren satt gefressen hatten.

»Das sollte dir eine Lehre sein. Sei in Zukunft gehorsamer, als es dein Vater gewesen ist«, sagte der Narwe zu dem Jungen, der mit weit aufgerissenen Augen dem entsetzlichen Gemetzel zugesehen hatte. Unfähig etwas anderes zu tun, als leise zu greinen.

Triumphierend brüllend gaben die Narwen den Demoren die Sporen, die, nach dem köstlichen Mahl vor Kraft strotzend, lospreschten. Ihre entsetzlichen Schreie, die von Rache und Blut erzählten, erklangen noch lange über der aufgewühlten Oberfläche des Sees.

23

Joshua musste eingenickt sein, denn mit einem Mal fuhr er keuchend auf. Unsicher blickte er um sich und vergewisserte sich, dass alles in Ordnung war. Sie waren inzwischen an ihrem Ruheplatz angekommen. Die kalte Nacht hatte sich über die Wüste gelegt und überall im Lager brannten Feuer. Joshua saß zusammen mit Amnaya und Harm am größten der Lagerfeuer. Um sich zu beruhigen, sah er Susu beim Spielen zu. Der Ninn hatte seinen Lieblingszeitvertreib aufgenommen. Ausgelassen zog er an Yaels Ohren und sprang blitzartig beiseite, wenn die Wölfin wütend den Kopf schüttelte, um ihn abzuwerfen. Susu wartete kurz mit schräg gelegtem Kopf, dann kletterte er erneut ins weiße Fell und zupfte daran. Jedes Mal, wenn Yael ärgerlich den Kopf schüttelte, klatschte Susu freudig in die Hände und nahm dann seine Neckerei wieder auf. Joshua blickte sich nach den anderen um, doch niemand schien etwas von seinem Albtraum mitbekommen zu haben.

Unvermittelt tauchte Nanura aus der Dunkelheit auf. »Niemand weiß, auf welche Weise sich die Träume uns nähern. Manchmal verlassen sie uns oder wir sie beim Aufwachen. Manchmal sind wir nächtliche Besucher, dann wieder die Besuchten. Viel Wahres kannst du mit geschlossenen Augen sehen, das sonst im grellen Licht vor dir verborgen bleibt.«

»Hallo«, begrüßte er Nanura lächelnd und wartete, bis sie es sich neben ihm bequem gemacht hatte. Joshua wusste, dass es keinen Zweck hatte, die Schildkröte danach zu fragen, wo sie gewesen oder wie sie so schnell hierhergekommen war. Ihm brannte eine viel wichtigere Angelegenheit unter den Nägeln. »Ich habe davon geträumt, dass Nilufah gestorben ist. Er war unter Wasser und ich sah, wie die Tryphenen kamen und ihn in die Dunkelheit hinabzogen.« Zitternd schloss er die Augen und sofort sah er die Schreckensbilder wieder vor sich.

»Als Nilufah dir Lacrima gab, tat er dies auch, um dir Zeit zu verschaffen«, sagte die Schildkröte leise.

Verwirrt öffnete Joshua die Augen und sah Nanura mit gerunzelter Stirn an. »Das verstehe ich nicht.«

»Nun, es ist ganz einfach. Morgran hat seine Narwen geschickt, um dich aufzuspüren und zu töten. Sie sind uns bis zum Mulajisee gefolgt und hätten Nilufah dazu benutzt, sie über den See zu bringen. Den Narwen ist es, wie du weißt, nicht möglich aus eigener Kraft den See zu überqueren. Einzig und allein Nilufah kann das Boot übersetzen.«

»Aber das hätte er nie getan!«, rief Joshua.

»Das ist richtig. Doch du kennst die Narwen nicht, sie besitzen die Fähigkeit dir ihren Willen aufzuzwingen. Sie sind Teile Morgrans, er beherrscht sie und es gibt kaum etwas, das sich ihnen in den Weg stellen kann, ohne dabei getötet zu werden.«

»Wie sollen wir ihnen dann entkommen?«, fragte Joshua und starrte hoffnungslos ins Feuer.

»Nun gib nicht gleich auf«, rügte ihn Nanura. »Hör auf dein Herz und schieb deine Ängste und Zweifel beiseite.«

Noch während Joshua über diese Worte nachsann, kam ihm ein ganz anderer Gedanke. »Woher weißt du das alles überhaupt?«

Obwohl Nanuras faltiges Gesicht im Schatten verborgen war, hatte er das Gefühl, die alte Schildkröte würde sich zurückziehen. Es dauerte eine Weile, bis sie ihm antwortete. »Weißt du noch, als ich dir sagte, nichts würde auf den ersten Eindruck so aussehen, wie es tatsächlich ist?«

Joshua nickte voller Unbehagen.

»Es wird der Zeitpunkt kommen, an dem du alles verstehen wirst, mein Junge, aber jetzt ist es noch nicht soweit. Du musst noch vieles lernen, bevor du für die Wahrheit bereit bist.«

»Was denn für eine Wahrheit? Ich weiß überhaupt nicht, was du damit meinst! Warum kannst du es mir nicht jetzt sagen?« Wütend war Joshua aufgesprungen und hatte damit Susu erschreckt. Der kleine Ninn vergrub blitzschnell sein Gesicht im Fell der Wölfin und auch Yael spitzte die Ohren. Joshua hatte beide Hände zu Fäusten geballt und starrte ärgerlich auf den gescheckten Panzer der Schildkröte hinab. Die Ungewissheit wegen Nilufah schmerzte ihn und bohrte sich wie ein spitzer Stachel in seine Seele. »Ich hasse es, wenn du in Rätseln sprichst!« Er kümmerte sich nicht darum, dass die Gespräche an den anderen Lagerfeuern verstummten und viele der Kie-Krieger die Köpfe zu ihnen wandten. »Seit ich hier bin, geht das nun

228

schon so! Warum sagst du mir nicht einfach, was ich zu tun habe oder was mich erwartet, damit ich mich darauf vorbereiten kann? Oder gehört das zu irgendeinem geheimen Plan, von dem ich auch nichts wissen darf?«

Mittlerweile war es bis auf Joshuas laute Stimme im Lager still geworden. Es schien fast so, als würde alles den Atem anhalten. Jeder in Orasyen kannte die beiden, die da im flackernden Schein des Feuers standen und sich gegenseitig mit Blicken maßen. Nanura, die Weise, wie viele sie nannten, weil sie von Dingen wusste, die außer ihr kein anderer zu verstehen schien. Und der junge Torwächter, der aus einer anderen Welt gekommen war, um sie zu retten. Wie ein Lauffeuer hatte sich die Nachricht von Joshuas Ankunft in Orasyen verbreitet, so dass es keinen Ort mehr gab, an dem man nicht von seinem Eintreffen gehört hatte.

»Du wirst zu gegebener Zeit alles verstehen, Joshua«, sagte Nanura mit müder Stimme.

»Ich kann darauf verzichten, dass du mir ständig sagst, was ich tun soll, aber nicht warum!«, schrie Joshua. »Und ich kann es nicht leiden, wenn du mir andauernd erzählst, wie unwissend ich noch bin. Wenn das alles wahr ist, warum bin ich dann der Auserwählte? Sag mir, warum ich alles dafür tun sollte euch zu retten, ohne zu wissen wie ich das anstellen soll?« Um ein Haar wäre Joshua herausgerutscht, dass ihn jedes Mal die nackte Angst packte, wenn er an Morgran und seine Fänger dachte. Er hätte auch gern von seiner Sehnsucht nach seinen Eltern und der gewohnten Umgebung erzählt.

Schon seit Tagen hatte er furchtbares Heimweh, nichts davon sagte er jedoch laut. Angestrengt verbannte er seine Gefühle stattdessen in den hintersten Winkel seines Kopfes, damit Nanura seine Gedanken nicht lesen konnte.

Aber die alte Schildkröte ging nicht auf seine Worte ein. Mit eingezogenem Kopf wühlte sie sich auf ihren kurzen Beinen durch den Sand. Kurz darauf war sie wortlos aus dem flackernden Lichtkreis des Feuers verschwunden.

Joshua, der nicht bemerkt hatte, dass er zitterte, schlang die Arme um sich und setzte sich wieder. Jetzt, da er seinem Zorn Luft gemacht hatte, schien die Wut völlig verraucht und plötzlich schämte er sich. Er hatte all das gar nicht sagen wollen. Auch, wenn vieles davon der Wahrheit entsprach. Er konnte es nicht ausstehen, wenn Nanura ihre Andeutungen machte oder ihm sagte, dass er gewisse Dinge erst später erfahren würde. Dann kam er sich jedes Mal wie ein Kind vor und nicht wie der letzte Torwächter, der gekommen war, um Orasyen von seinem größten Despoten zu befreien. Etwas Feuchtes berührte ihn an der Hand und als Joshua aufsah, stand Susu auf seinen kurzen Hinterbeinen vor ihm und sah ihn mit schräg gelegtem Kopf an. Auch Yael war näher getrottet und Joshua schien es, als würde in ihren Augen ein trauriger Ausdruck liegen. Er nahm den stummen Vorwurf seiner Gefährten deutlich wahr und das setzte ihm noch mehr zu. Ohne ein weiteres Wort stand er auf und ließ die beiden am Feuer zurück. Er wollte jetzt allein sein. Den Schmerz, der nach wie vor in seinem Inneren wütete, dazu nutzen, das Schamgefühl zu unterdrücken, das er wegen Nanura empfand. Vielleicht hatte sich die Schildkröte nur in die kühle Nacht verzogen, nicht weit vom Lager entfernt und er konnte noch einmal mit ihr reden. So sehr er jedoch nach Nanura Ausschau hielt, die Schildkröte blieb wie vom Erdboden verschluckt. Plötzlich spürte er überdeutlich, dass er nicht mehr alleine war. Obwohl sich seine Augen nach dem hellen Schein des Feuers langsam an die Dunkelheit gewöhnt hatten, konnte er nichts Genaues erkennen. Angestrengt blinzelte er in die kalte Nacht und hielt den Atem an, um besser auf verräterische Geräusche lauschen zu können. Aber alles, was er vernahm, war sein eigener Herzschlag, der in seinen Ohren raste.

»Ich bin es.« Unvermittelt trat Lamos aus der Dunkelheit und kam auf ihn zu. Den gesamten Tag über hatte Joshua den Diener nicht gesehen und war erleichtert, dass er es war, der jetzt aus den Schatten trat. »Suchst du die alte Schildkröte?«

Joshua atmete auf. »Ja.« Jetzt schimpfte er sich selbst einen Angsthasen, denn es gab nichts, was er hier zu befürchten hatte. Nur wenige Meter hinter ihm lag das Lager. Der Wind drehte plötzlich und er hörte das verhaltene Stimmengemurmel der vielen Kie-Krieger, die wieder angefangen hatten sich leise zu unterhalten. »Hast du sie gesehen?«, fragte er.

»Sie ist vor ein paar Minuten in diese Richtung gegangen.«

Joshua kniff angestrengt die Augen zusammen und blickte in die Richtung, in die Lamos deutete.

»Ich glaube, dass ihr etwas zugestoßen ist«, sagte Lamos nervös.

»Wieso? Was hast du gesehen?« Joshua merkte, wie sich sein Magen zusammenzog. Wenn Nanura tatsächlich etwas passiert war, dann trug er ganz allein die Schuld daran. Hätte er sich nicht mit ihr gestritten, wäre sie nicht fortgegangen. »Kannst du mir sagen, in welche Richtung sie gelaufen ist?«, bedrängte er Lamos.

»Ja, komm mit. Ich zeige es dir.« Mit langen Schritten verschwand Lamos in der Dunkelheit.

Aufmerksam folgte Joshua ihm. Das Training mit Amnaya machte sich jetzt, da er im schummrigen Dunkeln hinter Lamos herlief, bezahlt. Obwohl der Boden mit Wüstengras übersät war, das mit seinen scharfen Halmen sogar den ledernen Stoff seiner Hose zerfetzte und blutige Striemen auf seiner Haut hinterließ, stolperte Joshua nicht ein einziges Mal. Zufrieden registrierte er, dass seine Schritte federnd und leicht waren, seine Bewegungen geschmeidig. Schnell kamen sie voran. Fast genoss Joshua den kühlen Luftzug auf seiner sich allmählich erwärmenden Haut. Lamos lief immer weiter. Joshua wunderte sich schon, dass Nanura in so kurzer Zeit eine solch weite Strecke zurückgelegt haben sollte, als Lamos abrupt stehen blieb. Blitzartig war aus der Dunkelheit eine Gestalt aufgetaucht, so dass Joshua einen überraschten Laut von sich gab. Es war ein formloser Schatten, der ineinanderfließend, immer wieder eine andere Form annahm. Er schien aus tausenden schwarzer, tanzender Punkte zu bestehen, die ein wütendes Summen von sich gaben. Joshua erstarrte, als er erkannte, um was es sich bei den summenden Punkten handelte. Es waren eine Art Hornissen, die nun wütend auf ihn zugeflogen kamen und ihn in eine schwarze Wolke einhüllten. Panisch schrie Joshua auf und begann nach den schwarzen Hornissen zu schlagen, die nun zu tausenden über ihn herfielen. Seine Haut überzog sich jedes Mal mit Feuer, wenn wieder eine der Hornissen ihr Ziel gefunden hatte und ihn stach. Joshuas zuvor noch kräftige Bewegungen wurden zusehends träger und langsamer. Dann knickten jäh seine Beine unter ihm weg und er verlor das Gleichgewicht. Er stürzte in Richtung Boden, konnte sich dabei nicht abfangen und stieß gegen einen Felsen. Er schrie auf, als dieses Mal ein Schmerz durch ihn hindurch flutete, der ihm den Atem nahm. Seine linke Seite wurde mit einem Mal taub und er war nahe dran das Bewusstsein zu verlieren. Qualvoll stöhnend lag er am Boden, seine Glieder zuckten unkontrolliert, während die Hornissen weiterhin ihre Angriffe fortsetzen. Angestrengt drehte er sich auf die Seite, in dem Versuch sich weiter zu bewegen, doch es gelang ihm noch nicht einmal, den Kopf zu heben. Stumm betete er, dass es wenigstens Lamos gelungen war, sich in Sicherheit zu bringen.

In diesem Augenblick trat der Diener verhalten lächelnd in sein Blickfeld und deutete eine knappe Verbeugung an. Joshua war so sehr damit beschäftigt, sich von den Schmerzen nicht überwältigen zu lassen, dass er im ersten Moment nicht verstand, was geschah. Dann sog er geräuschvoll die Luft ein, als er es begriff: Er war in eine Falle getappt!

Über das Gesicht des Dieners huschte ein zynisches Lächeln, als er an Joshuas rechte Seite fasste. Mit einer raschen Bewegung löste Lamos den Schwertgürtel und nahm ihn ehrfürchtig in die Hände. Wie schon beim ersten Mal im Stall, besah er sich die lange Klinge Karnums, ein glitzerndes Funkeln in den Augen, dass Joshua an einen Wahnsinnigen denken ließ. Währenddessen erscholl das wütende Summen der Hornissen noch lauter und Joshua wurde von einer Bitterkeit erfüllt, die ihn vollständig betäubte. Entkräftet schloss er die Augen und gab sich ganz diesem Gefühl hin. Sein Körper bäumte sich auf und wollte sich mit aller Macht gegen das eindringende Gift wehren, doch es war zwecklos. Mehr und mehr färbte sich Joshuas Blut schwarz. Zähflüssig wälzte es sich durch seine Adern und machte sich auf den Weg zu seinem Herzen, um es in Besitz zu nehmen. Die Bilder kamen so rasch, dass sie beinahe ineinander verschwammen. Dennoch erkannte Joshua sie scharf und deutlich. Er war der neue Herrscher von Orasyen. Seine Macht war grenzenlos, seine Stärke von ungeahnter Kraft. Es gab nichts, das sich ihm in den Weg stellen, nichts, das ihn aufhalten konnte. Er war ein Gott, ein Herrscher, er war alles! Joshua kämpfte gegen den Drang an, sich dem brodelnden Gift zu ergeben, das ihm leise wispernd Erlösung versprach. Wie gern hätte er kapituliert, seinen geschundenen Köper aufgegeben und nichts mehr von dem klammen Entsetzen gespürt, das ihn lähmte. Aber er konnte es nicht. Nicht um seinetwillen, sondern wegen all jener, die sich auf ihn verließen:

234

Amnaya, Yael, Nanura, Susu, ganz Orasyen, selbst seine Eltern. Sie alle wären verloren, wenn er jetzt aufgab. Verbissen kämpfte Joshua gegen den mächtigen Sog an. Seine Muskulatur verkrampfte sich, das Blut rauschte in seinen Ohren und das Herz jagte in seiner Brust, als wolle es sie sprengen. Er nutzte die Wut über seine Dummheit aus, von Lamos in eine Falle gelockt worden zu sein. Natürlich hatte der Diener Nanura nicht gesehen, einzig und allein das Schwert hatte er in seinen Besitz bringen wollen. Was ihm ja nun auch gelungen ist, dachte Joshua bebend vor Zorn.

»Dieses Schwert wurde für einen großen Krieger gemacht«, hörte er Lamos wie aus weiter Ferne sagen. Die Stimme des Dieners hatte einen verträumten Klang angenommen und Joshua sah, wie Lamos Finger wieder und wieder über die scharfe Klinge strichen, obwohl sein Blut bereits den Sand unter ihm tränkte. »Du bist ein Unwürdiger!«, schrie Lamos schrill. »Ich bin es, der der Königin jahrelang treu ergeben war, der ihre Sorgen geteilt und mit ihr gelitten hat, als ihr Vater starb. Von jeher war es für mich bestimmt, denn ich werde derjenige sein, der Orasyen befreien wird!«

Joshua hörte, wie Lamos Stimme überschnappte, und gegen seinen Willen ergriff ihn Mitleid mit dem Diener. Beinahe hätte er ihm angeboten, das Schwert zu behalten, aber er erkannte, dass es dafür zu spät war. Wenn er dem Diener auch vorher nicht misstraut hatte, nach der heutigen Nacht würde er ihm nie wieder vertrauen können. Der nächste Gedanke, der Joshua wie ein Blitz durchzuckte, erschreckte ihn noch mehr. Wenn er erstmal alleiniger Herrscher von Orasyen war, würde er Lamos eigenhändig für dessen Verrat hinrichten. Er würde sich eine besonders grausame und langsame Art des Tötens ausdenken. »Wenn es stimmt, dass du der Auserwählte bist, dann wird es dir ein Leichtes sein, die Höhle zu öffnen«, sagte Joshua mit rauer Stimme. Der Drang, Lamos den Kopf abzureißen, war fast übermächtig und es kostete ihn seine gesamte Kraft die nächsten Worte heraus zu pressen. »Da ich eh sterben werde, kannst du mir das Geheimnis doch verraten.«

Lamos schnaubte ungehalten und trat einen Schritt vor, damit Joshua ihn ansehen konnte. »Ich weiß nichts von einer Höhle, Unwürdiger. Aber ich weiß, dass dieses Schwert Agragul, Morgrans treuesten Diener, tötet. Es ist das Einzige, das dem Drachen den Tod bringen kann. Ich habe dieses Geheimnis vom alten Zauberer selbst. Noch nicht einmal die Königin weiß davon.«

Joshua überlegte gerade fieberhaft, wie Lamos Amnayas Vater das Geheimnis wohl abgepresst haben mochte, als sein Herz unvermittelt ins Stolpern geriet. Gleichzeitig hörte er irgendwo hinter sich ein tiefes Grollen und plötzlich tauchte ein weißer Blitz aus der Dunkelheit auf.

Wild knurrend stürzte sich Yael auf die schwarze Wolke, die sie fast augenblicklich unter sich begrub. Eine Weile kämpften sie miteinander, so dass sich das weiße Fell der Wölfin mit der schwarzen Masse der Hornissen vermischte. Joshua bekam nur noch schemenhaft mit, wie die Hornissen unerwartet vor ihm zurückwichen. Sie änderten blindlings die Richtung und fielen bei ihrer Flucht über Lamos her. Der gellende Schrei, der kurz darauf die Stille der Nacht zerriss, fuhr Joshua durch Mark und Bein. Durch einen Tränenschleier sah er, dass nun Lamos, wie er selbst noch kurz zuvor, verzweifelt gegen die Hornissen ankämpfte, die sich auf ihm niedergelassen hatten und ihn nun vollständig bedeckten.

Joshua kümmerte sich nicht weiter um den schreienden Diener. Keuchend robbte er durch den kalten Sand und tastete sich blind vorwärts. Nur mit seinem rechten Arm zog er sich vorwärts, während er sich gleichzeitig mit seinem rechten Bein abstieß. Als seine Finger endlich warmes Fell berührten, atmete er erleichtert auf und zog Yael, die reglos im Sand lag, in seine Arme. Lamos Schreie indessen wurden immer hysterischer und Joshuas Nackenhaare richteten sich auf, als er sich vorstellte, was der Diener gerade empfand.

Es war ein ungleicher Kampf: Das wütende Brausen und Summen der Hornissen, die immer und immer wieder auf die schmächtige Gestalt von Lamos hinab fuhren und der Junge, der trotz des großen Schwertes in seiner Hand, nichts gegen diese Dämonen ausrichten konnte.

Joshua schloss verzweifelt die Augen, drückte sein Gesicht in Yaels weiches Fell und betete, dass es endlich vorbeigehen möge. Als hätte ihn jemand erhört, wurde es schlagartig still. Einzig das leise Rauschen des Wüstenwindes war zu hören. »Ist schon gut, mein Mädchen«, murmelte Joshua und

hielt Yael sanft fest. »Wir ruhen uns nur ein wenig
aus.« Dann überließ er sich dankbar der Dunkelheit, die ihn gierig verschlang.

24

»Was ist passiert? Was ist mit meinem Sohn?«

»Bitte kommen Sie mit mir, Mrs. Freeman. Hier können Sie im Augenblick nichts tun.« Doktor Castello griff nach Susans Arm und führte sie aus Joshuas Zimmer hinaus.

Draußen auf dem Flur blieben sie stehen und sahen dabei zu, wie zwei Krankenschwestern ins Zimmer eilten. Eine der beiden schloss Joshua an eine Infusion an, die andere schlug das Bettzeug zurück und bereitete Kühldecken über ihm aus. Susan hatte das Gefühl verrückt zu werden. Ihre Haut juckte, als wäre sie ihr zu klein geworden und in ihrem Kopf herrschte ein beängstigendes Chaos.

»Mrs. Freeman, Susan, bitte regen Sie sich nicht auf. Joshua hat eine Blutvergiftung, die mit hohem Fieber und Schüttelfrost einhergeht. Sein Blutdruck ist bedenklich niedrig, so dass wir ihm neben Antibiotika auch Blutdruckfördernde Medikamente geben.«

Susan blickte durch die Glasscheibe in Joshuas Zimmer. Da die Bettdecke zurückgeschlagen war, konnte sie seine blassen Hände und Füße sehen, seine dünnen Glieder, die sich unruhig bewegten. Joshuas schmale Brust hob und senkte sich beängstigend schnell, während seine geschlossenen Lider hin und her zuckten.

»Ich verstehe das alles nicht«, presste sie wütend hervor. »Wie konnte das passieren? Jedes Mal desinfizieren wir uns wie die Verrückten und jetzt sagen Sie mir, dass er eine Blutvergiftung hat?«

Doktor Castello atmete tief ein und schien sich damit gegen ihren Zorn zu wappnen, als er die nächste schlimme Nachricht überbrachte. »Das ist noch nicht alles. Ihr Sohn hat sich außerdem eine Rippenfraktur zugezogen.«

Fassungslos starrte Susan den Arzt vor sich an. Sein fein geschnittenes Gesicht und die gerade Nase, wollten nicht recht zu dem peinlich berührten Ausdruck seiner Augen passen. »Was sagen Sie da?«

»Glauben Sie mir, wir sind genauso schockiert wie Sie und tun alles Erdenkliche, um die Ursache herauszufinden. Bisher muss ich allerdings zugeben, dass wir absolut keinerlei Erklärung dafür haben, was passiert ist.«

»Sie haben keine Erklärung dafür? *Sie haben keine Erklärung dafür?*«, schrie Susan. Sie wollte noch mehr sagen, wollte ihre Frustration und Sorgen herausschreien, doch plötzlich verzerrte sich das Bild vor ihr. Die Ränder bogen sich wie verbranntes Papier, Nebel zog auf und verwischte alles. Dann fiel sie. Fiel in eine bodenlose Leere, die sie mit sanften Armen auffing und jedes Gefühl auslöschte.

»Susie? Susie, hörst du mich?«

Etwas Nasses klatschte an Susans Wangen. Flatternd öffnete sie ihre Augen und sah über sich ihr eigenes Gesicht, das aber um Jahre gealtert war. Tiefe Falten hatten sich in ihre Augenwinkel gegraben, die das Leuchten ihrer blauen Augen jedoch

240

nicht schmälern konnten. Der Teint war rosig, die geschwungenen Lippen mit einem Hauch von Lipgloss bestrichen.

»Mom?« Es dauerte einen Augenblick, bis Susan erkannte, dass sie nicht ihr Spiegelbild sah, sondern ihre Mutter, die sich über sie beugte und kritisch beobachtete. Susans Kopf ruckte hoch und sofort wurde ihr wieder schwarz vor Augen. Stöhnend fasste sie sich an die Stirn.

»Sachte, sachte. Hier, trink einen Schluck.« Laura Seger hielt ihrer Tochter ein Wasserglas an die Lippen und sah zufrieden dabei zu, wie etwas Farbe in Susans aschfahles Gesicht zurückkehrte.

»Was ist das bloß für ein Krankenhaus, das eine Mutter derart aufregt, dass sie in Ohnmacht fällt?«, beschwerte sich Andrew Seger lautstark, bevor er ebenfalls in Susans Blickfeld trat. »Hallo, Schätzchen.«

»Mom, Dad. Was macht ihr denn hier?« Susan richtete sich vorsichtig auf und schaute ihre Eltern fassungslos an.

»Matthew hat uns angerufen«, antwortete ihre Mutter und hob abwehrend die Hände, als sie Susans verärgerten Gesichtsausdruck bemerkte. »Er hat es nur gut gemeint. Und wenn ich mir anschaue, wie es dir geht, bin ich ihm sehr dankbar dafür.«

»Ich finde sowieso, dass es wieder Zeit wird, dass ihr euch vertragt«, brummte ihr Vater.

»Daddy, lass gut sein.« Genervt verdrehte Susan die Augen und machte Anstalten aus dem Bett zu klettern.

»Was soll das werden, wenn es fertig ist, junge Dame?«, fragte ihre Mutter streng und zog die Augenbrauen hoch.

»Ich muss zu Josh. Vorhin ging es ihm ziemlich schlecht. Ich muss wissen, was los ist.«

»Wir waren gerade bei ihm«, antwortete ihre Mutter. »Die Ärzte sagen, dass er soweit stabil ist. Er ist unten beim Röntgen. Oh mein Gott, Susie, warum hast du es uns nicht viel früher erzählt? Erst Katie und jetzt Josh.« Ihre Augen füllten sich mit Tränen, die sie krampfhaft wegblinzelte. Sie stellte das Wasserglas auf eines der Nachtschränke und setzte sich bekümmert auf Susans Bettkante. »Was fehlt ihm denn?«

Susan war inzwischen aufgestanden und zog sich ihre Strickjacke an, die jemand ordentlich über einen Stuhl gehängt hatte. »Das wissen die Ärzte nicht. Aber es geht ihm immer schlechter. Irgendwie hat er sich eine Rippe gebrochen. Er hat eine Blutvergiftung und Fieber und...«

»Was meinst du mit 'irgendwie hat er sich eine Rippe gebrochen'? Wie bricht man sich im Koma selbst eine Rippe?«, fragte ihr Vater sichtlich alarmiert. »Was zur Hölle ist das bloß für ein Krankenhaus?«

»Andrew, Darling, bitte reg dich nicht so auf. Denk an dein Herz«, tadelte ihn seine Frau milde.

»Ich soll mich nicht aufregen? Mein Enkel liegt im Koma und anstatt, dass die Quacksalber ihm helfen, verprügeln sie ihn!«

»Dad, so ist das doch gar nicht«, sagte Susan schwach.

»Vielleicht ist die Ursache dafür ja eine ganz andere«, sagte Laura beschwichtigend. »Eventuell hatte Joshua einen epileptischen Anfall oder sowas in der Art und hat sich dabei selbst verletzt. Es gibt bestimmt eine logische Erklärung dafür.«

Susan setzte sich zu ihr, um sich die Schuhe anzuziehen.

»Was hast du jetzt vor?«, wollte ihre Mutter wissen.

»Es gibt da einen Arzt aus dem Massachusetts General, der will, dass wir Joshua dorthin verlegen. Bisher haben Matt und ich uns noch nicht einigen können, weil wir es für zu gefährlich hielten, Joshua zu transportieren. Aber jetzt…«

»Macht das!«, bestimmte ihr Vater. »Im Mass General bekommt Joshua ein Einzelzimmer und ich werde höchst persönlich dafür sorgen, dass er besser überwacht wird, damit so etwas nicht noch einmal passieren kann.«

Jetzt war es Susan, die sich zusammenreißen musste, um nicht in Tränen auszubrechen. Sie ging zu ihrem Vater und umarmte ihn fest. »Ich bin so froh, dass ihr hier seid.«

»Bedank dich bei deinem Mann«, sagte ihr Vater und lächelte kummervoll.

25

Stöhnend wandte Joshua den Kopf. Sein Brustkorb schmerzte unerträglich. Mit jedem Atemzug hatte er das Gefühl, etwas Heißes, Spitzes würde sich in seine Seite bohren und ihm die Luft zum Atmen nehmen. Blinzelnd öffnete er die Augen. Über ihm erschien eine papierdünne Zeltdecke, die die grellen Sonnenstrahlen filterte und in ein angenehm trübes Licht verwandelte. Was war passiert?

Nur schleppend kehrte die Erinnerung zurück. Der Streit mit Nanura. Lamos Verrat. Die Hornissen. Bei dem Gedanken an die vielen, schwarzen Ungeheuer beschleunigte sich Joshuas Herzschlag schmerzhaft. Wieder stiegen die Bilder in seinem Kopf auf: er, der alleinige Herrscher über Orasyen, Lamos Hinrichtung, die er sich in den leuchtendsten Farben ausgemalt hatte. Leichter Schwindel erfasste ihn, als er die Decke zurückschlug und feststellte, dass er nur noch seine Hose trug. Mit schmerzverzerrtem Gesicht betastete er seinen Oberkörper und besah sich den dicken Verband, der seine Brust umspannte. Vorsichtig befühlte er die weißen Leinenstreifen, nur um leise aufzustöhnen, als er an seiner gebrochenen Rippe entlangfuhr.

Mühselig stützte er sich auf den Ellbogen und biss die Zähne zusammen, während eine erneute Schmerzwelle in seine Brust fuhr. Schwitzend setzte er sich auf, griff nach seinem Hemd, das neben ihm am Boden lag, und streifte es sich langsam über. Susu, der zu seinen Füßen schlief, gab einen unmutigen Laut von sich, wachte jedoch nicht auf. Ein kurzer Blick genügte Joshua, um festzustellen, dass sich außer ihnen beiden niemand im Zelt aufhielt. Er zerbrach sich gerade den Kopf darüber, wie er es anstellen sollte aufzustehen, als der Zelteingang zur Seite klappte und Amnayas Kopf in der Öffnung erschien. »Gott sei Dank, du bist wach! Wie geht es dir? Tut es noch sehr weh?«

»Ähm, ja, aber es geht schon, danke«, murmelte Joshua. »Wie lange habe ich denn geschlafen?«

»Drei Tage«, sagte Amnaya, trat ins Zelt und betrachtete ihn aufmerksam. »Wir haben dich ganz in der Nähe von Fallax gefunden. Du warst in einer ziemlich schlechten Verfassung.«

Joshua sah sie nur fragend an. Sie setzte sich neben ihn und rutschte so dicht, dass sich ihre Schultern beinahe berührten. Der Wind blies Millionen Sandkörner gegen die dünne Außenhülle des Zeltes, so dass es sich wie feiner Nieselregen anhörte. Staub wirbelte auf und tanzte im einfallenden Licht.

Joshua wurde bewusst, dass er mit Amnaya ganz allein war. Trotz seiner Schmerzen versuchte er, sich in eine möglichst angenehme Position zu bringen. »Wie habt ihr mich überhaupt gefunden?«, fragte er, in der Hoffnung, den peinlichen Moment überspielen zu können.

»Wir sind Yaels Spuren gefolgt. Bis wir endlich bei euch ankamen, war es schon zu spät und wir konnten dich nicht mehr wecken. Was ist passiert?«, wollte Amnaya wissen. Sie blickte ihn stirnrunzelnd an. »Wieso hast du dich überhaupt so weit vom Lager entfernt?«

Joshua wurde trotz der Wärme unangenehm kalt. Bevor er es sich anders überlegen konnte, gab er sich einen Ruck und lieferte Amnaya einen kurzen Bericht über die letzten Ereignisse. »Nach dem Streit mit Nanura wollte ich mich bei ihr entschuldigen. Aber ich wusste nicht, in welcher Richtung ich sie suchen sollte, also lief ich einfach drauf los. Ich entfernte mich nicht allzu weit vom Lager, doch dann traf ich Lamos, der mir zeigen wollte, wohin Nanura gegangen war.« Joshua hielt kurz inne. Jetzt, im milchigen Licht des Zeltes, Amnaya neben sich, kam er sich einfach nur dämlich vor. Neben der Demütigung schmerzte ihn vor allen Dingen seine Naivität, doch er wusste, dass er es Amnaya schuldete zu Ende zu erzählen. »Lamos lockte mich in eine Falle. Ich weiß nicht genau, was er getan hat, aber plötzlich gingen tausende schwarzer Biester auf mich los.« Die Erinnerung an die unzähligen Stachel, die ihn malträtiert hatten, drang in Joshuas Geist ein und er musste seine gesamte Konzentration aufwenden, um weiter zu sprechen. »Lamos dagegen war nur an meinem Schwert interessiert. Er faselte etwas davon, dass ich nicht der Richtige wäre, dass alles nur ein Irrtum und er der eigentliche Auserwählte sei. Ich wehrte mich so gut es ging, konnte jedoch gegen die Viecher nichts ausrichten. Ich weiß nicht, ob ich gestolpert bin oder gestoßen wurde, auf jeden Fall lag ich plötzlich am Boden. Ich hatte schon fast die Hoffnung aufgegeben, da kam Yael und lenkte die Hornissen ab. Das Letzte, woran ich mich erinnern kann, ist, wie Lamos schließlich mit den Biestern gekämpft hat.

Dann bin ich wohl ohnmächtig geworden.« Plötzlich durchfuhr Joshua ein beißender Schreck. »Wo ist Yael? Geht es ihr gut?« Schemenhaft erinnerte er sich daran, dass sie ebenfalls verletzt gewesen war.

»Es ist alles in Ordnung«, beschwichtigte ihn Amnaya und berührte ihn sacht. Dann, als wäre ihr bewusst geworden, dass ihre Hand auf seinem Arm lag, zog sie sie zögerlich weg. »Sie hat die ganzen letzten Tage an deiner Seite Wache gehalten. Ich habe sie vorhin mit Harm losgeschickt, damit sie sich ein wenig bewegt.«

Eine Weile saßen sie schweigend nebeneinander, jeder in seine eigenen Gedanken vertieft.

»Ich glaube, das, was dich angegriffen hat, waren die Pa`an«, sagte Amnaya stockend. »Ich hätte nie gedacht, dass Lamos zu so einem Verrat fähig ist. Er kannte die Geschichte der Pa`an und dennoch hat er dich an sie ausgeliefert. Ich verstehe das nicht. Er war mir immer treu ergeben.«

»Ich schätze, dass war er bis zum Schluss«, sagte Joshua bitter. »Er hatte nur etwas dagegen, dass *ich* den Platz des Helden einnehme.«

Wieder schwiegen beide. Aus der Ferne waren gedämpfte Rufe und das Klirren aufeinandertreffender Waffen zu hören.

»Deine Verletzungen waren wirklich schlimm«, murmelte Amnaya. »Wir haben dir das Gift aussaugen müssen. Die ganze Zeit über hast du geschrien und uns angefleht, dich sterben zu lassen.«

Entsetzt sah Joshua sie von der Seite an, daran konnte er sich überhaupt nicht mehr erinnern.

Erstaunt stellte er fest, dass Amnayas ansonsten so mühelos beherrschte Miene für einen Bruchteil von Sekunden Risse bekam. Ihre Augen schimmerten feucht, während sie ihre Hände im Schoß fest zusammenballte. Unruhig rutschte Joshua auf seinem Platz hin und her. Er fühlte sich vollkommen hilflos und überfordert. Was sollte er jetzt tun? Sie in den Arm nehmen?

Amnaya, die seine Unruhe falsch deutete, straffte sich augenblicklich und schenkte ihm einen aufmunternden Blick. »Weißt du, es könnte schlimmer sein. Auch, wenn es jetzt noch weh tut, in ein paar Tagen wirst du wieder ganz der Alte sein.«

Nach all den Erlebnissen bezweifelte Joshua das. Er war völlig durcheinander. Sein Körper fühlte sich fremd an und jeder Atemzug kostete ihn ungeheure Kraft. Noch nie in seinem Leben hatte er so viele Schmerzen, Angst und Entbehrungen ertragen müssen wie hier in Orasyen. Amnayas Worte trafen ihn hart und jäh flammte Zorn in ihm auf. »Du hast leicht reden. Für dich ist es normal in den Krieg zu ziehen, zu kämpfen und dabei verletzt zu werden. Aber für mich ist es das nicht, verdammt nochmal!«, explodierte er. Das stechende Ziehen in seiner Brust stachelte ihn nur noch weiter an. »Ständig hat es irgendjemand auf mich abgesehen. Seitdem ich hier bin, werde ich dauernd von irgendwelchen Monstern gejagt und verfolgt. Ich habe es satt! Ich habe es einfach satt!«

Perplex starrte Amnaya ihn an.

Joshua sah, wie sie den Mund öffnete und machte eine herrische Handbewegung. »Bitte verschone mich mit deinem hochtrabenden Gerede von Schicksal und Prophezeiung. Ich kann es nicht mehr hören. Ich bin einfach nur müde und will jetzt allein sein.« Joshua ließ sich zurück auf seine Decke sinken und schloss die Augen. Das Blut rauschte in seinen Ohren und er presste die Lippen fest zusammen, um nicht laut zu schreien. Er hörte ein leises Rascheln, spürte den Luftzug, als Amnaya den Zelteingang öffnete und atmete befreit auf, weil er endlich allein war. Erschöpft wälzte er sich auf die unverletzte Seite und starrte vor sich hin.

Plötzlich wurde der Zelteingang ein weiteres Mal aufgerissen und eine schmuddelig aussehende Frau, die Joshua noch nie zuvor gesehen hatte, trat ein. »Essen«, brummelte sie.

Ruckartig setzte Joshua sich auf und wollte nach seinem Schwert greifen, doch da war nichts. Gegen den Schwindel und die Schmerzen ankämpfend, kniff er die Augen zusammen und musterte die Frau, die unfreundlich zurückstarrte. »Was wollen Sie?«, keuchte Joshua.

»Das du isst. Ist sonst ´ne verdammte Verschwendung. Diesmal schmeiß ich es nich wieder wech. Nee, da ess´ ich es lieber selbst.«

»Wer sind Sie überhaupt?«

»Dafür, dass du der Retter sein sollst, biste aber nich grade der Hellste, wa?«

Benommen schüttelte Joshua den Kopf, bemüht, den Sinn hinter den Worten zu verstehen.

»Ich bin Hum«, sagte die Frau, nicht ohne gewissen Stolz. »Ich arbeite im Küchenzelt und seit ein paar Tagen muss ich mich um dich kümmern.

Bisher warste aber nich wirklich wach, also konntest auch nich essen. Heute wird's wohl gehen.«

Inzwischen war sie nähergekommen und Joshua stieg eine Mischung verschiedener Gerüche in die Nase. Es roch nach Kohl, Schweiß und gebratenem Fleisch. Er spürte, wie sich sein Magen umdrehte, während er angestrengt durch den Mund atmete. Hum hielt ihm eine Schale mit Essen hin, wobei Joshua einen Blick auf ihre langen, etwas gelblichen Fingernägel erhaschte, unter denen sich ein schwarzer Schmutzrand eingegraben hatte. »Äh, danke. Ich denke, ich esse es später«, würgte er hervor.

Hum sah ihn missbilligend an. »Nix da. Es wird jetzt gegessen. Ich bleib so lange hier, biste fertig bist.« Damit kreuzte sie die Arme über dem ausladenden Bauch und starrte ihn mit ihren durchdringenden grauen Augen an.

So schnell es ihm seine Verletzung erlaubte, kam Joshua hoch und griff nach der Schale. In Ermangelung einer Gabel begann er mit den Fingern zu essen. Es schmeckte grauenhaft. Der Geschmack erinnerte an eine Mischung aus gekochter Leber und rohem Fisch. Joshua war sich nicht sicher, ob das Essen wirklich seiner Genesung dienen oder ihn endgültig umbringen sollte. Aber er sagte nichts. Stumm schaufelte er sich eine Ladung nach der nächsten in den Mund und vermied es, Hum dabei anzusehen, die ihn keine Sekunde aus den Augen ließ. »Danke, es war, ähm, wirklich sehr lecker.« Erleichtert reichte Joshua Hum die inzwischen leere Schüssel zurück und wischte sich unauffällig die schmutzigen Finger an der Decke ab.

»Morgen komm ich wieder«, sagte Hum. Es hörte sich wie eine Drohung an.

»Prima, ich freu mich drauf«, antwortete Joshua und rang sich ein zittriges Lächeln ab. Erleichtert sah er dabei zu, wie Hum ihm den Rücken zudrehte.

Kurz war ihr dicker Hintern noch zu sehen, dann war sie verschwunden. Nur ihr Geruch blieb weiterhin in der Luft hängen. Erschöpft lehnte sich Joshua zurück und schloss die Augen. Während es in seinem Magen zu rumoren begann, überkam ihn erneut eine bleierne Müdigkeit.

Irgendwann musste er abermals eingeschlafen sein, denn er fuhr erschrocken hoch, als jemand ins Zelt trat.

»Entschuldige, ich wollte dich nicht wecken.«

Joshua rieb sich die Augen. »Was ist denn jetzt schon wieder?«, fragte er unwirsch, als er sah, dass Amnaya vor ihm stand. Er war hundemüde und wollte weiterschlafen. Warum konnte sie ihn nicht einfach in Ruhe lassen? »Willst du mir jetzt weitere Vorhaltungen machen?«, fragte er ätzend. »Dass ich der Auserwählte bin, blabla, dass ich durchhalten muss, blabla, und dass ja alles nicht so schlimm ist.«

»Irgendwie vergesse ich manchmal, dass du das alles hier nicht kennst und verlange wahrscheinlich zu viel von dir«, sagte Amnaya so leise, dass er sie fast nicht verstand.

Verblüfft sah Joshua sie an. So kannte er Amnaya gar nicht. Die Minuten verstrichen, bevor ihm klar wurde, dass er etwas sagen musste. »Tja, o.k., ich nehme deine Entschuldigung an«, sagte er verwirrt.

Zu seiner Überraschung wirkte Amnaya sichtlich erleichtert. »Ich habe dir etwas mitgebracht. Sozusagen als Friedensangebot.« Lächelnd holte sie Karnum hervor und überreichte es Joshua, der sich mühsam aufsetzte und es mit zittrigen Fingern an sich nahm.

Beruhigt stellte er fest, dass von Lamos Blut nichts mehr zu sehen war. »Wenn das wirklich die Pa`an waren, was genau ist dann mit Lamos geschehen?«

»Ich weiß es nicht«, antwortete Amnaya düster. »Aber ich hoffe, dass dieser Feigling, wo immer er jetzt ist, in der Hölle schmort, für das, was er uns angetan hat«, zischte sie wütend. Ihre Augen wurden ganz schmal, um ihren Mund legte sich ein harter Zug, und ein zorniger Ausdruck verdunkelte ihr schönes Gesicht.

Joshua blieb stumm. Er traute sich nicht, Amnaya von seinen Visionen als Herrscher von Orasyen zu erzählen. Die Bilder der Tode, die Lamos in seinen Gedanken starb, waren immer noch unerträglich real.

»Trägst du noch Lacrima bei dir?«, wollte Amnaya unvermittelt wissen.

»Ja, wieso?«

»Lacrima erkennt das Böse. Wenn du dir das nächste Mal also nicht sicher bist, ob du jemanden trauen kannst, dann schau auf den Stein. Er wird es dir zeigen.«

»Woher weißt du das alles?«

»Ich weiß es eben. Wir bauen noch heute das Lager ab und brechen auf, dann können wir schon morgen früh im Wald sein«, wechselte sie schnell das Thema.

»Ist es nicht gefährlich, wenn die Pa`an es auf mich abgesehen haben?«

»Ich denke nicht, dass sie dir weiterhin folgen werden. Es gibt eine Grenze, die sie nicht überschreiten können. Mein Vater hat mir davon erzählt. Sie befindet sich ein paar Reitstunden von hier entfernt, kurz bevor die Wüste in eine Steinlandschaft übergeht. Ab da bist du dann vor den Pa`an sicher.« Fast hatte es den Anschein, als wolle Amnaya noch etwas hinzufügen. Joshua sah deutlich, wie sie mit sich rang. »Ich sehe dich dann nachher«, sagte sie jedoch nur und ließ ihn allein.

Verdutzt blieb Joshua sitzen. Er hatte jedoch keine Zeit, sich über Amnayas seltsames Verhalten den Kopf zu zerbrechen, denn in diesem Moment tauchte im Zelteingang eine weiße Schnauze auf. Erleichterung durchströmte Joshua, als Yael auf ihn zu getrottet kam. »Gott sei Dank, geht es dir gut«, murmelte er, während er sie fest an sich presste. »Ich habe dich in unnötige Gefahr gebracht, nur, weil ich dumm und unbeherrscht war. Kannst du mir nochmal verzeihen?«

Yael winselte leise und fuhr mit ihrer rauen Zunge über seine Hand.

»Ich bin froh, dass du da bist«, sagte Joshua dankbar. Kurz dachte er an Nanura und wieder flammte Bedauern über ihren Streit auf. Er vermisste die alte Schildkröte schon jetzt und hoffte, dass er sie irgendwann wiedersehen würde. In diesem Moment gab Susu, der unter der Decke hervorgekrochen kam, einen schnatternden Laut von sich und zupfte Joshua am Ärmel. »Dass ich dich habe, ist auch super«, sagte er grinsend und sah dabei zu, wie der Ninn mit seinem Daumen zu schmusen begann. »Kommt, ihr müsst mir helfen unsere Sachen zu packen.« Joshua dachte an die Pa`an und daran, in welcher Gefahr sie sich alle befunden hatten. Auf eine zweite Begegnung dieser Art konnte er gut verzichten.

Ohne weitere Zwischenfälle überquerten sie ein paar Stunden später die Grenze, von der Amnaya ihm erzählt hatte, und ließen das Gebiet der Pa`an hinter sich. Jetzt, da sie nicht mehr allzu weit von Lurdas entfernt waren, veränderte sich auch die Umgebung zusehends. Der heiße Wüstensand wich immer mehr stacheligem, grünen Gras, das sich wie ein überdimensionaler Teppich über die weite Ebene ausbreitete. Joshua hatte von Harm einen Saft bekommen, der seine Schmerzen lindern sollte. Tatsächlich waren sie soweit abgeklungen, dass der Ritt auf dem Oc erträglich war.

Den Ocs, mit ihren nackten Fingern, schien das piksende Gras nicht ganz so angenehm zu sein. Joshua bemerkte den watschelnden Gang des vor ihm gehenden Ocs, dessen Reiter sich krampfhaft bemühte, bei der eigenwilligen Gangart seines Tieres nicht aus dem Sattel zu rutschen. Sequi schien, im Gegensatz zu den anderen, nicht so empfindlich zu sein, denn er trottete in seinem normalen Tempo weiter. Joshua tätschelte ihm den Hals und flüsterte ihm zu, dass er sehr stolz auf ihn sei. Der Oc freute sich anscheinend darüber, denn er gab einen kurzen quietschenden Laut von sich, bei dem sich Susu derart erschreckte, dass er in die Satteltasche huschte. »Hier, Kleiner, schau mal, was ich für dich habe«, lockte Joshua den Ninn mit seiner Lieblingsspeise, einem ziemlich stinkenden Käse.

Den peitschenden Bewegungen seines gestreiften Schwanzes nach zu urteilen, war Susu immer noch ein wenig aufgeregt. Aber als Joshua beruhigend auf ihn einredete und anfing, den pelzigen Kopf zu kraulen, begann Susu zu schnurren und widmete sich glücklich dem Stück Käse. Andächtig hielt er seine Leibspeise in den Pfoten und biss genussvoll hinein, um den Käse anschließend ausgiebig zu kauen.

Während Joshua ihm dabei zusah, kehrten seine Gedanken zu Lamos zurück. Er erinnerte sich deutlich an die Worte des Dieners und fragte sich, warum er Amnaya nichts davon erzählt hatte, dass Karnum den Drachen töten konnte. Hatte es etwas damit zu tun, dass ihr Vater es gewusst, ihr aber nichts davon gesagt hatte, fragte sich Joshua und streichelte gedankenverloren Susu, der inzwischen das Stück Käse restlos aufgegessen hatte. Joshua ertappte sich bei dem Gedanken daran, dass Amnaya es sich eventuell anders überlegen und die Rache für den Tod ihres Vaters selbst vollziehen könnte, wenn er ihr vom Geheimnis des Schwertes erzählen würde. Es war nur eine leise Ahnung, aber Joshua hatte das Gefühl, dass, falls es zu einem Kampf kommen sollte, er derjenige sein musste, der am Ende gegen Agragul antrat. Stirnrunzelnd schüttelte er bei diesem Gedanken den Kopf und blinzelte verwirrt, als Susu es ihm gleichtat. »Was machst du denn da?«

Susus Kopf wackelte von einer Seite zur anderen, so dass es aussah, als würde er ihm gleich von den schmalen Schultern rollen. Ungläubig sah Joshua dabei zu, wie der Ninn ihn zu imitieren versuchte. Susus rundes Gesicht verzog sich angestrengt, er machte große Augen, öffnete den Mund sperrangelweit und stülpte dann die Oberlippe nach außen, was einem Lächeln erstaunlich nahekam. Susu sperrte den Mund noch weiter auf und sagte: »Shua!« Aufgeregt fuchtelte er mit seinen kurzen Armen in der Luft herum und deutete immer wieder auf Joshua. »Shua! Shua!«

Joshua konnte nicht anders. Obwohl er meinte, jemand steche ihm wieder und wieder ein Messer zwischen die Rippen, lachte er, bis ihm die Tränen über die Wangen liefen.

Susu, der grimassierend vor ihm hockte, schien seinen Spaß zu haben, denn er konnte gar nicht mehr mit dem Grinsen aufhören.

»Wir sind bald da.« Ohne, dass Joshua es bemerkt hatte, war Amnaya an seiner Seite aufgetaucht und warf Susu einen ärgerlichen Blick zu. Der Ninn verschwand nicht wie sonst ängstlich hinter Joshuas

Rücken, wenn er Amnaya sah, sondern richtete sich zu seiner vollen Größe auf und sah sie herausfordernd an. Achselzuckend wandte sich Amnaya ab und zeigte Joshua, was sie meinte.

Joshua, der sich erst langsam von seinem Lachanfall erholte, brauchte einen Moment, bis er dem ausgestreckten Arm Amnayas folgte, doch dann erkannte er die verschwommenen Umrisse am Horizont. Meterhohe Wipfel ragten bis weit in den Himmel hinauf, als wollten sie mit ihren Spitzen die Sonne berühren. Die Bäume bildeten eine Einheit, so dass es wie eine wogende, grüne Wand aussah. Joshua schätzte, dass es Tausende sein mussten, und bestaunte den atemberaubenden Anblick, den der Wald Lurdas ihm bot.

»Ich habe Harm vorausgeschickt, um uns anzukündigen«, sagte Amnaya. »Hoffen wir, dass Bugul uns freundlich gesonnen ist.«

Schon bald darauf erreichten sie den Waldrand und folgten dem Boten, den Bugul ausgeschickt hatte, um sie zu empfangen. Immer tiefer führte der kleinwüchsige Gnom sie in den Wald hinein und je weiter sie ritten, umso dunkler und grüner wurde es. Während sich die zierlichen Finger der Ocs mühsam einen Weg durch den dichten Bewuchs am Boden bahnten, wusste Joshua nicht, wohin er zuerst schauen sollte. Er war mit Sequi weit nach hinten gefallen und bildete das Schlusslicht der Truppe, so dass Joshua genug Zeit hatte, sich immer wieder nach allen Seiten umzudrehen, um alles genau sehen zu können. Bald hatte er das Gefühl, nur noch von Grün und Brauntönen umgeben zu sein. Lurdas bestand aus dicht gedrängten, gleichmäßig gewachsenen Bäumen, deren dünne Stämme dennoch massiv wirkten und eine eigentümlich dunkelbraune Färbung besaßen. Erst in der Mitte der Stämme begann der Bewuchs, der sich nach oben fortsetzte. Die Blätter hatten Ähnlichkeit mit tanzenden Schmetterlingen und als Joshua den Kopf in den Nacken legte, fuhr der Wind hindurch, so dass es aussah, als sei das Blattwerk lebendig. Die Blätter hatten jede Schattierung von Grün, die es gab: Mintgrün, Dunkelgrün, Hellgrün, Grasgrün, Froschgrün, Gelbgrün, Braungrün, Rotgrün, Orangegrün, Blaugrün, Saftgrün, Olivgrün, Tannengrün, Graphitgrün, Moosgrün, Schleimgrün, Giftgrün und Blassgrün.

Bald wurde Joshua vom Anblick schwindelig und er sah wieder nach vorn. Nur noch vereinzelte Lichtstrahlen drangen durch den dichten Bewuchs über ihren Köpfen und trugen zu der gedämpften Atmosphäre bei. Fast alle Laute und Geräusche wurden durch das Laub und die Moosdecke am Boden verschluckt. Feiner Nebel lag in der Luft, der sich Joshua angenehm warm und feucht auf die Haut legte. Es roch nach würzigen Kräutern und etwas, dass Joshua an Marmelade erinnerte. Am eigenartigsten aber fand er die Gegenstände, die überall von den ausladenden Ästen der Bäume herabhingen. Als Joshua genauer hinsah, schienen besonders viele Socken und Rucksäcke darunter zu sein.

Plötzlich hörte er Yael knurren, die bisher ruhig neben dem Oc durch das dichte Gestrüpp gelaufen war. Unvermittelt blieb die Wölfin stehen, stellte beide Ohren auf und fletschte bedrohlich die Zähne.

»Ik«, raunte Joshua und riss hart an Sequis Zügeln, um ihn damit ebenfalls zum Stehen zu bringen. »Was ist los?«, fragte er und schaute sich unbehaglich um.

Grünliches, gedämpftes Licht umgab sie und hüllte sie ein, wie in einen Mantel. Yael stand unbeweglich da, während ihre Ohren in alle Richtungen zuckten und ein tiefes Grollen aus ihrer Kehle drang. Erst da fiel Joshua die unnatürliche Stille auf. War der Wald vorher von vielfachen Lauten und Geräuschen erfüllt gewesen, regte sich jetzt nichts mehr. Alles schien den Atem anzuhalten. So unvermittelt, wie Yael die Gefahr gewittert hatte, so schnell schien sich das, was immer es gewesen sein mochte, wieder verzogen zu haben, denn die Wölfin entspannte sich zusehends.

»Alles in Ordnung?«, erkundigte sich Joshua und als Yael kurz wuffte, gab er dem Oc die Sporen, um sich der Truppe, die inzwischen weiter geritten war, wieder anzuschließen. Er nahm seine Beobachtungen abermals auf und hatte bald darauf den Zwischenfall vergessen.

»Willkommen in Lurdas«, sagte Bugul, dessen Stimme sich wie ein knarzender Baum anhörte.

Joshua, der neben Amnaya stand, musste sich weit nach hinten beugen, um dem riesigen Herrscher ins Gesicht sehen zu können. Joshua schätzte, dass

Bugul über fünf Meter groß war. Er war so groß und knochendürr, dass er frappierende Ähnlichkeit mit einem der vielen Bäume aufwies, die dicht an dicht standen. Statt Haaren, sprossen hunderte dünne Wurzeln aus seinem Kopf, die ihm bis auf die schmalen Schultern reichten. Joshua kniff die Augen zusammen und erkannte, dass Buguls Augenbrauen aus Moos bestanden, die lange, knorrige Nase und der Mund aus Baumrinde. Nur die Augen blickten menschlich zu ihnen hinab und hatten einen Ausdruck höflichen Interesses. Buguls langer, weißer Bart hing an ihm herab und berührte beinahe den Boden. Unwillkürlich fragte sich Joshua, ob der Riese manchmal darüber stolperte und verkniff sich ein Grinsen.

»Danke, Bugul, wir wissen deine Gastfreundschaft zu schätzen«, entgegnete Amnaya und sah dem Herrscher fest in die Augen.

Joshua bewunderte sie, wie sie aufrecht und mit geradem Rücken vor dem Riesen stand, der alle anderen einzuschüchtern schien.

»Wir haben eine weite Reise hinter uns«, fuhr Amnaya fort, »und würden uns gerne ein wenig ausruhen, wenn du es gestattest.«

Bugul neigte den Kopf und schnippte mit seinen knochigen Fingern. Um sie herum erschienen plötzlich hunderte kleine Gesichter, die sie neugierig und zugleich freundlich musterten. »Mein Volk, die Hasta, wird sich um euch kümmern, solange ihr euch hier aufhaltet«, antwortete Bugul. Seine raue Stimme schreckte ein paar Vögel auf, die sich aus dem dichten Gestrüpp erhoben und nach oben zu den weit entfernten Baumwipfeln flogen. Dann stapfte er auf seinen knorrigen Beinen davon und wurde bald darauf von der grünen Wildnis verschluckt.

»Oh je, ihr Armen. Ihr müsst hungrig und durstig sein.« Eine kleine, rundliche Frau kam auf sie zu und blieb vor Joshua stehen. Sie reichte ihm bis knapp zur Hüfte. Ihr Rumpf bestand zur Hälfte aus einem dicken Tannenzapfen, während ihr Kopf einer Kastanie ähnelte. Ihre schwarzen Augen musterten Joshua freundlich und ihr Anblick erinnerte ihn an seine frühere Klassenlehrerin, die er sehr gern gehabt hatte. »Ich bin Tibetsa, Buguls Frau. Kommt mit, ich werde euch alles zeigen«, sagte sie und bedeutete ihnen, ihr zu folgen.

Joshua und Amnaya tauschten einen Blick und schlossen sich ihr dann an. Während sie sich einen Weg durch das dichte Unterholz bahnten, plapperte Tibetsa fröhlich vor sich hin, ohne dabei von Joshuas Seite zu weichen. »Ach, es muss in deiner Welt so aufregend sein«, sagte sie und strahlte ihn an. »Früher, als das Tor noch funktionierte, waren wir dafür zuständig die Sachen, die hier kaputt ankamen, zu reparieren und sie dann wieder zurückzuschicken. Was wir da manchmal gefunden haben, sag ich dir, dass würdest du nicht glauben. Aber was erzähle ich denn da, natürlich würdest du es glauben! Schließlich hast du das alles ja schon einmal gesehen, oder?«

Joshua merkte, wie ihm der Kopf zu schwirren begann. Seit Stunden hatte er nichts mehr gegessen, seine gebrochene Rippe schmerzte vom langen Ritt und jede seiner Wunden fühlte sich wie Nadelstiche an.

»Was für Sachen habt ihr denn so gefunden?«, erkundigte er sich mehr aus Höflichkeit, denn er konnte Tibetsas Geplapper kaum folgen.

»Am meisten kommen hier Zehenkleider an.«

Joshua stutzte und schaute die kleine Hastafrau verwirrt an. »Zehenkleider?«, wiederholte er.

Tibetsa nickte eifrig und deutete mit einem ihrer winzigen Finger auf einen der Äste, die dicht über ihren Köpfen hingen. Eine dunkelblaue, geringelte Socke hatte sich in einem der Äste verfangen und schaukelte munter im seichten Wind.

Joshua schmunzelte. »Ach so, du meinst Socken.«

»Heißen die so in deiner Welt?«, fragte Tibetsa mit großen Augen.

»Sie haben viele Namen«, antwortete Joshua grinsend. «Sportsocken, Kniestrümpfe, Strumpfhosen, Söckchen«, begann er aufzuzählen.

Nun war es an Tibetsa ihn mit offenem Mund anzustarren. »Davon musst du mir unbedingt mehr erzählen«, sagte die kleine Frau bestimmt. »Jetzt werden wir aber erst einmal dafür sorgen, dass ihr euch ausruhen könnt.«

Joshua war so in ihr Gespräch vertieft gewesen, dass er gar nicht bemerkt hatte, dass sie inzwischen an einer großen Lichtung angelangt waren. Hier standen die riesigen Bäume weit auseinander, so dass die Sonne ungehindert auf den Boden schien. Dunkelgrünes Gras mit kleinen weißen Blumen darin bedeckte den kompletten Boden und wogte leicht im Wind. Es duftete nach frisch gewaschener

Wäsche und Joshua hätte nichts lieber getan, als sich auf dem weich aussehenden Grasteppich auszustrecken und zu schlafen. Doch in diesem Augenblick stieß Tibetsa einen schrillen Pfiff aus und es dauerte nicht lange, als sich über ihnen weitere Gesichter zeigten. »Incon, Violentus, lasst die Körbe herunter!«

Kaum hatte sie gerufen, da schnellten von oben Weidenkörbe herunter und landeten sanft auf dem Boden. Amnaya befahl den meisten der Krieger, das Lager unter den Bäumen aufzuschlagen, dann kletterte sie in einen der Körbe und verschwand rasch in dem dichten Blattwerk über ihnen. Drei ihrer Diener stiegen in den nächsten Korb und auch sie gelangten schnell ins volle Geäst der Bäume. Mit hochgezogenen Augenbrauen verfolgte Joshua das Schauspiel und verspürte beim Anblick des hochschnellenden Korbes ein leichtes Ziehen in der Magengegend.

»Komm, es sieht schlimmer aus, als es ist«, sprach ihm Tibetsa Mut zu und winkte ihn zu sich.

Joshua strich Sequi liebevoll über die nackte Haut, bis der Oc freudig mit den Ohren wackelte.

»So wie es aussieht, kann ich dich nicht mitnehmen, mein Freund. Du musst hier unten bei den anderen bleiben.«

Sequi schüttelte unwillig den Kopf.

»Ich komme dich jeden Tag besuchen und bringe dir etwas Leckeres mit«, versprach Joshua Sequi, während er ihn an einem nahegelegenen Baum festband. Es fiel ihm schwer, sich von dem Oc zu trennen. Sie hatten sich während der letzten Woche jeden Tag gesehen und das beruhigende Gefühl der warmen Ochaut würde ihm fehlen. Joshua vergewisserte sich, dass Sequi genug Auslauf hatte, und streichelte ihn ein letztes Mal. Dann nahm er Susu auf den Arm, rief Yael zu sich und kletterte gemeinsam mit ihnen zu Tibetsa in den Korb.

Neugierig betrachtete die rundliche Hastafrau den kleinen Ninn. Sie streckte die Hand aus und ließ Susu daran schnüffeln. »Mal sehen, ob ich etwas für ein Leckermäulchen, wie dich, habe.« Als sie eine glänzende, dunkelviolette Pflaume aus der Rocktasche nestelte und sie Susu hinhielt, hatte sie sein Herz bereits erobert. Mit beiden Pfoten griff Susu danach und drückte die glänzende Pflaume leise gurrend an seine schmale Brust.

Joshua bückte sich gerade, um die winselnde Yael zu beruhigen, da setzte sich der Korb auch schon in Bewegung und schoss nach oben. Die Fahrt dauerte nur wenige Sekunden, so dass Joshuas Magen nicht genug Zeit hatte sich umzudrehen. Außerdem war er viel zu sehr mit Staunen beschäftigt, als sie das dichte Blattwerk durchbrachen und auf der anderen Seite ankamen. Überall in den dicken Ästen hingen geradezu winzige Häuser, die alle mit einem System von Hängebrücken verbunden waren. Es war ein unglaubliches, buntes Durcheinander. Kinder spielten auf den Brücken Fangen und brachten sie damit zum Schwingen. Ältere Männer saßen Pfeife rauchend auf den Ästen, ließen ihre Beine baumeln und sprachen leise miteinander. Frauen jeden Alters saßen vor den Häusern und wuschen in Bottichen Wäsche, kochten das Mittagessen, schimpften mit ihren Kindern oder unterhielten sich kichernd mit der Nachbarin. Am meisten beeindruckte Joshua jedoch, dass kein Hasta dem anderen zu ähneln schien. Einige hatten Kastanien als Rumpf, andere wiederum waren ganz aus Holz. Dann gab es welche, die aus einem einzigen Tannenzapfen zu bestehen schienen und wiederum andere, die aus Eicheln, Bucheckern und Blättern unterschiedlichster Form zusammengesetzt waren. Tibetsa führte sie schnurstracks zu einem ganz in Blau gestrichenen Häuschen, das größer als alle anderen aussah. Joshua brauchte sich nur ein wenig zu bücken, um hineinzugehen. Gemeinsam mit Tibetsa betrat er das Häuschen. Im Inneren fielen tanzende Sonnenstrahlen durch drei kleine Fenster und es roch nach warmen Speisen, so dass sich Joshuas knurrender Magen wieder bemerkbar machte. Er ließ Susu herunter, der sofort zum Tisch tapste und dort nach handlichen Speisen Ausschau hielt, während Yael im Zimmer umherlief und alles genau in Augenschein nahm.

Joshua hatte sich kaum umgesehen, da dirigierte ihn Tibetsa resolut zum Bett. »Zieh dich aus«, befahl sie ihm, während sie einen Korb unter dem Bett hervorholte.

»Wie bitte?«

»Ich sagte, du sollst dich ausziehen.« Als Joshua noch immer keinerlei Anstalten machte, hielt Tibetsa inne und zog amüsiert die Augenbrauen hoch. »Jungchen, ich guck dir schon nichts weg. Aber deine Freundin sagte mir, dass du verletzt bist und ich verstehe mich ein wenig aufs Heilen.«

Erleichtert atmete Joshua auf und schlüpfte aus dem Hemd. Während sich Tibetsa um seine verletzte Rippe kümmerte, indem sie grüne, säuerlich riechende Paste darauf verteilte, stutzte Joshua plötzlich. »Meine Freundin?«, wiederholte er.

»Ja, du weißt schon, die hübsche Kleine, die immer so ernst guckt.«

Joshua musste sich bei Amnayas treffender Beschreibung ein Grinsen verkneifen. »Sie ist nicht meine, ähm, Freundin.«

»Ach so. Dann habe ich mich bestimmt getäuscht. Wahrscheinlich kümmert sich eine waschechte Königin um alle ihre Untertanen so rührend wie um dich. So, fertig. Bitte achte darauf, dass die Wunden sauber bleiben, dann dürften sie in ein paar Tagen ausgeheilt sein.« Tibetsa erhob sich und stopfte die mitgebrachten Sachen zurück in den Korb. »Essen und Trinken findest du auf dem Tisch. Schlaf jetzt, dann wird es dir schnell bessergehen.«

Joshua hätte sie gerne noch gefragt, wo Amnaya und ihr Gefolge untergekommen waren, doch er wollte Tibetsa nicht noch mehr Grund für Spekulationen geben. »Danke für alles«, sagte er nur und zog sich die Bettdecke bis zum Kinn. Er bekam noch mit, wie Susu zu ihm zurückkehrte und sich leise schnurrend an ihn kuschelte, dann übermannte ihn die Müdigkeit endgültig.

26

Ein voller Mond wanderte am pechschwarzen Nachthimmel entlang, während der kalte Wüstenwind zerrissene Wolken an ihm vorbei jagte. Das harte Licht des Mondes fiel auf einen hundert Meter hohen Turm aus geschwärztem Stein und tauchte ihn in blasses Licht. Die Wüste ringsherum blieb still und teilnahmslos. Zwischen den hochaufragenden Zacken des Turms, deren Spitzen drohend in die Nacht ragten, stand vollkommen bewegungslos ein furchterregender Schatten, der mit der Finsternis zu verschmelzen schien. Der beißende Geruch von Teer und Schwefel umgab ihn, und ließ alles um ihn herum verstummen. Sein skelettartiges Gesicht, dessen weiße Knochen nur hier und da von toten Hautfetzen überzogen war, verbarg sich unter einer schwarzen Kapuze, die es fast vollständig verdeckte. Still stand der Dämon da, die glühenden Augen in die Ferne gerichtet, wo sich am heller werdenden Horizont die Ausläufer des Ewakgebirges abzeichneten. Er wartete. Seit er denken konnte, wartete er auf denjenigen, der nun gekommen war, um ihn zu vernichten. Doch das würde dem jämmerlichen Menschenkind nicht gelingen. Niemand konnte den Fürsten der atmenden Schatten zerstören! Die Luft schien sich mit einem Mal zu verdichten, zog sich zusammen und begleitet vom ekelerregenden Geräusch aufplatzender Haut, stieß die Kreatur ein furchterregendes Brüllen aus.

»Unser Herr hat befohlen! Wen immer wir finden, wir töten ihn!«, riefen alle Narwen im gleichen Moment und schwangen ihre schwarzen Peitschen, die böse zischend die Luft zerschnitten.

In diesem Moment begann die Sonne aufzugehen und ihr blutrotes Licht, das von den goldenen Dächern von Korugonda zurückgeworfen wurde, erschien wie ein böses Omen. Gleichzeitig gaben die fünf Narwen den Demoren die Sporen, so dass die Tiere brüllend lospreschten. Die engen Gassen Korugondas waren menschenleer, als das Donnern der Hufe von den dicht beieinanderstehenden Häusern zurückgeworfen wurde. Hier und da versuchte das aufgeregte Glockengeläut der Ziegen, die Bewohner zu warnen, doch die zarten Klänge gingen im Brüllen der Narwen unter. Wie eine riesige, schwarze Staubwolke wälzten sie sich durch die Gassen, die ledernen Peitschen hoch über ihren Köpfen erhoben und im Blutrausch vereint. Es dürstete sie danach zu töten, um den immerwährenden Hass, der tief in ihrem Inneren gärte, zu sättigen. Die stampfenden Demoren stießen einander zur Seite, als wollten sie sich gegenseitig an die rauen Mauern drängen. Stetige Rinnsale aus Blut liefen ihre Flanken hinab und fielen auf den Boden, wo sie sich mit dem gelben Staub vermischten. Immer weiter trieben die Narwen ihre Reittiere an, hieben auf sie ein, die Worte ihres Herrn in den Ohren: »Wen immer wir finden, wir töten ihn!«

Sie konnten die Angst der Menschen bereits riechen. Und das Aroma von Grauen und Verzweiflung ließ sie die Demoren noch schneller antreiben.

Dann waren sie jäh am Ende der Gasse angelangt und grelles Licht blendete sie, als sie auf einem offenen Platz ankamen. Das undurchdringliche Schwarz ihrer Rüstungen schien das Sonnenlicht zu absorbieren und stattdessen Finsternis abzusondern. Es war vollkommen still. Nur ab und zu weinte leise ein Kind, das hastig wieder zurück an den Bauch der Mutter gedrückt wurde, um die Narwen nicht daran zu erinnern, wie leicht ein Menschenleben auszulöschen war.

»Wir suchen den, der gekommen ist«, sprach einer der Narwen und seine Worte gruben sich wie scharfe Fingernägel in die Seelen der Stadtbewohner.

Die dicht zusammengedrängte Menschenmenge blieb stumm. Zahlreiche Gesichter, die meisten von der Sonne verbrannt und von tiefen Falten durchzogen, starrten mit angstgefüllten Augen zu den Narwen empor. Viele von ihnen schmeckten bereits ihr eigenes Blut auf der Zunge, denn sie bissen sich auf die Lippen, aus Furcht, vor Grauen laut zu schreien. Sie alle hatten von der Ankunft des Torwächters gehört. Eines Jungen, der gekommen war, um sie zu retten. Es hieß, dass er für kurze Zeit im Palast gelebt hatte, einige von ihnen hatten ihn sogar zu Gesicht bekommen. Das hatte genügt, um eine zarte Hoffnung in ihre gebrochenen Herzen zu pflanzen. Eine zittrige Zuversicht, dass sie ihre geraubten Kinder eines Tages vielleicht wieder in die Arme schließen konnten.

»Morgran, der Herrscher über Orasyen, wird jeden königlich belohnen, der den letzten

Torwächter verrät.« Wieder hatte einer der Narwen gesprochen, und dieses Mal kratzten seine Worte blutige Wunden ins Gewissen der Korugonden.

»Wie hoch ist der Preis?« Eine Frau, deren stolze Haltung verriet, dass sie zu den Reichen der Stadt gehörte, löste sich aus der Menge und trat vor. »Was wird mir Euer Herr dafür geben?«

»Er ist großzügig und verschont dein Leben, Weib«, sagte der erste Narwe. »Also, sprich, was hast du gesehen?«

»Das soll die große Belohnung sein? Ihr haltet mich wohl für völlig dumm! Ich sage es Euch, wenn Ihr mir einen angemessenen Preis nennt. Denn wenn nicht, dann…«

Ein entsetztes Raunen ging durch die Menge, als sie wie in Zeitlupe dabei zusehen musste, wie der rechte Arm der Frau von der Peitsche des ersten Narwen einfach vom Rumpf abgetrennt wurde. Fassungslos und betäubt vom Schock, starrte die Frau auf die vielen Armreifen im Sand, die ihren abgetrennten Arm zuvor geziert hatten. Jetzt waren sie vom Blut verklebt, die einst glitzernden Edelsteine wirkten schwarz und tot.

»Geht, für Euch gibt es hier nichts zu tun!« Eine gebrechlich wirkende Gestalt löste sich ebenfalls aus der Menschenmenge. Ein paar erkannten in dem alten Mann mit dem zerknitterten, schwarzen Anzug und dem weißen Hemd, Nilufah, der jetzt aufrecht vor den dampfenden Demoren stand und herausfordernd zu den Narwen emporblickte. »Ich sage Euch noch einmal, hier gibt es nichts für Euch zu tun.«

Einige der Umstehenden kümmerten sich um die noch immer starre Frau und führten sie behutsam weg. Als sie außer Sichtweite war, setzten die Schreie ein. Ihre langanhaltenden, schmerzverzerrten Schluchzer hallten noch lange über den Platz.

»Halte deine Zunge im Zaum, Hüter des Sees!«, donnerte einer der Narwen und schwang seine Peitsche. Mit einem unheilvollen Zischen zerteilte sie die Luft und fügte Nilufah einen tiefen, hässlichen Schnitt im Gesicht zu, der von seiner linken Schläfe bis zu seinem Kinn verlief und stark blutete.

»Wir wissen, dass du den Torwächter beherbergt hast!«, brüllte ein anderer Narwe. Auch seine Peitsche schnellte hervor. Sie schälte die Haut auf der Brust des alten Mannes ab, der durch das viele Blut, halb blind geworden, ins Wanken geriet.

»Sprich, und wir verschonen dein Leben!« Der dünne Lederriemen der Peitsche des dritten Narwen schlang sich um Nilufahs Hals und riss ihn zu Boden.

Ein verzweifelter Schrei war plötzlich aus der Menge zu hören. Mazize wollte zu ihrem Mann stürzen, doch ihre Söhne hielten sie rasch fest und stellten sich schützend vor sie. So hatten sie es vor langer Zeit ihrem Vater versprochen. Keuchend lag Nilufah auf den Knien. Dunkelrotes Blut quoll ihm aus den Wunden und durchtränkte seine Kleidung. Mit geschlossenen Augen, eine Hand fest auf die Verletzung auf die Brust gepresst, kam er langsam wieder auf die Beine. Sein schlohweißes Haar leuchtete und umgab ihn wie ein Strahlenkranz.

Die Menschenmenge in seinem Rücken stand angsterstarrt da, niemand rührte sich.

»Sag uns, was wir wissen wollen«, sagte der vierte Narwe und seine Worte brannten sich in Nilufahs Haut.

Der Augenblick gefror. Er dehnte sich, die Sekunden schienen innezuhalten und langsamer zu werden. Nilufah hatte die Augen immer noch geschlossen. Er sah vor sich den Mulajisee, der so lange Zeit sein Zuhause gewesen war. Dann dachte er an die letzten Wochen, die zu den schönsten seines Lebens zählten. Er erinnerte sich an die warmen Küsse seiner Frau und das ausgelassene Lachen seiner Söhne. Er war zutiefst dankbar, mit ihnen so viele kostbare Momente verbracht zu haben. Es war mehr, als er je zu träumen gewagt hatte. Nilufah wusste, dass seine Zeit nun gekommen war, aber er verspürte keine Angst. Er würde nicht im See sterben, wie er immer befürchtet hatte, und das erfüllte ihn mit unendlicher Erleichterung. Die Tryphenen im See würden nicht seine Seele rauben können, um sie an Morgran auszuliefern. Nilufah dachte an Joshua und an den Weg, den dieser noch vor sich hatte. Er hoffte für beide Welten, dass der Auserwählte ans Ziel gelangte.

»Erst unser Herz gibt den Fügungen des Schicksals ihren Wert«, flüsterte Nilufah leise. Langsam öffnete er die Augen und drehte sich um. Er blickte seiner Familie ein letztes Mal ins Gesicht. Stumm versicherte er ihnen seine Liebe und bat sie gleichzeitig um Verzeihung.

Dann wandte er sich wieder den Narwen zu und sah mit hocherhobenem Kopf seinem Ende entgegen.

27

Susan blickte sich im Krankenzimmer des Massa-chusetts General Hospital um und stellte fest, dass es immer mehr wie Joshuas Zimmer zu Hause aussah. Im Laufe der letzten zwei Wochen hatte sie verschiedene Sachen mitgebracht. Statt der nüchtern weißen Bezüge lag Joshua in seiner eigenen Bettwäsche, einige Bücher und Fotos standen auf dem kleinen Nachttisch und das Poster eines Zunge zeigenden Albert Einsteins zierte die gegenüberliegende Wand. Susan verstand selbst nicht, warum es ihr so wichtig war, diesem Zimmer Joshuas eigene Note zu verleihen. Wenn sie ehrlich war, musste sie sich eingestehen, dass sie sonst nicht viel tun konnte. Tag für Tag saß sie am Bett ihres schlafenden Sohnes, schaute ihn stundenlang an, registrierte, wenn er mit dem kleinen Finger zuckte oder sich unter den geschlossenen Lidern die Augen bewegten. Am Anfang hatte sie jedes Mal aufgeregt nach einer Schwester geklingelt. Nachdem man ihr aber wiederholt versichert hatte, dass es sich dabei um unspezifische Nervenimpulse handelte, die nichts zu bedeuten hatten, hatte es Susan dabei belassen. Joshuas Rippenbruch war fast verheilt und auch die Blutvergiftung hatte keine Folgen hinterlassen. Dennoch wachte Susan über Joshuas Schlaf, streichelte sein Gesicht, hielt seine Hand und sprach leise mit ihm. Sie erzählte ihm, wie das Wetter werden sollte, welche von den Schwestern nett war und welche nicht und was sich sonst noch auf der Welt ereignete, während Joshua schlief. Am liebsten jedoch sprach Susan darüber, was sie alles mit ihm unternehmen würde, wenn er wieder aufgewacht war. Sie hatte inzwischen ganze Listen zusammengestellt: Ausflüge nach Disneyworld und Cape Canaveral, eine Angel- und Campingtour, Wochenenden, an denen sie sich nur von Fastfood ernähren und Filme ansehen würden. Die Planung all dieser Dinge gab ihr eine Art von Gewissheit, dass noch nicht alles vorbei war und Joshua wieder aufwachen würde. »Was hältst du von einer Reise zum Mond?«, fragte Susan und schaute lächelnd von dem Prospekt auf, der für Weltallexpeditionen warb. »Es kostet zwar ein paar Millionen, aber ich wollte mir die Erde schon immer mal von da oben ansehen.«

Als Antwort erhielt sie nur das leise Piepsen des Überwachungsmonitors, der über Joshuas Kopf hing und seine Atem- und Herzfrequenz anzeigte.

Zärtlich griff Susan nach Joshuas Hand und streichelte sie. »Wenn ich nur wüsste, wo du jetzt gerade bist«, murmelte sie leise. Unvermittelt schossen ihr die Tränen in die Augen, doch sie blinzelte sie verbissen weg. Es waren diese Momente, vor denen sie sich am meisten fürchtete. Momente, in denen sie nahe dran war, die Hoffnung zu verlieren. Seit ihre Eltern vor ein paar Tagen wieder nach Florida aufgebrochen waren, fühlte sie sich seltsam verlassen und allein.

»Das habe ich mich auch schon gefragt. Manchmal sieht es fast so aus, als würde er gegen etwas oder jemanden kämpfen«, sagte Matthew, der in der offenen Tür stand.

Susan wollte sich ihre Freude über sein Erscheinen nicht anmerken lassen und wandte hastig den Kopf ab. »Ich weiß, was du meinst«, sagte sie und betrachtete Joshuas bleiches Gesicht. Dunkle Schatten lagen unter seinen Augen und ließen ihn älter aussehen.

Matthew war inzwischen nähergetreten, rückte sich einen Stuhl zurecht und nahm auf der anderen Seite des Bettes Platz. »Ich frage mich die ganze Zeit, ob er uns hören kann«, murmelte er leise, während sein Blick nachdenklich Joshuas Gesicht absuchte. »Ich habe die halbe Nacht im Internet recherchiert, um heraus zu bekommen, was für Fortschritte die Medizin in der Komaforschung bisher gemacht hat.« Er hielt kurz inne und sah Susan finster an. »Die Resultate sind nicht der Rede wert. Es gibt da einen Doktor Bloomberg, der behauptet, dass Patienten nach dem Aufwachen erzählt haben, sie hätten jedes Wort mitbekommen, das während des Komas in ihrer Nähe gesprochen wurde. Daraufhin hat er alle möglichen Tests durchgeführt und ist zu dem Ergebnis gekommen, dass man den Patienten klassische Musik vorspielen soll, da es sie angeblich beruhigt.« Matthew gab ein verächtliches Schnauben von sich. Er dachte an die vage Hoffnung, mit der er sich auf die Suche gemacht hatte. Bis zu dem Zeitpunkt war er noch davon überzeugt gewesen, dass es etwas oder jemanden auf dieser Welt gab, der seinen Sohn retten konnte. »Es kommt noch schlimmer«, fuhr er fort. »In Detroit gibt es einen Doktor Ferguson, der der Ansicht ist, man könne Komapatienten aufwecken, indem man sie an bestimmten Punkten kitzelt.« Entnervt strich Matthew sich mit beiden Händen durchs Haar. Sein Gesicht wirkte müde, die Fältchen um die Augen hatten sich tief in seine Haut eingegraben und um seinen Mund lag ein bitterer Zug. »Egal, wo ich nachgesehen habe, entweder waren die Ärzte mit ihrem Latein am Ende oder sie haben dermaßen haarsträubende Theorien von sich gegeben, dass sie für verrückt erklärt worden sind.« Mutlos sah er Susan an. »Was sollen wir nur tun?«

Aus einem Impuls heraus griff Susan übers Bett und nahm seine Hand. Sacht drückte sie sie und lächelte, als Matthew den Druck erwiderte. »Ich weiß es nicht«, sagte sie. »Wir werden hier sitzen und uns mit unserem Sohn unterhalten. Wir werden für ihn beten. Und wir werden hoffen, dass er so stark und tapfer ist, dass er, wo immer er sich jetzt auch befinden mag, den Weg zurück nach Hause findet.«

Lange saßen sie still da, ohne dass das Schweigen zwischen ihnen unangenehm war. Susan gestand sich ein, dass es sie beruhigte, Matthew in ihrer Nähe zu wissen. Es machte das Ganze ein wenig erträglicher. Und sie war ihm dankbar, dass er sich, trotz ihrer Streitigkeiten, immer noch um sie sorgte. Sie war ganz in ihre Gedanken versunken, da schreckte Matthews leise Stimme sie auf.

»Ich habe heute Nacht wieder von Joshua geträumt«, begann er, ohne Susan dabei anzusehen. »Dieses Mal war auch Kate dabei. Joshua und sie waren irgendwohin unterwegs, ich kannte die Umgebung nicht. Die Landschaft sah merkwürdig zerklüftet aus, eine Art Wüste. Selbst im Schlaf fühlte ich, wie unerträglich heiß und staubig es dort war. Joshua ritt auf einem grässlichen Vieh, mein Gott, dass so hässlich wie die Nacht war. Am liebsten hätte ich ihn sofort vom Rücken dieses Ungeheuers fortgezogen und in Sicherheit gebracht, doch ich konnte es nicht. Den beiden schien es so weit gut zu gehen, aber ich hatte das Gefühl, dass irgendetwas ganz und gar nicht stimmte. Etwas lag in der Luft. Und dann drehte ich mich um und sah es.« Matthew stockte und holte zitternd Luft. Seine Stimme klang merkwürdig belegt, als er weitersprach. »Es waren fünf. Die schrecklichsten Gestalten, die ich je in meinem Leben gesehen habe. Ich roch sie sogar und ich wusste, dass es nach Tod stank. Sie ritten auf schnaubenden Bestien, die eigentlich nur aus Schatten bestanden. Ich hörte ein hohes Kreischen und hatte plötzlich Schmerzen in der Brust. Ich wirbelte zu Joshua und Kate herum, aber die beiden gingen seelenruhig weiter, als würden sie weder etwas sehen noch hören können. Ich rief und schrie, ich wollte sie warnen, doch es war zwecklos. Das Letzte, woran ich mich erinnere, ist, dass die Monster immer näherkamen und ich erkannte, dass es keinen Ausweg mehr gab.«

Es blieb einen Augenblick still, so dass nur der stete Piepton der medizinischen Apparate zu hören war.

»Joshua trug auf dem Arm ein kleines, pelziges Tier«, sagte Susan und konnte die Tränen nicht länger zurückhalten. »Im ersten Moment dachte ich, dass es vielleicht ein Waschbär wäre, aber ich hatte so etwas noch nie gesehen.«

Fassungslos starrte Matthew Susan an. »Woher weißt du das?«

»Weil ich den gleichen Traum hatte«, antwortete sie verzweifelt und schlug die Hände vors Gesicht.

»Mein Gott«, flüsterte Matthew und sprang auf, um sie in den Arm zu nehmen. Sanft wiegte er seine Frau hin und her. »Was geht hier nur vor sich?«, murmelte er leise, ohne Susan loszulassen. Stirnrunzelnd betrachtete er das Gesicht seines schlafenden Sohnes. »Was passiert hier?«

Doch weder Joshua noch Susan antworteten ihm.

Fortsetzung folgt…

THE EVER TALE
Eine lange Reise

Wortverzeichnis

Orte

A

Augur, Höllenschlund, auf dem der Turm von Morgran steht

B

Boston, Stadt in Massachusetts (USA), Zuhause der Familie Freeman

C

D

E

Eor, das Tor der Sehnsucht

F

Fallax, Oase in der Wüste, Heimat der Pa`an

G

H

I

J

K

Korugonda, die innere Stadt von Orasyen, Heimat der Korugonden

L

L`il Aldin, Palast von Amnaya

Lurdas, Wald der tausend Schrecken, Heimat der Hasta

M

Massachusetts/Mass General, Kinderklinik in Boston (USA)

Mergus, das Tor der Träume

Mulaji, See der verlorenen Tränen

N

Nihil, Wüste bei Korugonda

O

Ortus, das Tor der verlorenen Dinge

P

Q

Quirin, das Tor der Hoffnung

R

S

T

U

V

W

X

Xeja, das Tor der Liebe

Y

Z

J

Joshua Freeman, der letzte Torwächter, Bruder von Kate, Sohn von Susan und Matthew Freeman

K

Kaboknoken, kleine Schrumpfköpfe, die die Kinder für Augur einfangen

Kate Freeman, Schwester von Joshua, Tochter von Susan und Matthew Freeman

Kie-Krieger, Soldaten von Amnaya

Korugonden, Volk, das in Korugonda lebt

L

Lamos, Diener von Amnaya

Laura Seger, Mutter von Susan, Ehefrau von Andrew Seger

M

Matthew Freeman, Vater von Joshua und Kate, Ehemann von Susan

Morgran, Fürst der atmenden Schatten

N

Narwen, Morgrans Schergen

Nilufah, Hüter von Mulaji, Ehemann von Mazize, Vater von Ino und Razim

Ninn, Streifenhörnchen ähnliches Tier aus Korugonda

Nztekel, Herrscher über Mulaji, Vater von Ryby

O

Oc, Reittier der Korugonden

Ostländer, Volk, das in der Kruk-Ebene lebt

P

Pa`an, Geisterwesen, die in der Oase Fallax leben

Phyrys, tintenfischartiges Wesen aus dem Moor

Q
R
Ryby, Sohn von Nztekel
S
Sequi, Joshuas Oc
Susan Freeman, Mutter von Joshua und Kate, Ehefrau von Matthew
Susu, Joshuas Ninn
T
Tibetsa, Ehefrau von Bugul, Mutter von Kor, Trompet, Bram, Eichon und Äron
Tryphenen, Bewohner des Mulaji Sees
U
V
W
Wirdo, geflügeltes Wesen
X
Xul, Amnayas Vater
Y
Yael, Wölfin
Z

<u>*Begriffe*</u>

A

B

Beril, Währung in Korugonda (ca. 1.000$)

C

Cib, Befehl für den Oc schneller zu werden

D

Dierist, geschmacklich etwa wie Pommes Frittes

E

F

G

Gumomehe, geschmacklich etwa wie
Spaghetti Bolognese

H

I

Ik, Befehl für den Oc langsamer zu werden

J

K

Karnum, Schwert des Gerechten

L

Lacrima, die gläserne Träne (Joshuas Stein), kann
Wasser hervorbringen und erkennt das Böse

M

Mizonen, Früchte aus Korugonda
Motschuk, getrocknetes Wüstengras

N

Nokram, das goldene Sandkorn (Amnayas Stein),
macht den Träger unverwundbar

O

P

Q
Quon, Währung in Korugonda (ca. 100$)
R
S
T

Tas, Währung in Korugonda (ca. 50$)
U
V
W
X
Y
Z

Zaphaber, der Stoff, aus dem die Träume sind
Zief, Währung in Korugonda (ca. 1$)
Zulema, geschmacklich etwa wie Eiscreme